Adolf Hitler

1933-1945

小説 アドルフ・ヒトラー

III 破滅への道

濱田浩一郎

Hamada Koichiro

αβ BOOKS
アルファベータブックス

目次

第11章

陰謀——ヒムラー

一九三三年一月三十日、ヒトラーはヒンデンブルク大統領によって首相に任命された。首相就任を祝う突撃隊や親衛隊、一般市民が松明を持ち、群れとなって、闇夜を照らしながらベルリンの街を行進した。その模様は、ラジオ放送局から全国に実況放送される。この松明行進と実況放送を企画・演出したのが、ナチスの宣伝部長ヨーゼフ・ゲッベルスであった。首相官邸の窓から、時に身を乗り出して、市民の歓呼に応えるヒトラーの後ろには、ゲッベルスがまなじりを決して控えていた。

「わずか数時間の間でどうやってこれほどの松明を集めたのかね」

川のように流れいく炎の列を感嘆して見ながら、ヒトラーはゲッベルスに尋ねた。

「松明は前々から用意していたものです」

ゲッベルスの回答に満足したのか、ヒトラーは笑みを浮かべて頷いている。松明行列は寒空のもと深夜まで続いたが、ヒトラーは途中で小部屋に移り、ゲッベルスやレームらと遅い夕食をとった。ヒトラーは上機嫌でいつものように喋り続ける。

「老紳士(ヒンデンブルク大統領)は、今日、彼が英雄だった当時の一兵士と同じように、忠実に首相として彼に仕えるつもりだと私が言ったのが、大層お気に召したらしい。ヒンデンブルクを味方につけられるかもしれんな。それはさておき、私のことを反キリストと呼ぶ者がいるらしいが、私に反をつけるとすれば、当たっているのは、反レーニン(ロシア革命の指導者)だけだ。

今夜は赤いベルリンが終わった記念すべき夜だ」

　ヒトラーの独演は庭に出てからも続き、

「この首相官邸はまるで葉巻の箱だ。室内装飾も無趣味で、みすぼらしい。台所の照明も薄暗かったし、浴室も一つしかない。ここにあるものは、まさに旧共和国の完全な腐敗である。こんな首相官邸は二度と外国人に見せられまい。何れ全面的に改築することにしよう」

　辺りを見回しながら、ゲッベルスに語った。ヒトラーの饒舌が終わったのは午前三時頃だった。定宿のホテル、カイザーホーフに戻ったヒトラーは、朝にゲッベルス夫人・マクダの訪問を受けた。

「首相就任、本当におめでとうございます」

　マクダは花束を差し出すが、ヒトラーはそれを真剣な面持ちで受け取ると、

「これは最初に届いた花だ。お祝いに駆けつけてくれた婦人はあなたが最初だ」

と呟いた。マクダはその声を聞きながら、深夜に夫が帰宅した時に発した言葉を思い出していた。

「ヒトラーがこんなに恩知らずとは。私をさしおいて、ベルンハルト・ルストをプロイセン州の文化相に任命するなんて」

　ゲッベルスは自分のこれまでの働きからすると、入閣するのが当然であると思い込んでいた

のだ。しかし、そのような話は一切なかった。それをゲッベルスは怒り、不満をマクダにぶつけた。マクダは困惑の表情も見せずに夫に言い返す。

「州大臣なんて小さな地位はどうでもいいじゃありませんか。総統はきっともっと大きな地位をあなたに与えてくださるわ。あの方を信じなさい」

そのきっぱりとした言葉を聞いても、ゲッベルスは一人で何やらブツブツ言っていた——我にかえったマクダは、ヒトラーが独りで喋っていることに気付いた。

「わたしがなぜ副首相になりたがらなかったのか、これできっと世間も分かるだろう。党員でさえもどれほど長い間、私という人間を理解していなかったことか。そうだ、私はしばらく独りでいたい」

マクダはヒトラーの言を聞くと、もう一度、祝いの言葉を述べて静かにその場を立ち去った。その日、ベルリンやルール地方では、共産党によるストライキが発生、ナチスとの衝突が起こり、翌日(二月一日)には死者も出ている。

二月一日の夜、ヒトラーは首相官邸の自室で、落ち着かない様子を見せていた。これから初めて、首相としてラジオで国民に呼びかけるからだ。「ドイツ国民に対するドイツ政府の呼びかけ」——ラジオ放送で施政方針を演説する首相もヒトラーが初めてであった。黒と白のネクタイを締め直し、濃紺のスーツをはたいたヒトラーは、録音機材の前に立つ。

「それでは、始めてください」

開始の声を聞いて、ヒトラーは喋り始めた。いつもの集会のように熱狂する聴衆はどこにもいない。周りは静寂そのものだ。自分の声だけが室内に響く。

「十四年前の背信の日以来、全能の神の恩寵は我々国民から失われた。国家は崩壊し、気違い沙汰の共産主義は、精神的に動揺して根なし草となった国民を汚染、弱体化させようとした。共産主義の有害な影響を免れたものはない。家族・名誉・忠誠・民族や祖国・文化や経済などあらゆる観念にはじまり、倫理と信念という基盤にいたるまで、すべてがその影響に苦しんだのだ……」

どうも調子が出ない。言葉に抑揚がなく、手元にある原稿を棒読みするのが精一杯だ。額には汗が滲む。しかし、話を途中で止めるわけにはいかない。

「十四年間のマルクス主義は、ドイツを崩壊させた。

あと一年でもマルクス主義を経験し続けたら、ドイツは滅ぶだろう。大統領ヒンデンブルクは、国民内閣にドイツを救済する使命を託した。この悲惨な遺産を引き受けることは、歴史上、ドイツの政治家が直面したいかなる使命にも増して困難である。我々の倫理の基盤たるキリスト教の保護ならびに民族体および国体の細胞である家族に立脚し、国民は再び統合されるであろう。

この目的を脅かす宗教的、政治的、文化的ニヒリズムは、ドイツが共産主義アナーキズムに陥ることを阻止するため、容赦なく攻撃されることになろう。ここに、経済再編という一大事業に取り組むための大四ヶ年計画を発表する。四年以内に、ドイツの農民は窮乏から救われよう。四年以内に失業は、完全に克服されるだろう。

それは、財政的安定の回復に立脚し、勤労奉仕の導入と、農民の入植政策によって行われる。政府は我が国民の生存権の保護と自由の回復を至上の使命と考えている。マルクス主義政党とその支持者は、十四年にわたり自分たちに何ができるかを示してきた。その結果は廃墟ばかりだ。

軍隊には愛着を感じるが、政府としては軍縮を通じて、軍備増強が二度と必要のない世界になることが喜ばしい。ドイツ国民の皆さん、今こそ、我々に四年間を与えてほしい。その後、判断し、我らに裁断を下してほしい。全能の神の恩寵が政府にあるように願う」

原稿をただ読んでいるだけの感動も何もない呼びかけ、聴衆の姿が見えず、マイクだけを前にして話すことにヒトラーは戸惑いを感じていた。

（どうもいま一つだ）

自分でもそう思ったが、この呼びかけはそのまま放送された。予想通り、評判は余りよくなかった。そこで施政方針演説を再度録り直すことになったが、これもまたヒトラーが満足できるものではなかった。「ラジオの可能性を利用し尽くすことを、これから学んでいかねばならない。私はマイクの前で当惑してしまった。今でも満足できていない」

汗を拭き拭き、ヒトラーは首相官邸をあとにした。この日の朝、ヒトラーはヒンデンブルクから国会解散の承諾を得ていた。選挙は三月五日に行われることになった。

（改めて選挙をすれば、我が党が勝利するだろう。大規模な多数派が形成される。そして全権委任法を採択し、議会主義を葬り去る。マルクス主義政党はこれで撲滅する）

ヒトラーの忙しい日々は続いていた。二月二日には国会で演説、その後にはアメリカとイギリスのジャーナリストに会い、

「今まで私は血に飢えた扇動者として報道されてきたが、今度は私の穏健さに驚かされるであろう。ドイツで自分以上に平和を望んでいる者はいない」

と語った。

翌日にはゲッベルスが足を引きずりながら、首相官邸にやって来た。ヒトラーが呼んだのだ。大臣職が提示されなかったことがまだ不満なのか、ゲッベルスの顔は曇っていたが、ヒトラーが開口一番、

「近いうちに宣伝省を創ろうと思う。その担当大臣になってほしい」

というと、

「ありがとうございます。お受けいたします」

その顔は一瞬で晴れやかになった。しかし、一つ気にかかったのは、省の名称である。「宣伝」という言葉には、誇張や虚偽のイメージが付きまとう。それが省の名称になることによって、国民が不信感を持つのではとの懸念である。

「新たな省の名称ですが、文化啓蒙省はどうでしょう？」

ゲッベルスは提案してみたが、ヒトラーは「宣伝」の文字を外すことに納得せず、結局、国民啓蒙宣伝省という名称に落ち着いた。ヒトラーは、ゲッベルスにもう一つ注文をつけた。

「三月五日の国会選挙で、五十％以上の票をとるように」

ということだった。ゲッベルスは我が意を得たりとばかり、勢いよく胸を叩いた。

「今度の選挙戦は今までとは違います。非常にやり易い選挙です。国家のあらゆる手段を我々のために動員することができるからです。ラジオと新聞が自由になる、金も豊富にあります。唯一の問題は選挙をどう戦うかです」

「何か策はあるか？」

ゲッベルスは一瞬、物を考える顔をして、

「放送局を持っているすべての都市で総統が放送し、我々がその放送原稿を印刷し国民に配布するというのはどうでしょう？」

「よし、それでいこう」

ヒトラーは迷いなく決断する。もちろん、これまで通り集会も行う。集会ではヒトラーが話す前にゲッベルスが前座を務めることになった。

その夜には、ブロンベルク国防相が計画したハマーシュタイン将軍邸における夕食会にヒトラーは参加する。海軍のエーリヒ・レーダー提督、陸軍のヴェルナー・フリッチュ将軍、フリードリヒ・フロム将軍などが居並ぶなか、ヒトラーは食事後に立ち上がり、演説をした。ブロンベルク国防相を除く、殆どの将軍の目は鋭くヒトラーを見据えている。「成り上がりのほら吹きが何を話すのか」「ヒトラーは我々(軍)の味方なのか、敵なのか」――そう言わんばかりの視線にたじろいだのか、ぎこちない話し方で演説は始まった。

「総合的な政治目標は、政治力の回復だ。すべてはこの目標に向かっている。反対派は許容できないし、信念を曲げようとしない者は、屈服させねばならない。徹底的なマルクス主義の根絶である。国民は、救済は闘争を通してしか得られないと認識するべきだ。この思想はすべてに優先する。あらゆる手段を使い若者を訓練し、闘う意志を強化しなければいけない。民主主義という悪性腫瘍の摘出が国内における回復の基盤となる。さて、軍事力の増強は政治力を取り戻すという中心的目標にとって最重要の前提だ」

ここの件にくると、将軍たちの目に一層の力が入った。ヒトラーは将軍連の顔をぐるりと見まわして話を続けた。
「対外政策の柱は反ベルサイユ闘争である。国民皆兵制を再導入しなければならない。軍備増強の準備を直ちになすべきだ。しかし、それは危険を伴うものである。フランスとその同盟国が予防攻撃をしかけてくるだろう。侵略を受けた場合の祖国防衛のための訓練活動に専心すべきである。祖国が昔の力を取り戻せば、東方に新たな生空間を獲得し、それを徹底的にドイツ化する可能性もあろう。私は軍隊が唯一の武器の保持者であり、その組織に手を加えるつもりはない。国防軍は非政治的であり続けなければいけない。陸軍と突撃隊の合併は考えてはいない」

ヒトラーは演説を終えると席についた。満足気な顔をしている将軍もいれば、険しい顔をしている将軍もいるが、どちらかと言えば、満足そうな顔の者が多そうだ。それも当然である。ヒトラーは軍を増強すると宣言しているのであるから。しかも、軍を「唯一の武器の保持者」であるとその特権的立場を認めているのだから。突撃隊を軍の上部に据えるというわけでもなさそうだ。軍を味方につけるというヒトラーの目論見は、概ね成功した。

二月十日、ベルリンのスポーツ宮殿で「ドイツ国民への呼びかけ」と題する演説をヒトラーは行う。この集会はラジオで実況中継されただけでなく、多くのカメラで撮影され、記録として残された。軍楽隊が太鼓を打ち鳴らす音、聴衆の拍手や歓声が聞こえるなか、ゲッベルスは両手を腰にあてて悠々として呼びかけた。

「我が同胞の皆さん、開会する前に話すべきことがある。私のラジオ放送に関する記事についてだ。私が小者で嘘つきなので、全世界に放送するべきでないと」

ここで聴衆から笑い声があがった。それが収まってから再びゲッベルスは話し始める。

「諸君らは今夜、誰も見たことがない偉大な出来事を目撃するだろう。これは誇張などではない。今夜、少なくとも二千万人がドイツあるいは国境を越えた場所でヒトラー総統の演説を聞くことができるのだ」

聴衆が右手をあげて立ち上がる。ゲッベルスはその様子を見ながら、手を後ろで組んだ。

「ユダヤ人の新聞は非難する、国民社会主義運動がドイツの首相にこれほどまでのラジオ放送網を与えたと。我々はこう答える、好意をもって報いているだけだと。もしユダヤ人の新聞が我々を脅かすことができると信じているならば、もし我々の非常事態令を無視できると考えるなら、気をつけたほうがよい。忍耐には限界がある。いつの日か我々は嘘まみれのユダヤ人の口を封じるだろう」

拍手と歓声が会場を覆う。

「もしユダヤ人の新聞が降伏し、仲間になると言えば、彼らにこう答える。そんな大金などいらないと」

ゲッベルスは左手をスーツのポケットに突っ込んだ。

「党員と突撃隊は心配しなくても良い。赤の恐怖の終わりは思っているよりも早く訪れる。社会主義の報道機関は真実を変えることはできない。共産主義者よ、これまで経験したことのない大敗を覚悟せよ。これが敵対する報道陣と共に行いたいことであり、何百万人のドイツ国民にラジオで直接伝えたいことだ」

ゲッベルスは壇上から降りた。聴衆の熱気が頂点に達した時、ヒトラーは左右に群がる人々によって開けられた中央の道を壇上へと突き進む。ゲッベルスは叫んだ。

「我らが指導者、帝国宰相であるアドルフ・ヒトラーが演説する！」

ヒトラーはナチス式敬礼をしてから、手を前で組んだ。聴衆の拍手が鳴りやまないなか、ヒトラーは壇上に置かれている演説の草稿に目をやったり、机を動かしたり、口髭に手を当てたりして、せわしない態度をみせる。時が経つにつれて、会場は静かになっていった。その時、ヒトラーはようやく口を開いたが、最初、語り口は穏やかであった。

「ドイツ民族同胞諸君、本年一月三十日、挙国一致の新政権が樹立された。私と国民社会主義運動がこの政権に参加している。私が約束していた闘争はついに達成された。この数百万人による運動の目的は周知のものだ。一九一八年に戦争が終わった時、私は何百万人のドイツ人と同じことを感じた。私はドイツの戦争に責任がなかった。戦争の発生にも責任がなかった」

聴衆は椅子に座り、静かにヒトラーの話に耳を傾けている。

「富める者よ、貧しき者よ、賢い者よ、無学な者よ、政治とは一党の主張を通すことではない。真の政治とは党派の対立を越え、大義を果たすことだ。マルクス主義に対して断固たる戦いを挑むことを無名の時代から心に誓ってきた。その誓い通り戦いは始まった。マルクス主義という亡霊がドイツ人の生活から完全に消え去るまで、私は休まない」

ここまでくると、最初の語り口はどこへやら、ヒトラーの口調は絶叫調に変わり、拳は振り上げられた。会場は拍手に包まれる。

「外交政策の衰退と政権の腐敗によって内部の崩壊は始まった。いったい十四年もの間、政府はドイツをどこに導いたのだ。財政を混乱させ、物品を浪費し何億とあった金はなくなった。インフレーションという愚行を犯し、国が荒れ果て、外国から不当な利子が突きつけられた。様々な階級の崩壊を目の当たりにしている。中産階級は希望を失っている。何十万人もの生活が崩壊している。農民の貧困化は始まり、国民のなかで勤勉な階級は存在しなくなる。失業者は更に増えている。百万、二百万、三百万、四百万、五百万、六百万、七百万、今日では七百万から八百万だ。いつまでこの状態は続くのか？　私は確信している。今すぐに行動しなければならない。私は決意した。我が党はついに祖国ドイツの救済を決定したのである。我々は国民に対して嘘や誤魔化しを用いない。

私は我が民族の復興が自然にできると約束しない。国民自らが全力を尽くすべきだ。自由と幸福は空から突然降ってはこない。すべては諸君の意思と働きにかかっている。外部からの支援を信じてはいけない。ドイツ民族の未来は我々のみに帰属するのだから。国民自身が国民を向上させるのだ。勤勉と決断と誇りと屈強さによって勝利は我々のものとなる。ドイツを独力で築きあげた先人たちと同じように。

ドイツ国民よ、我々に四年の時を与えよ、しかる後に我々を判断せよ。今日、我々を憎む数百万の人々も、いつの日か我々の後に従い、ともに創造し、努力し、苦難に耐えて手に入れた新しいドイツ国家を迎える時がやってくることを、私は揺るぎなく確信している。それは偉大な誉れ高い、力強い、輝かしい、正義の国家である。アーメン」

ヒトラーの演説と拍手の嵐を聞きながら、ゲッベルスは思った。

（素晴らしい演説だ。集会は成功だ）

ヒトラーはこの演説の最後を「アーメン」という宗教的な言葉で締めくくった。ゲッベルスにはこれが「非常に自然に響いて、聴衆は皆これによって心底から揺り動かされ捉えられてしまった」ように感じた。とにかく、ヒトラーはラジオの録音放送とはうって変わって、生き生きとした演説を行うことができたのだ。

万雷の拍手が鳴り止まないなか、一人の紳士が腰をかがめて少年に話しかけた。

「なぁ、坊や、君は誇りに思っていいんだぞ。我々は偉大な時代に生きているんだ」

見知らぬ紳士の問いかけに、少年はコクリと頷き、思った。

（僕たちは偉大な時代を生きているんだ。その時代の創造者はヒトラーその人なんだ）

一方、会場から遠く離れたあるドイツ人父娘の家庭でも、ヒトラーの演説をラジオで聴いた時に会話が交わされていた。娘はじっとラジオに聞き入っていた。

（総統は万人が仕事とパンを得るように配慮しようとしている。彼はドイツ人一人一人がその祖国において自立した自由で幸福な人間となるまで休もうとしない。私もそれに寄与したいわ）

陶酔したようにラジオに耳を傾ける娘を尻目に、父は難しい顔で腕組みして、

「連中の言うことを信じるな。連中は狼だ。連中はドイツ国民を恐ろしい形で誘惑しているのだ」

吐き捨てるように言った。父の言葉は娘の耳に確かに入ったが、ラジオから聞こえるヒトラーの声にすぐにかき消された。

ヒトラーは、心地よい疲れに身を委ねていた。首相になってからというもの、会う人の数が格段に増えた。閣議や委員会、会議へも出席しなければならない。そうした場に出ても、ヒトラーは自らの思うところを直截に口にする。ダム建設を優先すべきとの意見が閣議で出た時な

どは、

「向こう五年間はドイツ国民の防衛力の回復にあてる。国費による雇用創出は、全てこの目的に照らして必要性を判断しなければならない。この考えがいついかなる時でも優先される」

と口を挟み、黙らせたし、雇用創出委員会においては、

「ドイツの未来はひとえに軍の再建にかかっている。再軍備に比べればその他の課題は二の次だ。将来的に軍の要求と他の要求がぶつかった場合、どのような状況であれ、軍の利益が優先されねばならない。緊急プログラムの支出もこの理解に基付いて判断されるべきだ。公的支出による失業対策は援助措置としては最適と考える。五億ライヒスマルクのプログラムは、この種のプログラムとしては最大規模であり、再軍備に役立てられよう。これにより国防力の強化措置をうまくカモフラージュできる。この偽装に特に力を入れる必要がある」

長々と主張を展開、大臣は誰も異議申し立てをしなかった。国際モーターショーの開幕にも出席し、我々は今こそ国民のための車を持つべきだと演説した。最も重要な産業を数々の支援策で推進することを誓ったのだ。

連日のように、接見や会見が続いたし、合間を縫って、選挙のために飛行機による遊説もした。腰を落ち着ける日がなかったが、二月二十七日の夜は久しぶりにゲッベルスのアパートでゆっくり過ごすことができた。

「さぁ、どうぞ」

ゲッベルスの妻マクダが、ヒトラー好みの野菜料理でもてなしてくれる。ここでは、仰々しいお世辞や儀礼的な言葉を聞かなくて済む。食事が終われば、ゲッベルスかマクダがピアノを弾くことになっていた。そこに一本の電話が入り、ゲッベルスは、

「失礼」

といい席をはずす。隣の部屋から、時折、ゲッベルスの甲高い声が聞こえてくる。大声でやり合っているようだ。ゲッベルスが半分にやけた顔をして、食卓に戻ってきて言った。

「ハンフシュテングルからでした。彼が、国会議事堂が燃えているって言うんですよ。国会が火事だと総統に伝えてくれというんです。私は、それは冗談のつもりかと言って電話を切りましたよ」

ヒトラーは、

「悪い冗談だ」

団らんを中断されたことが気に入らないのか、不機嫌そうに言った。ハンフシュテングルも今日の「夜会」に呼ばれていたが、高熱のため急遽、欠席していた。

「ハンフシュテングルめ、熱にうなされて、どうかしてしまったか」

ゲッベルスは肉料理を切りながら、舌打ちする。するとまた電話が鳴った。暫くして、ゲッ

ベルスが顔を固くして戻ってきた。

「総統、ハンフシュテングルは、国会の丸屋根が火事の炎で焼け落ちるのを見たと言っております」

「まさか」

ヒトラーはそれでも信じられないといった声を出した。ゲッベルスはすぐにブランデンブルク門の守備隊に電話する。

「火事は本当です。本当に大きな火災が起きているのです」

守備隊員は慌てた口調でゲッベルスに告げた。ヒトラーがアパートの窓から外を見ると、空が赤く染まっている。

「赤(共産主義者)の仕業だ」

ヒトラーは叫ぶと、ゲッベルスと共に、車で国会に急行した。ヒトラーらが、火災現場に着いたのは、二十二時を過ぎた頃だった。現場には既にゲーリングが来ており、

「タペストリー(織物)を持ち出せ、早く、早くするんだ」

貴族趣味があり、美術品愛好家らしい号令を職員にかけていた。ラクダのコートを着たゲーリングはヒトラーらの姿を認めると、

「間違いなくこれは共産党の仕業ですぞ。議事堂内で最後に目撃されたのは、共産党の議員で

す。放火の犯人も捕まえました」

大声でどなるように言い放った。

「そいつは、誰だ」

ゲッベルスがいらいらした態度で尋ねると、

「正体は分からん。だが、どうせそいつに泥を吐かせるから心配はいらんよ、博士」

ゲーリングは茶色の帽子を触りながら答える。

「他の公共建築は無事か？」

ヒトラーが聞くと、

「警戒態勢は万全です。警察も動員していますし、公共建築には特別警備隊を配置しました」

ゲーリングが右手で胸を叩いた後、ヒトラーらは煙の臭いがたちこめる中を、歩き回った。

国会炎上の報せを聞いて、記者たちも取材に駆けつけていた。ヒトラーらがロビーに足を踏み入れた時、一人の警官が両手を広げて、

「天井から大シャンデリアが落ちてくるかもしれません」

と制止した。

「役立たずのボロな建物のいい厄介払いができた」

ふんと鼻を鳴らしてヒトラーは、後ろにいる張り込みの記者の顔を見た。

「神よ、これが共産主義者の仕業でありますように」

記者は、ヒトラーがはっきりと祈るような口調で言うのを聞いた。ヒトラーは消火用ホースにつまずきそうになりながらも、なおも記者に話しかけた。

「君は今、ドイツの歴史における偉大な時期の始まりを目前にしつつあるのだ。この火事がその始まりなのだよ。もしも共産主義者がヨーロッパを征服して、六ヶ月間、いや二ヶ月でも支配すれば、全大陸がこの建物のように燃え上がるだろう」

階段を昇ると、副首相のパーペンが歩み寄ってきた。オーバーコートに黒の帽子をかぶったパーペンにもヒトラーは、

「これは天から送られたサインですよ、副首相閣下。もしもこの火事が共産主義者の仕業であったら、この危険な害虫どもを叩き潰さねばなりません！」

内心の喜びを押し隠すように叫んだ。国会議長官邸に到着したヒトラーは、火災の状況が気になるのか、石の手すりから身を乗り出して、議事堂の方を眺めた。ベルリン市長や警視総監、秘密警察長官が会議室に入ってきた。秘密警察長官ディールスが直立不動でヒトラーらに現状報告をする。

「放火の犯人は、ファン・デル・ルッペというオランダ人青年です。彼は上半身裸で議事堂内で発見されました。激怒した尋問官が、なぜこんなことをしたと尋ねると、抗議のためだと答

えたようです」

「これは共産主義者の蜂起の始まりだ。一刻の猶予も許されない」

ゲーリングが苛立たし気に机を叩いた。ヒトラーはゲーリングよりも声を大にして、

「こうなったら奴らに思い知らせてやる。我々の邪魔をする者は、一人残らずなぎ倒す。ドイツ国民は長い間、軟弱過ぎた。共産党の幹部は一人残らず銃殺だ。共産党議員は、全員、今夜中に縛り首にしてやる。共産主義者の仲間も牢屋にぶち込め。社会民主党員も同じだ」

吠えに吠えた。余りの剣幕に秘密警察長官も言うべき言葉を詰まらせたが、一呼吸置いて、

「放火犯は共産党との関係を否定しています。自分一人でやったと自供しているのです。この自白は嘘ではないようで、放火は単独犯行で間違いないかと」

一息で申し述べた。ヒトラーはディールス長官の顔を睨むと、先ほどの話を聞いていなかったかのように、

「これは周到な準備を重ねた狡猾な陰謀だ。証拠などは不要だ。共産主義者のろくでなしによる陰謀なのだから！」

怒りを長官にぶつけるように、罵りの声をあげた。ゲーリングも、放火は単独犯行と記す原稿を睨みつけながら、

「こんなものは屑だ！」

ヒトラーに負けず劣らず、怒鳴り声を響かせる。午後十一時頃に怒涛の会議は終わった。ヒトラーは息つく間もなく、翌日、閣議の席で大臣に対し、

「この重大な危機にあたり、共産主義者との間に法的考慮に左右されずに結着をつけることが妥当である。共産主義者から国を守るための緊急令すなわちドイツ国民と国家を保護するための大統領令を出す必要があろう」

と語り、ワイマール憲法で認められている言論の自由・報道の自由・集会の自由・人身の自由・住居の不可侵を否定する緊急令を出すべきと主張する。昨夜の怒りの形相とは違い、顔は無表情だった。

「州政府への干渉は、特にバイエルン州において怒りを買うでしょうな」

副首相のパーペンが緊急令(議事堂炎上令)の公布にささやかな抗議をしたが、

「それについては、若干の修正を加えよう」

ヒトラーのこの一言でパーペンは押し黙った。議事堂炎上令は「州において公共の安全および秩序の回復に必要な措置がとられないときは、中央政府が州最高官庁の権限を一時的に用いることができる」(第二項)と規定された。また、警察は保護拘禁と称し、司法手続きがないままに、容疑者を逮捕できるようになった。

その夜、ヒトラーとパーペンは、ヒンデンブルク大統領のもとに赴いた。

「共産主義革命を抑えるには、どうしても緊急令の公布が必要なのです。どうかサインをお願いいたします」

ヒトラーは、真剣な顔付きで大統領を口説く。ヒンデンブルク大統領は傍らに控えるマイスナー官房長に、

「君もこの緊急令に賛成なのか」

と問いかけた。マイスナーが、

「私も賛成であります」

静かに答えると、大統領は黙ったまま緊急令にサインする。ここに議事堂炎上令は公布された。数日のうちに、プロイセン州だけでも、左翼運動の活動家ら五千人が逮捕される。突撃隊や親衛隊は活動家の居場所を探し回り、強引に連行していった。

「逮捕令状を見せてくれ」

活動家が願っても、

「共産党の豚にはこれがあるだけだ」

突撃隊の隊員は、銃を突き付けて、活動家を乱暴に部屋から引きずり出した。

ヒトラーかゲーリングが国会議事堂放火の黒幕ではないかとの噂は、炎上直後から流れていたが、実際のところはそうした陰謀はなく、一九〇九年生まれのルッペという貧しい境遇で成

長した半盲目の青年が、生ぬるい左翼の姿勢に限界を感じ、労働者を覚醒させるために、反ファシズムの狼煙を独りであげたのだった。彼は、持ち金を全て使い、マッチと固形燃料を購入、議事堂の数ヶ所で火をおこした。ルッペは、

「誰も私を手伝っていない。議事堂の中でも私は誰にも会っていない」

尋問に対してそう答えた。放火は従来は懲役刑であったが、炎上事件後、死刑に処することが法律で定められた。一九三四年一月、ルッペはギロチンによって処刑される。

突撃隊によって捕らえられた人々は、殴る蹴るの暴行を地下牢で受け、その後、釈放されるか、強制収容所送りとなった。

「共産主義者が大規模なテロ行為を計画している」

「共産党が蜂起して、略奪にくるぞ」

ナチスは、こうした恐ろしい噂を流すことで、ドイツ国民の不安を煽る。不安を煽り、選挙を有利にしようという腹もあった。選挙前日までに、各地で衝突がおき、ナチスは死者十八人、他政党は死者五十一人を数えるまでになる。

三月五日、国会議員選挙の日、ヒトラーやゲーリング、ゲッベルスらは、首相官邸でその結果を見守った。最初に入ってきた情報は、ナチスの勝利であった。ヒトラーはさも当然とばかりに頷く。次に入ってきた報せもナチス議員の当選であった。

「勝利、また勝利だ。信じられないほど凄いことだ！」

ゲッベルスが椅子から立ち上がり、絶叫する。しかし、全ての選挙結果を見てみると、ナチスは大勝とは程遠いものだった。ナチスの得票率は四十三・九％（二百八十八議席）、過半数にとどかなかった。

社会民主党は百二十、共産党は八十一、中央党は七十四、国家人民党は五十二議席であった。ナチスが国家人民党の支持を得れば過半数は確保できるが、全権委任法を成立させるために必要な三分の二にはまだ足りない。メディアを独占して、選挙に臨んだわりには、芳しくない結果である。

三月二十一日には、ベルリン近郊のポツダムの衛戍教会で国会開院式が開催されることになった。この教会は、旧プロイセン王国の近衛連隊が忠誠の誓いをたてたところであり、フリードリヒ大王の棺が安置されていた。ポツダムは歴代プロイセン王が居城を置いた町であり、ドイツ栄光の日々のシンボルであった。ドイツ帝国が第一回目の国会を開催したのも「三月二十一日」（一八七一年）。フリードリヒ大王、ビスマルク、ヒンデンブルクといったプロイセンの歴史になかに、ナチス政権も組み込ませる、ナチスがポツダムで国会開院式を行ったのは、単に議事堂が焼けたからではなかったのだ。

ところが、ヒンデンブルク大統領や教会側は、教会での開院式に反対した。ヒンデンブルク

は、

「フリードリヒ大王の墓所で政治的議論を行うのは許されない」

と主張して譲らず、教会は、共産党や社会民主党が何か騒動を起こすのではと恐れ、反対した。そこで妥協策がとられた。衛戍教会では短時間の開会セレモニーを行い、審議は別の場所（ベルリンのクロル・オペラ劇場）で行うことになったのだ。そうした大枠が決まってから、三月十三日に宣伝大臣に任命されたばかりのゲッベルスが、ポツダムでの式典の進め方についてあれこれ指示を出してきた。

「大がかりな行事になればなるほど、小さなこと、些細なことが大切になるのだ」

式典準備の関係者に手落ちのないように繰り返し手順を確認させた。礼砲・行進・オルガン演奏、分刻みで式典は進行する。当日、街には数多くの鉤十字の旗と旧帝国旗が翻った。祝砲が鳴り響き、突撃隊が行進。ゲッベルスは、大群衆のなかを揉みくちゃにされながら、教会へと歩んだ。

灰緑色の軍服を着たヒンデンブルクが、ニコライ教会で礼拝を済ませてから、式場に現れた。片手にはステッキをつき、もう一方の手には元帥杖が握られている。衛戍教会の入口で、ヒトラーが出迎える。ヒトラーは深々と頭を下げ、大統領と握手する。皇帝用の桟敷席まで、堂々と歩いてきた大統領は、無人の皇帝用の席と、後ろに居並ぶ皇族に敬礼した。大統領の傍らには、モーニング姿のヒトラーが従っていた。が、大身のヒンデンブルクに比べて小兵のヒトラーは、そわそわとして落ち着きがなく、如何にも見様見真似という風に、頭を下げた。両者は向かい合って、着席する。大統領は、祭壇の前において、演説原稿を読み上げた。

「新政府の直面する任務は複雑でかつ困難である。この霊廟の古き精神を今日の世代に行きわたらせんことを。統一された誇らしい自由なドイツを祝福するために一致団結させ給え」

続いて、ヒトラーが演説した。

「我々はドイツの再起という大事業に閣下が同意を与えられたことを、このうえない祝福と考えております。不退転の決意をもって大改革に着手し、断固としてやり抜きます。国民の統一に加わらない者については無害化されねばなりません。大統領は革命の守護者であります。神よ、大いなる使命を前にした私にどうか勇気と忍耐力を与え給え」

式典の最後には、大統領とヒトラーによってプロイセン王の墓所に花環が捧げられた。それと同時に二十一発の礼砲が発射される。後は、数時間に及ぶパレードがあり、国軍や「国民的組織」の突撃隊・親衛隊、ヒトラーユーゲントが堂々と行進した。大統領は行進する隊列を前に、元帥杖を上げ下げして、敬礼し続けた。ポツダムでの式典はラジオで中継され、人々に感動を与えた。ドイツの元帥とオーストリア人の伍長が握手をして、古いドイツと新しいドイツが結びついた！　自由なドイツ民族共同体の始まりの日だ！　人々はそう思い、歓呼する。ヒンデンブルクとヒトラーを「名誉市民に」との声が何千もの市町村から湧きおこってきたし、ヒトラーの名を冠した広場や通りが自発的に登場した。

式典の二日後、クロル・オペラ劇場にて国会が開催された。共産党議員八十一名、社会民主党議員二十六名、諸派五名が逮捕・逃亡・病気などの理由で欠席した。議場の外には親衛隊が、内には突撃隊が整列し、議場に向かう社会民主党の議員を睨みつけた。劇場は、数万のナチスによって取り囲まれていた。彼らは、

「我々は全権委任法を求める！」

「マルクス主義の豚め！」

反対派の議員に大声で罵声を浴びせ、威圧する。生きて会議場を出ることはできないのではないか、劇場周辺の雰囲気を見て、そう感じた議員がいたほどだ。劇場に向かう途中で、警察に逮捕された議員もいた。劇場の舞台には、鉤十字の旗が掲げられる。

ゲーリング議長の開会宣言の後、ヒトラーは立ち上がり、演壇に向かう。その時、

「ジーク・ハイル！」(勝利万歳)

ナチスの議員が叫び、起立して右手を一斉に伸ばした。褐色の党服を着たヒトラーは、右手を挙げ、それに応えると、拍手が轟くなかで演説を始めた。

「一九一八年以降、ドイツの没落は始まった。国民社会主義運動だけがこれに抵抗し、ついに

勝利したのだ。我らが目指すのは、真の民族共同体の建設と、失業問題の解消、中産階級と農民の救済である。諸州も将来的には国家と自発的に同調しなければならない。大統領の地位と権限は不可侵、教会も同じだ。

我が政府は全権委任法の可決を主張する。政府は諸政党に対し、ドイツの円滑な発展と、そこから生じる協調可能な機会を提供する。政府は拒否回答とそれに伴う抵抗宣言をも受け入れる用意がある。よろしいですか、先生方。ご自分で決めていただきましょう。戦争か、それとも平和かを」

ナチス議員の熱狂的な歓声があがり、ヒトラーは演説を終えた。休会の間、ナチス反対派の議員は、全権委任法に賛成するか反対するか、大いに迷った。我々が全権委任法に賛成しなければ内戦に突入するかもしれない、そう考えて断腸の想いで賛成票を入れることに決めた議員もいた。ナチスに手を差し伸べるくらいなら名誉の内に滅ぶほうがましだと語り、反対票を投じることを決断した議員もいた。

会議は再び召集された。静まりかえった議場のなかで、社会民主党党首オットー・ヴェルスが発言する。

「私は民主主義と法治国家を信奉する。暴力と不正のうえに民族共同体を建設することはできません。民族共同体の第一の条件は、国民の平等です。しかし現実には、ナチスに敗北した人々は法の保護を奪われたかのように扱われています。私たちから自由と命を奪うことはできても、名誉は奪えません」

強張った声で演説を終えたヴェルスは、重い足取りで自席に戻った。ヒトラーはヴェルスの演説を聞きながら、心の中に怒りの炎を燃やした。顔も憤怒の形相となった。

「遅ればせのお出ましですな」

着席したヴェルスに吐き捨てるように言うと、ヒトラーは、制止するパーペンを振り切り、そのまま演壇に突進した。

「口を慎め」

「反逆者、今日中に縛り首だ」

脅迫的な言葉が反対派議員に投げかけられるなか、ヒトラーは再び激しい口調で演説する。

「今からもう迫害を口にするとは、社会民主党は大袈裟だ。我が国の革命を続行させるためには、再び議会を招集する必要などなかった。だが、議会は開いた。我々がそうしたのは、法に従うからだ。今は我々と意見を異にしているかもしれないが、いつかは協調することもあるかもしれないと考えたからだ。私は敵を刺激する過ちは犯したくない。敵は殲滅するか、和解するかのどちらかだ。社会民主党の命運は尽きた。貴君らは最早、必要ではない。ドイツは自由にならなくてはいけない。だが、それは貴君らの手によってではない」

演説が終わり、ハイル（万歳）の叫び声があがる。採決が行われた。社会民主党議員は全員が反対票を投じたが、賛成票は四百四十一となり、全権委任法は可決される。反対したのは、社会民主党議員九十四人だけだった。

全権委任法は、第一条には「国の法律は、憲法に定める手続きによるほか、政府によっても制定されうる」、第二条に「政府が制定した国の法律は憲法と背反しうる」、第三条に「政府が制定した法律は、首相の手によって認証され、官報に公示される」、第四条「外国との条約で立法の対象となるものは立法参与機関の承認を必要としない。そのような条約の遂行に必要な規定は政府が発令する」と記され、憲法に拘束されない無制限の立法権がナチス政府に与えられた。大統領と議会は権力を失い、ヒトラーの政府が全ての権力を手に入れたのだ。ナチ党機関紙『フェルキッシャー・ベオバハター』は、同法の成立を受けて誇らしげに記した。

「歴史に残る一日だ。議会主義の体制が新しきドイツに降伏した。偉大な事業が始まる。第三帝国の時代が来たのだ」

神聖ローマ帝国（十世紀～一八〇六）を第一帝国、帝政ドイツ（一八七一～一九一八）を第二帝国、ナチス・ドイツは自らを「第三帝国」と位置付けたのであった。

＊

ナチス政権が誕生して数週間で、ナチ党員によるユダヤ人に対する暴力が火を噴きだした。反ユダヤ人暴動や迫害には、長い歴史があった。ナチスの時代に顕在化したわけではない。一五一六年には初めてのゲットー(ユダヤ人強制居住区)がベネチアに作られているし、宗教改革家マルティン・ルター(一四八三〜一五四六)は、ユダヤ人を「災厄」と見なし、弾圧・追放すべしと説いた。ユダヤ人が金銭や財を独り占めしていると疑ったのだ。ユダヤ人の就ける職種は狭められ、高利貸しといったキリスト教社会で疎まれていた職業に就くしかなかった。ユダヤ人は堕落した「非人間」という誤ったイメージが、ヨーロッパで徐々に広まっていく。

迫害の一方で、ユダヤ人に市民的自由権を与える動きが十八世紀にあったことも事実である。例えば、あのナポレオンはユダヤ人のフランスへの同化を制度的に推進した。

ドイツは第一次世界大戦に敗れたが、政府や軍部は、敗戦の責任をユダヤ人に押し付けた。ユダヤ人を戦時利得者であるとし、祖国のために尽くしていないと非難したのだ。しかしこれはデマであり、ユダヤ系ドイツ人はドイツ人よりも多く出征している。「ドイツは戦場では負けていなかった。後方のサボタージュ、卑劣な国内革命分子による背後からのひと突きで敗北した」との論調が広まり、ユダヤ人への風当たりが更に強くなった。反ユダヤ主義を宣伝し、人々を煽ってきた政党の一つがナチスである。そして一九三三年一月、ナチスが政権を獲得した。

同年四月一日の朝、ベルリン在住のユダヤ人ワルター・ゲールが営む宝石店の前に突然、褐色の制服を着た男三人が立った。突撃隊の隊員である。その中の一人の隊員の手にはプラカードが握られていた。

「ドイツ人はドイツ人の店からのみ買うべし」

道行く人は、何だ何だと次第に店の周りに集まってきた。

「これは何だね」

通りすがりの老人が、屈強な体つきをした隊員に尋ねた。

「ユダヤ人から物を買うなということだ。ユダヤ人は我々ドイツ国民の災いである」

隊員は、老人を見下ろして傲岸に答える。

「買うなと言っても、今日は安息日、店も閉まっているじゃないか」

別の若者が笑いながら、嘲るように通り過ぎる。すると、隊員は地面に置いていたバケツと刷毛を手にし、店のガラスに何やらペンキで描きだした。ダビデの星が黄色と黒のペンキで描かれていった。ざわついた声と物音を聞いて、二階にある自宅の窓からワルターが顔を覗かせる。

「君たちは何をしているんだ！」

ワルターは刷毛を持つ突撃隊員に視線を向け、叫んだ。

「うるさい、ユダヤの豚め」

三人の隊員はツバを飛ばすと、店の戸を強引にこじ開け、中に押し入った。

「あなた」

ワルターの妻アンネは不安気に夫に寄り添い、五歳になる息子のアレクサンダーを自らの胸に抱きよせる。

「大丈夫だ。心配いらない」

ワルターが、妻と息子を庇うように手を広げた時、隊員が二階の扉を蹴破って入ってきた。

「君たちは何だ、出ていきなさい」

「やかましい」

隊員は、ワルターの側に駆け寄ると、髪を引っ張り、床に顔を押し付けた。そして殴る蹴るの暴行を始める。

「あなた」

アンネは止めに入ろうとするも、髭を生やした隊員に張り手をくらわされ倒れた。アレクサンダーは突然の出来事に訳が分からず、べそをかくしかなかった。ワルターは、腹と頭に何発もの攻撃を受けたが、手で頭を庇っていたため、大事にならずに済んだ。ワルターが、

「うぅ」

と苦し気な声を発すると、これで良いだろうというように隊員は部屋から立ち去った。

「あなた、あなた」

アンネは再び夫を呼び、ワルターを抱きしめた。

「大丈夫だ、大した怪我はしていない」

ワルターは微笑すると、壊れた眼鏡をはずし、床に置く。三十歳の宝石商ワルターを襲った悲劇は、まだましなほうだった。医師の手当てが必要なほど重傷を負った商人もいたし、ズボンの下半分を突撃隊員に切られ、追い立てられる屈辱を受けた弁護士もいた。もちろん、殺されたユダヤ人もいた。シナゴーグ（ユダヤ教会堂）も焼き討ちにあった。

「大丈夫かね」

ワルター家を心配して、見舞いに駆けつけてくれた知り合いのドイツ人男性もいたし、

「この宝石、買いますよ」

ナチスへの反発からか、ユダヤ人への同情からか、わざわざ買い物に来てくれるお得意様が何人も現れた。全てドイツ人だった。

ユダヤ系商店へのボイコットが起こる数日前、ヒトラーは、ベルヒテスガーデンの山荘にゲッベルス宣伝相を呼び出した。

既にこの頃には、ユダヤ人が暴力を加えられているとの報道が海外にまで広がっていた。なかには、誇張した報道がなされることもあったが、ユダヤ系の団体はドイツ製品の不買運動を開始、それがイギリスやフランス、オランダ、ポーランドにまで拡大する。苦々しい口ぶりでヒトラーは厳命する。

「我々が外国の扇動に対抗できるようになるには、その元凶の者ども、それで利益を享受する者ども、つまりこれまで放置されてきたドイツ国内のユダヤ人を片付けることができた時だけだ。我々はユダヤ人ビジネスに対する大々的ボイコットに踏み切らねばならん。ドイツ国内にいる同胞の命とりになると知れば、外国のユダヤ人勢力も考え直すかもしれん」

ゲッベルスは、

「ドイツのユダヤ人の全てを人質にするわけですな」

薄気味悪く頷くと、すぐに党の全支部に送るための文章を構想した。それは、ユダヤ系商店やユダヤ系製品、ユダヤ人医師、ユダヤ系弁護士をボイコットすべしとの声明だった。

「ユダヤ人は誰に戦いを挑んだか、思い知るだろう」

強気の声明だったが、五日間は続けられるはずのボイコットは一日で終わりを告げた。深刻な不況下にあるドイツでボイコットという手法を用いることは、多くの労働者を路頭に迷わせる危険性があったからだ。このボイコットから一週間後、職業官吏再建法が施行される。ユダヤ系の人々を公職（公務員や公立学校の教員など）から追放するというユダヤ人排斥のための最初の法律であった。

ヒトラーとゲッベルスの次なる標的は労働組合である。五月一日はメーデー（労働者の日）であるが、ヒトラーはその日を「国民勤労日」とし、国の祭日とした。ドイツ共産党は同日に一大示威運動に出ようとしたので、それを食い止めるために、メーデーを無くし、新たな労働者の祭日を作り上げたのだ。それを仕組んだのが、ゲッベルスである。

「五月一日をドイツ民族意識の壮大なデモンストレーションに作り上げてみせます。次いで五月二日に労働組合事務所を占領する。寄生虫どもの指導から労働者を解放してやる時です。労働組合が我々の手に落ちれば、最早、他の政党や組織も長くはもちますまい」

五月一日には数百万のドイツの労働者が祭典に参加し、祝日を満喫した。ベルリンのテンペルホーフで夜間に開催された中央大会には百五十万人が集まった。

「職業によって分断され、人為的な階級に隔てられた数百万の人々よ、彼らは互いに歩み寄る道を再び見出さなくてはならない」

投光器が照らすなかで、ヒトラーは演説、民族の団結を訴えた。その翌日、突撃隊は労働組合の事務所を襲撃し、指導者を逮捕、組合資産を没収する。

共産党や社会民主党も激しく弾圧され、国家人民党や中央党は解党を余儀なくされた。七月には「政党新設禁止法」が制定され、ついにナチスが唯一の政党となった。三月の選挙後、ナチスへの入党希望者は続出し、五月には二百五十万を超えた。ナチスの党員であることが出世の要件とみなされるようになり「バスに乗り遅れるな」とばかりに、いわゆる「三月の投降者」が殺到したのだ。

全ての政党が倒壊すると、ヒトラーは「国民革命」の終結宣言を行う。七月六日、ベルリンでの地方長官会議の席上でこう述べた。

「政党はついに除去された。外的な力を獲得した後に続くべきは人間の内的な教育だ。革命は永続状態となることは許されない。革命が解き放った潮流は確かな進化の河床へと誘導されねばならない。革命の成果を成熟させ、それを社会に定着させるのだ。

優れた経済人が党員でないとの理由で更迭されてはならない。逆に経済の心得がないのに、党員だという理由でその人物にとって代わることはあってはならない。能力だけが決定的なのだ。我が党の任務は、我が民族の発展を確保することである。どこで革命を起こせるか探し回ることではない」

戦い(革命)は始まったばかりと思っていた多くのナチ党員は、ヒトラーの革命終結宣言を聴いて、ある者は驚き困惑し、ある者は怒った。急進的な社会革命(第二革命)が必要であるとの勢力は依然として残存していた。その急先鋒が突撃隊の幕僚長エルンスト・レームであった。

レームは、国民革命は終わらないと考えていた。だから、ヒトラーの革命終結演説を聞いた時なども、心中、

(国民の覚醒はドイツの革命の一里塚に過ぎない。私が望むのは永久革命だ。大いなる目標へと向かう絶えざる運動だ。ドイツには第二革命が必要である)

との想いを強くし、国民主義精神と社会主義精神によって再生したドイツを創っていくことを改めて心に誓ったのだった。レーム率いる突撃隊は、膨張に膨張を重ねていた。失業者救済の名目で、労働者や、解体された共産党員・労働組合員まで吸収し、約四百万人にまで膨れ上がっていたのだ。このような無節操な拡大によって、突撃隊は「ビーフステーキ突撃隊」と市民から嘲られることになる。「中は赤いが、外は褐色」というわけだ。市民の多くは突撃隊に対して嘲りだけでなく、嫌悪感を持っていた。突撃隊員の粗野で威圧的な態度、政敵に対する非人道的な拷問、外国の外交官への手荒な扱い、様々な業界からも突撃隊への苦情が寄せられるようになっていた。

＊

しかし、レームにとってそのような苦情は、馬耳東風であった。厳つい風貌そのままに、歯

に衣着せぬ物言いで、ナチスの幹部を批判した。

「あの顔役連中を見るがいい。我々は奴らを早々に切り捨てねばならん。そうして初めて真の革命が始まるのだ」

突撃隊員以外のナチスの党員ばかりが官庁のトップに据えられていく現状をレームは嘆き、突撃隊員を指導的地位に就けるべきだ、更には突撃隊を軍に昇格させるべきと放言する。レーム自身、ナチス政権成立後も閣僚の地位に就いていなかった。

「突撃隊を軍に昇格させ、ヒトラーの革命軍にするのだ」

レームは高笑いし、ヒトラー個人への忠誠を親しい者に語って聞かせた。ヒトラーと自分は古くからの付き合いだ、「俺」「お前」の仲だ、これまで口論することもあったが本音で話せば分かってくれるに違いない、そう楽観的に考えて、突き出た腹を抱えた。その証拠に一九三三年十二月と三四年の元旦には、ヒトラーから親しみを込めた手紙が送られてきた。そこには、レームを先ずは無任所大臣に任命し、将来は国防大臣に任じることが記されてあった。

「軍隊の任務は国境外の世界に対処することであり、突撃隊の責務は国民社会主義革命と国民社会主義国家の勝利を確保することだ」

ヒトラーの手紙にはそうも書かれていた。レームはこの文言を見て、笑いをこらえることができなかった。

（アドルフは、ドイツの防衛を突撃隊が担えと言っている）

ヒトラーは、国家の防衛は軍部が担うものだと悟らせようとしたのだが、レームはその真意を誤解する。無任所大臣に任命されたことも、レームの期待を膨らませた。

（何れ突撃隊省を作ろう）

そうなると、邪魔になるのは国防省である。レームはブロンベルク国防相に次のような文書を送りつける。「私は国軍をドイツ国民のための教育機関としか考えていない。将来、戦争の遂行は突撃隊の仕事となるであろう」と。送付された文書を持つブロンベルクの手は怒りで震えた。そして同僚の将官たちに文書を回覧させると、興奮した様子で言った。

「冗談ではない。何だ、この文書は。国土防衛を突撃隊が牛耳るだと。軍部の任務は、部隊と指揮官を育成し、それを突撃隊に差し出すことだと言うのか」

それを聞いた新任の陸軍統帥部長官フォン・フリッチェは、

「レームの要求は、到底、許容できません。私は全身全霊で突撃隊の要求に抵抗する覚悟です」

怒りに身を震わせた。ブロンベルクはすぐに首相官邸に乗り込み、ヒトラーにレームの文書を突きつけた。黙って文書を読むヒトラーに、ブロンベルクは、

「閣下はレーム幕僚長がこの文書を出したことを知っておられましたか」

顔を赤くして問い詰めた。

「いいや、知らぬ」

文書を注視したまま、ヒトラーは短く答える。

「もし突撃隊の要求が通ることになれば、我々ドイツ軍人は、命懸けで自分の地位を守るでしょう。閣下には内戦が起こることも計算に入れてもらわねばなりません」

ヒトラーは、顔を上げ、ブロンベルクをじっと見つめた。ブロンベルクもヒトラーの目を見据える。

「前にも言った通り、すべての軍事力は軍部に属する。防衛は軍部の仕事だ」

ヒトラーは前言を繰り返した。静かに頷いたブロンベルクは敬礼し、去っていった。全ての軍事力は軍部に属する、ヒトラーのこの言葉は既に空しいものになっていた。突撃隊は野外演習を行い、多量の銃を所持し、我が物顔で街を闊歩していたのである。

(国軍と突撃隊との内戦、それだけは避けねばならん)

そう考えたヒトラーは、国防省の大理石が立ち並ぶ講堂に、突撃隊と国防省の幹部を招集する。一九三四年二月二十八日のことである。

険しい顔つきの両組織の幹部を前に、ヒトラーは口を開いた。

「八年以内に経済不況が訪れるだろう。ドイツはまず西そして東方に生存圏を求める必要に迫られる。しかし、その時に役立つのは、突撃隊ではなく、近代的な軍隊だ。レームが言う市民軍では軍事行動に不適格である。突撃隊は、国内の政治活動のみに己を限定しなければならない。今の国軍を五年以内に最新式の武器を装備した国民軍にするのだ。八年以内に攻撃能力も備えたものにする」

　ヒトラーの演説を聞いているブロンベルクとレームの顔つきは対照的であった。ヒトラーはブロンベルクとレームに次のような協定にサインさせた。突撃隊は、国境地帯で警察力として活動すること、十八歳から二十一歳未満の青年の予備訓練をすること。両者のサインを見届けると、ヒトラーは会場から去った。直後、レームは国軍の将軍たちをベルリンの官庁街にあるオフィスに招き、昼食会を催す。

「乾杯」

　シャンパンや豪華な食事が振る舞われた。レームはブロンベルクのもとに歩み寄り、自ら手を差し出した。両者は握手したが、その表情は硬いままだった。レームは宴の始まりの段階から、酒を次々に飲み干した。将軍たちが辞去し、突撃隊の幹部のみになった時、レームはなおも酒をあおりながら、幹部に向かい、

「あの取るに足らない兵卒（ヒトラー）が今日言ったことなど、我々にはどうでも良い。あんな約束など、守るつもりはないさ。ヒトラーは裏切り者だ」

と喚き散らし、更には、

「ヒトラーに休暇をやらなくてはいかんな。奴が協力しないなら、我々はヒトラー抜きでことを進める」

幾分、声を低めて、一人の幹部の肩に手を回した。突撃隊大将ルッチェは、レームが吐く酒臭い息に耐えながら、無言で肩に回された手を静かに振りほどいた。

三月上旬、レームは酒席での暴言など忘れたかのように、オーバーザルツブルクのヒトラー山荘を訪問する。

「突撃隊幹部数十人を国防軍に編入してほしいのだ」

レームは、ヒトラーに頼み込んだ。突撃隊の隊員は、いつか自分たちが正式な軍隊になることを望んでいる、全ての隊員が無理でも、せめて幹部だけでもまずはその願いを叶えてやりたい。ずんぐりした身体を少しかがめてレームは、頼むと繰り返した。ヒトラーは、レームの顔を見たり、窓から見える山並みを眺めたりしていたが、急にレームの顔を真正面から見ると、

「エルンスト、新ドイツ軍は褐色ではなく、灰色（国防軍服の色）になるのだ」

きっぱりとした口調で言う。

「そうか」

呟いたレームは、珍しく反論せずに、肩を落として山荘から去っていく。山道を歩きながら、

レームは傍らの部下に、

「もうボリビアに帰りたい」

ため息交じりに漏らすのだった。レームは、酒の席で大口を叩いたが、それは本心ではなかった。ヒトラーには未だ友情を持っていたし、せいぜい圧力をかけて自分の要求を通したいと願う程度だった。武力でことを推し進めるなど考えてはいなかったのだが、この頃から、突撃隊が反乱を企てているとの情報が、頻々とヒトラーの耳に入るようになる。情報の出所は、ゲーリングと、親衛隊隊長兼ゲシュタポ（秘密国家警察）長官ハインリヒ・ヒムラーであった。ヒムラーは、普段はベルリンのゲシュタポ本部に詰めていたが、休日は自宅でマッサージを受けるなどして過ごしていた。マッサージ師のケルステンが、ベッドに横たわるヒムラーの腰を揉んでいると、突然、部屋の電話が鳴った。

「すまんが、電話に出てくれないか」

ヒムラーが気持ちよさそうな声を出して、ケルステンに頼んだので、電話に出てみると、何とヒトラーからであった。

「総統からです」

ケルステンが恐る恐る受話器をヒムラーに向けると、ヒムラーはベッドから飛び起きて、直立不動の姿勢をとり、押し頂くように受話器を受け取る。

「ヒムラー君、聞きたいことがある。今すぐ首相官邸に来てくれないか」

「はっ、承知いたしました」

直立の姿勢のまま、ヒムラーは大声で返事をし、受話器を置いた。ベッド側の机上にあるヒトラーの写真に向かい、両手を組み、

「ありがとうございます、ありがとうございます」

祈るように小声で唱えると、ケルステンの方を向き、

「君が今、話したのはヒトラー総統なんだぞ。君は何と幸運なんだ。帰ってそのことを是非、家族に報告したまえ」

大仰に両手を広げた。親衛隊の制服「黒服」に着替えたヒムラーは、髑髏のマークを付けた黒い帽子を被り、鏡を見た。そして眼鏡をかけ直し、ヒトラーと似たような口上のちょび髭を触り、兵隊が行進するようにして自宅を出る。

首相官邸のヒトラーの執務室に入ると、ヒトラーは待ちかねたように、ヒムラーを呼び寄せ、単刀直入に聞いた。

「レームが反逆を企てているというのは本当かね」

直立不動の姿勢をとったままで、ヒムラーは答えた。

「プロイセン州内務省からの報せにも、レーム隊長の叛意を示すようなものがございました。

恐れながら、レーム隊長は電話口で、総統やゲーリング航空相のことを豚と罵っておりましたし、その時が来たら豚の肉を削ぎ落してやるとのカール・エルンスト突撃隊指導者の発言に、そりゃ結構だと賛意を示していたのです。それに……」

ヒムラーは言葉を切ると、黒い鞄の中から、複数枚の書類を取り出し、ヒトラーに見せた。突撃隊のベルリン本部で男色パーティーが開かれている、突撃隊員になった息子が暴行を受けたとする手紙の内容、クーデター成功後の閣僚名簿までがヒトラーの目に触れた。それには「シュライヒャー副首相、ブリューニング外相、レーム国防相、シュトラッサー経済相」と記されていたが、首相の箇所には依然として「ヒトラー」の名があった。

ヒトラーが胡散臭い目でそれらを眺めていると、執務室のドアが開き、ゲーリングが入ってきた。

「総統、レームの叛意は最早、明らかですぞ。早急に対処しなければ、我々が危うい」

ゲーリングはそう言うと、一枚の書類をヒトラーに提出する。駐独フランス大使フランソワ=ポンセの電話盗聴記録の内容が記されていた。

「突撃隊隊長レーム、ベルリン突撃隊指導者エルンスト、元組織局長シュトラッサーと会談した。その結果、政権交代が近いことが分かった。ドイツとの交渉を控えるようフランス政府に具申した」

「シュライヒャー元首相との会話でフランソワ＝ポンセが述べたことです」とゲーリングが付け加えると、それには興味がそそられたのか、ヒトラーは食い入るように書類を睨みつけた。

「これらの情報は本当なのか」

ヒトラーは信じられないといった顔でやっと言葉を発した。

「我らの情報収集能力を信じてください」

ゲーリングが胸を反らせ、声を張り上げる。

「分かった。すまんが、独りにしてくれないか」

ヒトラーは二人に告げたので、ゲーリングとヒムラーは敬礼し、揃って退出する。書類を手に取ったヒトラーは執務室を行ったり来たりして、思案を巡らせた。

六月四日の夕方、ヒトラーはレームを首相官邸に呼び寄せた。執務室には二人以外に誰もいない。張り詰めた空気のなか、話を切り出したのは、ヒトラーだった。

「これが最後の忠告だ。突撃隊には、良からぬ噂が常について回っている。語るのもおぞましいが、同性愛パーティー、暴行事件、果ては反乱計画まで持ち上がっているとか」

ヒトラーは冷静で穏やかな口調で、レームに問いかけた。それに対しレームは、くだらんと吐き捨てるように、

「それらの噂は、全て誇張されたものだ。でたらめだ！」

と大声で怒鳴った。

「そうか、では問題は、国軍との軋轢だ。突撃隊を国軍にすることはできない。そのような要求をすることは、金輪際やめてほしい」

「何っ！」

顔を引きつらせたレームは、顔を朱に染め、

「この裏切り者っ！」

立ち上がり、ヒトラーを指さした。それでもヒトラーは落ち着いた顔で、

「国軍と突撃隊の軋轢の行き着くところは、破局でしかない。どうか、この事態の成り行きを阻止するようにお願いしたいのだ」

レームに懇願する。

「突撃隊は冷遇されている。使われるだけ使われてお払い箱になる。隊員は皆、そう考えているぞ。このような事、あってよいものではない」

口惜しさを噛みしめるように、レームは着席したので、ヒトラーはすかさず、

「気持ちは分かる。突撃隊を悪いようにはしない。だから、事態を正常に戻すために国軍と競り合うのはやめにしてほしい。突撃隊の自粛、とりあえず、隊員全員に一ヶ月の休暇を与えてほしいのだ。休暇後の在り方は、また協議しようではないか。私は変わらず君の味方だ。だが

当面、世間の批判の集中砲火から突撃隊を守ることも必要ではないか。君自身も少し養生したまえ」

とレームを宥めるように言った。レームは、

「では、突撃隊の幹部を国軍に編入するということくらいは、せめて受け入れてほしい」

と身を乗り出した。

「考えておこう」

ヒトラーが言ったので、一歩前進と見たレームも、

「私もできる限りのことはしよう」

落ち着きを取り戻して、席を立った。レームの肩を叩き、見送るヒトラーの顔には安堵の表情が浮かんだ。三日後、レームは声明を発した。

「私は医師の助言に従い、神経症によって損なわれた健康を回復させるために治療を受ける決心をした。健康を回復した後、私は完全に職務に復帰する」

ミュンヘン郊外のホテル・ハンスルバウアーでレームは休養することになったが、六月三十日には同地で突撃隊幹部とヒトラーで、今後の協議を行うことになった。

協議が行われるまでの間に、ヒトラーにとって不快な出来事が立て続けに起こった。六月十七日には、パーペン副首相がマールブルク大学で講演し、その中で、

「いったん革命は終わらなくてはならない。誰もが認める国家権力によってしっかりとまとめられた社会構造が生まれなくてはならないのだ。政府はおそらく全てを知っているのだろう。利己的で無節操で、不誠実で、信義にもとり、思い上がって、ドイツの革命を隠れ蓑にして、蔓延(はびこ)ろうとしていることの全てを。偉大な人物は宣伝によっては作り出せない。組織や宣伝だけでは、国民の信頼は維持することはできない。自由への欲求は人間の本性に根ざしている。したがって国民生活全般に軍隊的規律を適用するには、人間の資質に反することのないように限度を弁えなくてはならない」

と語り、レームや突撃隊を野放しにしているナチス指導部を批判し、ゲッベルスの宣伝機関を攻撃した。

パーペンの演説は、学生の歓呼と拍手を浴びた。ゲッベルスは、パーペンの演説内容を知り、演説掲載誌を没収し、録音放送も中止させた。しかし、演説の本文は、パーペンによって、外国の報道陣に事前に配布されていたため、その内容は広く知れ渡ってしまう。ヒトラーは、

「笑止だ。つまらんチビが言葉遊びで、民族の偉大な刷新を邪魔できると思い込んでいるのか。行動に出るなら覚悟すべきだ」

激怒し、地団駄を踏んだが、パーペンも負けてはいなかった。演説の発禁に我慢がならないパーペンは、ヒトラーに面会を求め、

「ゲッベルス宣伝相の発禁処分を解かなければ、副首相を辞職しますぞ。保守派の大臣たちも、事態が改善されなければ、政府への支援から手を引くと言っております。事態が善処されなければ、最終的には大統領に介入を求める以外にありませんな」

いつになく厳しい口調で、ヒトラーに直談判する。冷静に事態を把握したヒトラーは、パーペンの意向を無視したら、少々厄介なことになると計算し、先日の激しい口ぶりとはうって変わって、落ち着いた声で、頷きながら語り掛けた。さも激高したように話すこともできるし、状況に応じて冷静な口調で話すこともできる、それはヒトラーの強みであった。政治とは演技である。

「ゲッベルスの行為はやりすぎだったかもしれん。発禁処分は、何れ解除しよう。パーペン君が言うように、突撃隊の不服従にも問題がある。数日後に共に大統領のもとに赴き、話し合おうではないか。それまで辞職は待ってほしい」

「承知しました」

激論になるとの予想に反して、素直なヒトラーの対応に、パーペンは内心笑みさえ交えて、引きさがる。

ところがヒトラーは約束を違え、翌日にパーペンを伴わず、ヒンデンブルク大統領に面会する。大統領は東プロイセンのノイデックの私邸に静養中であった。

汗ばむ陽気のもと、車で私邸を訪問したヒトラーを大統領の息子オスカーが出迎える。玄関前の階段には、ブロムベルク国防相がいて、ヒトラーに敬礼した後に、大統領の部屋に案内した。ヒトラーの眼前の大統領は、車椅子に気力のみで座っているようであった。

（ヒンデンブルクの健康状態はかなり悪い）

そう感じたヒトラーであったが、もちろんそれを顔には出さず、恭しく接した。大統領は言葉を発することなく、ブロンベルクが一方的に話し始めた。

「大統領は国内の安定を望んでおられます。新生ドイツに過激な輩の占める場所はない。もし、政府が現在の緊張を緩和できないのならば、大統領は戒厳令を敷き、その任務を軍部に委ねるでしょう」

軍人らしい堅苦しい態度で、大統領の意見を代弁したブロンベルクの言葉が途切れた時、大統領はかすれ声で、

「政府が対処できないならば、国軍の支援を受けて戒厳令を発するつもりである。問題を起こす革命的な連中に道理を弁えさせよ」

と呟いた。ヒトラーは、政府の対処を約束し、その場から去り、機中の人となった。

（大統領と国軍は、突撃隊の動きを不快に思っている。対処に手間取れば、我が政府は力を失うだろう）

飛行機の窓に降り注ぐ光を眺めながら、ヒトラーは更に思案する。

（深刻な対立なしにこの災いを取り除くことができないだろうか。突撃隊は一大勢力だ。これを粛清するのには、余程の慎重さと、力技が必要だ。失敗すればドイツは崩壊する）

目を閉じて、ヒトラーはなおも対策を練った。

翌朝、突撃隊大将ルッチェは首相官邸に呼び出された。酒席でレームの手を振りほどいた男であるが、それ以降、彼はヒトラーにレームの叛意を警告してきていた。執務室に入ってきたルッチェの手をヒトラーは取り、

「全ての片が付くまで、今から言うことは内密にしてほしい。私は君が、レーム一派に加わるつもりがないことを前からよく知っている。だから、君には打ち明けるのだ。レームを取り除かねばならない。その時がやってきた」

一語一語、想いを込めて伝えた。それがヒトラーが出した答えであった。ルッチェは心中、来るべきものが来たと思ったが、驚きを隠して、ヒトラーの顔を見つめて、

「打ち明けてくださり、光栄です」

と礼を述べた。

「以後は、私の指示に従って動くように。レームや突撃隊の動きを私やヒムラーに報せてくれ」

ヒトラーが言うと、ルッチェは敬礼し、暫くして退出する。ヒトラーのもとには、相変わらず、ゲーリングやヒムラーから、「レームが一揆を計画している」との情報が多数寄せられていた。それらの情報のどこまでが本当で、何が偽りなのか、ヒトラーでさえ分からなかった。彼らは、強大な力を持つ突撃隊を何としても排除したいだけであり、情報は誇張されているかもしれない。ただ、レーム一派を粛清すると決めた以上は、偽情報であっても、それに乗りかかることは、ヒトラーにとって好都合であった。

六月二十八日、エッセン地区の大管区指導者テルボーフェンの結婚式に参列したヒトラーであるが、そこにもベルリンのヒムラーから、ひっきりなしに電話がかかってきた。電話を受けたのは、ルッチェだった。

「突撃隊が不穏な動きをしているようだ」

「突撃隊員が外国人外交官に暴行したようだ」

淡々としたヒムラーの報せを聞いて、さすがのルッチェも、

（総統がベルリンを留守にしている時に、事態を悪化させ、加速することが、ある一派にとって重要なのではなかろうか）

との想いにとらわれた。

「どのような不穏な動きがあるのですか」

ルッチェが聞いても、

「とにかく、そのような情報が信頼すべき筋からもたらされているのだ」

ヒムラーは、その一点張り。緊急情報の到来に、ヒトラーは、近くのホテルに引き返し、ゲーリングらと対応を協議する。ヒムラーから寄せられた相次ぐ突撃隊の「不祥事」をルッチェに聞いたヒトラーは、

「もう沢山だ。奴らを懲らしめてやる！」

と叫び、ゲーリングは深刻な顔をして頷く。

「ゲーリングよ、ベルリンに急ぎ戻って待機せよ。合言葉の連絡があれば、直ちに行動をとれ。合言葉は、コリブリ（はちどり）だ」

夕刻、ヒトラーは、レームに電話し、

「ベルリンで突撃隊の隊員が外国人に暴行した。このようなことに私は我慢できない。三十日の午前十一時にヴィースゼーで開かれる突撃隊指導者会議に私も出席するので、そこで話し合おう」

と告げた。語気こそ荒いものだったが、話し合いを提案するヒトラーの姿勢に、レームは満足した。

一方、ベルリンに急行したゲーリングは、空軍施設の防護措置や、全警察・親衛隊に動員を

命じる。二十九日夜には、ヒトラーはミュンヘンに飛行機で向かう。深夜ではあったが、一睡もせずに、虚ろな目で前方の闇を見つめるヒトラーは、空港に到着すると急ぎ、バイエルン内務省に赴く。バイエルン州内相ワーグナーを従え、大股で建物のなかに入り込んだヒトラーは、敬礼する突撃隊の一隊長を指さし、

「こいつを監禁しろ！」

唾を飛ばして詰め寄った。隊長は泡をくった顔をして、警察に連行されていった。突撃隊の幹部であるシュナイトフーバーとシュミットも、ヒトラーの前に引き据えられた。早朝に叩き起こされて茫然自失の二人を前に、

「この裏切り者めが。お前たちを逮捕し、銃殺する。郊外の収容所に連行せよ！」

ヒトラーは叫び声をあげ、彼らの階級章と党章を剥ぎ取った。親衛隊が、レームの静養しているヴィースゼー村入口に展開を完了したとの報を受け、ヒトラーは、車に乗り込んだ。レームが宿泊しているホテル・ハンスルバウワーに向かうのだ。夜は明け、明るい陽に照らされて、車は猛スピードで走るが、村に入ると、車は速度を下げた。ホテルに近付いたら慎重に運転せよとのヒトラーの命令だった。村は朝靄と静寂のなかにあったが、時に教会の鐘の音が響き渡った。車がホテルの正面入り口に着くと、

「今日は私の生涯で最悪の日だ」

ため息をつくようにヒトラーは言うと、真っ先に車を降り、黒皮の外套を翻し、ホテルに入った。監視人もおらず、一階や食堂にも人影は見えず、ヒトラーは易々と潜入することができたが、物音に気が付いたのか、女性の支配人が現れて、

「総統閣下ではないですか。お目にかかれて光栄に……」

頭を何度も下げて挨拶しようとしたが、ヒトラーはそれを遮り、

「レームの部屋はどこだ」

血走る眼で問い詰めた。支配人がヒトラーの右手を見ると、拳銃が握られている。ただならぬ気配を感じた支配人は、緊張の余り、レームの部屋を即答することができなかった。そこに、親衛隊大隊長のディートリヒと刑事数人が到着し、レームの部屋番号を告げる。一行は、レームの部屋の前に立った。

「レームの部屋にはカギはかかっておりません」

刑事が調査の結果を得意顔でヒトラーに知らせる。

先ず、私服刑事がドアをノックする。そして、拳銃を手にしたヒトラーが部屋に乱れ入った。レームはベッドから身を起こしていたが、依然として寝ぼけまなこで、瞬きを盛んにしていた。前夜の宴会でしこたま飲んだのだろう。そのレームに向かって、ヒトラーは、

「エルンスト、君を逮捕する」

拳銃をちらつかせて言い渡した。その口調は、激しいものではなく、緊張をまとったものだった。寝起きで事態がのみこめないレームは、

「万歳、総統閣下」

とのみ返事をした。ヒトラーは、憐みの目でレームを見ると、

「反逆の罪だ。さぁ、服を着ろ」

と言い、風のようにその部屋から去った。部屋を出てから、レームの怒声が聞こえたが、何を言っているのか、ヒトラーには分からなかったし、そんなことはもうどうでも良かった。ヒトラーは、レームの向かい側の部屋を激しく叩いた。ヒトラーの後ろにはルッチェが緊張と当惑が入り交じった顔で、佇立している。その部屋には、突撃隊の指導者ハイネスがいるはずである。部屋のドアがハイネスによって開けられたが、薄暗い部屋の奥を見ると、金髪の美少年が呆然とした顔で、裸で立っていた。ハイネスも裸であった。ヒトラーは苦虫を噛み潰したような顔をして、ルッチェに、

「逮捕せよ。部屋に武器がないか、探せ」

と命じ、自らは部屋を出た。

「助けてくれ、私を助けてくれないか、ルッチェ」

「私にはどうすることもできない」

動揺し命乞いするハイネスの言葉と、悲しみを押し殺したようなルッチェの声が、ヒトラーの耳に入った。

暫くして、ルッチェがヒトラーの前に現れ、

「ハイネスが服を着ることを拒み、部屋から出ようとしません」

困惑した表情で告げる。ヒトラーは舌打ちすると、素早くハイネスの部屋に乗り込み、

「ハイネス、五分で服を着ないなら、お前はこの場で射殺だ！」

と怒鳴り散らしたので、ハイネスは慌てふためき、ついに服を手に取った。このようにして、突撃隊の幹部は次々と逮捕され、先ずはホテルの地下室に監禁された。

ヒトラーがホテルの外に出ると、ちょうどそこに、指導者会議を護衛するための武装突撃隊の隊員を満載したトラックが到着したのが見えた。ヒトラーの傍らには、副官ブリュックナーがいたが、彼がトラックに向けて、

「ミュンヘンに帰るのだ」

大声で呼びかけたが、隊員たちは無言でブリュックナーを睨みつけるだけだった。業を煮やしたヒトラーが、

「ブリュックナーの命令が聞こえなかったのか。ミュンヘンに帰るのだ。途中、親衛隊と出くわすだろうが、その時は彼らに武器を引き渡すのだ。彼らが諸君を武装解除する」

断固とした口調で言うと、トラックの中にいた指揮官らしき人物が、ヒトラーの姿を認め、運転手にミュンヘンに帰ることを命じた。武力衝突の危機は去った。ヴィースゼーでは約三十人の突撃隊幹部が逮捕され、その後、ミュンヘン刑務所やダッハウ強制収容所に移送される。午前九時半過ぎに、ミュンヘンの党本部「褐色館」に入ったヒトラーは、ゲッベルスに命じて、ゲーリングに電話をさせた。指令は、

「はちどり作戦を開始せよ」

突撃隊に代わって、街には機関銃で武装した親衛隊が溢れかえった。作戦の開始により、首都ベルリンや国内各地にいる突撃隊の幹部連中は、警察と親衛隊に次々と捕縛された。後は、誰を処刑するかである。

ヒトラーは、親衛隊の大隊長ディートリヒに処刑を担当させるつもりであったが、三時間経っても姿を見せなかった。やっと姿を見せたディートリヒを、

「何をしていた！　遅いぞ」

叱りつけたヒトラーは、いらいらした様子で、机を叩いた。

「申し訳ありません。トラックのタイヤがすり減り、車を飛ばすことができませんでした」

冷や汗をかきながら、ディートリヒは謝罪する。部屋の外で待つように、ヒトラーは彼に命じた後、机の上に置かれている書類に目を落とした。突撃隊指導者の名簿である。十数人の名

前の横には、ヒトラーによって印が付けられていた。処刑を実行せよとの印だ。命乞いしたハイネスの名前にも印が付けられている。ところが、エルンスト・レームの箇所には、未だ印はなかった。ヒトラーは、レームの名をじっと見つめていた。前年四月に副総統に就任していたルドルフ・ヘスや、ゲーリング、ヒムラー、ゲッベルスといった面々がその周りを取り囲んでいる。

（総統は、レームの処刑を悩んでおられる）

皆がそう思っている時、ヘスが勢い込んで、

「総統、レームの処刑は私にお任せください。最大の豚は死なねばなりません」

ヒトラーに決断を迫った。しかし、ヒトラーは無言で首を横に振る。ヒムラーは、処刑リストを眺めていたが、まだ印が付けられていない名前を急に読み上げ始めた。

「シュナイトフーバー、彼はどうします?」

シュナイトフーバーは、突撃隊幹部であり、ヘスの友人でもあった。ヘスは急に青ざめた顔になり、頭を後ろに反らすと、ぶつぶつと呟き、ヒトラーに近寄り、

「どうか、シュナイトフーバーをお許しください」

頭を下げて、小声で囁いた。ヒトラーは不機嫌な顔のまま、無言で首を横に振っただけだった。ヘスは倒れそうになりながら、涙を浮かべて隣室に消えていった。百人を超える処刑予定

者リストは、ヒトラーによって、十数人にまで絞られていた。相変わらず、ヒトラーはレームの名を凝視するばかり。

(レームは古くからの同志ではある)

「お前はいつか俺を必要とするだろう。その日が来たら、凱旋門へ来い。そこには俺もいるはずだ」

かつてレームと仲違いした時であっても、彼はそう言って語りかけてきた。その言葉が、今更ではあるが、ヒトラーの耳に木霊(こだま)する。

「これまでの功績を鑑みて、レームは助命する」

唐突にヒトラーが周りの者に宣言した。特にゲーリングとヒムラーが、唖然とした表情となり、ほぼ同時に、

「とんでもないことです。レームを助けては、これまで処刑した連中はどうなりますか」

「責任問題にもなりましょう。首謀者が処刑されないなど、反乱はでっち上げだったと思われるでしょう」

強く抗議した。それでも、ヒトラーは、青ざめて無精髭が伸び放題の顔を左右に振るのだった。ゲーリングとヒムラーは尚も食い下がる。

「我々はどうなっても良いのです、ただ後々、総統に災いが及ぶのだけは避けなければなりま

せん」

ヒムラーが直立不動で、ヒトラーにやんわりと忠告する。それでもヒトラーは書類を凝視し、熟考していたが、とうとう意を決したようにペンを取ると、レームの名前に印を付けた。七月一日午後のことであった。

その頃、レームはシュターデルハイム刑務所の独房に収容されていた。そこにバイエルンの司法大臣ハンス・フランクが訪れ、独房に入り、レームの様子を観察した。レームは、鉄の寝台に上半身裸で座り込み、汗まみれになっている。フランクの方を見たレームは、

「いったいどういうことなんだ？　何が起こっているのだ？」

重ねて問いかけたが、フランクは沈黙する以外なかった。続けてレームは、

「覚悟はできている。私の命はどうなっても良い。ただ、身内の面倒は見てやってほしい。頼む」

とフランクの手を握りしめる。フランクが頷くと、諦観したようにレームは独り言ちた。

「全ての革命は我が子を貪り喰うものだ」

同じ時、シュターデルハイム刑務所の中庭では次々に突撃隊の指揮官たちの銃殺が行われていた。

「我々は完全に無実だ」

シュナイトフーバーは、両肩を押さえる二人の警官に抗いながら、親衛隊大隊長のディートリヒに喚いた。だが、ディートリヒは眉根一つ動かさず、踵を鳴らすと、

「君は総統によって死刑を宣告されたのだ」

冷厳に答えるのみ。警官が目隠しをしようとするのを、

「結構だ」

拒んだシュナイトフーバーは、銃殺隊を睨みつけた。間もなく、銃声が響き渡り、彼は血を流して倒れる。そこに黒服を身に付けた親衛隊幹部アイケが、ヒトラーの口頭命令を持ってやって来た。

「隊長レームの身柄を引き渡すように。これは総統の口頭命令だ」

アイケは、刑務所長に要求するが、

「正式な書類がなくては、引き渡しに応じることはできません」

との答えに、

「これは総統のご命令だ！」

物凄い剣幕で所長を怒鳴りつけた。びくついた所長は、看守にレームの独房にアイケを案内するように命じる。冷たい靴音の響きが、独房にいるレームの耳に聞こえてくる。

「あなたは死刑を宣告された」

黒服の男が、看守を後ろに従えて、突然、レームに話しかけてきた。フランクとの対話時と同じ姿勢でレームはいたが、アイケに言葉をかけることはなかった。

「総統は、貴方が正しい結末をつけられるように、最後の機会を与えられました」

アイケはそう言うと、机上に回転式拳銃を置き、静かに独房を後にした。目を瞑り、廊下で待っていたアイケだったが、何分経っても物音一つしない。アイケは部下一人を連れて、再び独房に戻った、手には拳銃を携えて。

「隊長、覚悟！」

扉を開けると、アイケは銃を、寝台から立ち上がっていたレームに向けた。部下を見ると、拳銃を持つ手が小刻みに震えている。

「ゆっくり静かに狙うのだ」

自らにも言い聞かせるように諭したアイケは、すぐに引き金を引いた。二発の轟音が響き、レームは仰向けに倒れる。アイケが、血泡を噴くレームの口元に耳を寄せると、

「我が総統よ」

苦し気な声が聞こえた。

「我が……総統……よ」

咳込みながら、噛みしめるようにレームは喘ぐと、呼吸は止まった。

「レーム隊長、その気持ちをもっと早く持つべきでした。もう手遅れです」

アイケは、靴の踵をうち鳴らし、レームの遺体に敬礼する。午後六時のことであった。

はちどり作戦は、無軌道に拡大し、突撃隊員のみならず、ナチスに敵対する者の命まで奪うことになった。その中には、パーペンの秘書や、シュライヒャー元首相、フォン・カール元バイエルン州総督そしてグレゴール・シュトラッサーの名もあった。彼らの殺害に、ヒトラーのゴーサインはなく、ゲーリングやヒムラーが独断で遂行した。

グレゴールは、かつてナチスでヒトラーに匹敵するほどの力のあった人物である。だがすでに党を離れ、政治の世界から身を退いていた。ヒトラーが再び彼を重用することを恐れたゲーリングらの思惑が、グレゴールをゲシュタポ本部の独房に連行させたのだ。独房の天窓を見上げるグレゴールの胸には、残してきた家族の不安気な顔が去来する。昼時、家族との食事中に家の呼び鈴が鳴り、武装した男たちが乱入、自分を連れ去った。妻と言葉を交わす暇もなかった。

（無念だ）

そう想い、天窓を見ていたら、急に銃を持つ人の腕が差し入れられ、無暗やたらに発砲を始めた。グレゴールは、肥満した身体を床につけ動き回り、弾を避けようとするが、何発かはすぐに腕や肩、胸に命中する。

「うっ、う……」

薄れゆく意識のなかで、グレゴールの耳に、ドアの錠が回る音と、複数の男たちの声が聞こえてきた。

「まだ生きているぞ」

「よし、さっさと始末するか」

「いや、少し待て。長官に確認してくる」

一人の男の足音がグレゴールの耳から遠ざかるが、すぐに今度は更に大人数の靴音と踵を揃える音が独房に響く。

「まだ死んでおりません」

恐縮したように、一人の男が頭を下げる。

「何っ、まだ死んでいないだと？　豚のように全ての血が流れ出るまで放っておけ、いいな。豚には豚の死に方がある」

甲高い声が聞こえた方向を見ようと、グレゴールは顔を横に向けた。そこには、すらりと背の高い金髪碧眼の男の顔が見えた。男の顔は、薄っすらと笑っているようにグレゴールには思えた。

「ハイドリヒ長官、こちらへ」

部下に促されたその男は、厳しい顔つきになると、グレゴールの視界から姿を消した。グレゴールがいまわの際に見た男こそ、後に「金髪の野獣」と恐れられるラインハルト・ハイドリヒ（当時は親衛隊諜報部長官）その人であった。

第12章

侵略——アンシュルス

突撃隊粛清事件（いわゆる「長いナイフの夜」）は、一説には百人以上が殺害されたと言われている。突撃隊に関係しない者まで無惨に殺されたのだが、ナチス政府は、その事実を書類焼却などによって隠滅しようとした。市民は真相を知らなかったが、威張り腐っていた突撃隊が掃除されたことは歓迎し、ヒトラー人気はかえって上昇する。

一九三四年七月末、ヒンデンブルク大統領が危篤状態となった。翌八月一日、ヒトラーはノイデックに駆けつけ、大統領を見舞う。大統領は、鉄製のベッドに横たわり、ぜいぜいと喘いでいた。

「もっと楽なベッドに移れと言ってもきかないのです。昔から野戦用の簡易ベッドに寝てきたからという理由で。寒いので部屋着を買えと言っても、兵士たちは部屋着など着ない、そんなものに費やす金はないといって、叱られました」

大統領の息子オスカーは、ヒトラーを寝室に案内した際にそう言って肩をすくめた。

「父上、首相が見えました」

オスカーが問いかけたが、大統領は目を閉じたままだった。再び呼びかけると、目を閉じたまま、

「なぜもっと早く来なかったのだ」

うわ言のように呟く。オスカーが、

「首相は今まで暇がなかったのです」

　小声で言うと、

「そうか」

　大統領は残念そうな顔をした。

「父上、ヒトラー首相が、お話ししたいことがあるようです」

　すると、大統領はやっと目を開き、ヒトラーの方をじっと見た。しかし、何だお前かというような顔をした後、また目を瞑ってしまう。おそらくヒンデンブルクは、彼のお気に入りだったパーペン元首相が見舞いにやって来たものと勘違いしたのだろう。だから、元来、気に食わないヒトラーが眼前にいるのを見て、さっと目を閉じたのだ。ヒトラーは、死にゆく大統領の顔をじっと見ていたが、そのまま何も言わず、寝室から去った。

　ヒトラーの頭には、すでにヒンデンブルク後の国家元首の在り方が描かれていた。それは、大統領と首相の職を一元化させるというもので、その「国家元首に関する法律」は、ヒンデンブルクがまだ息のある八月二日午前に成立した。そして成立のほぼ同時刻にヒンデンブルク大統領は死去する。最後の言葉は、

「皇帝陛下、我が祖国」

　であったという。ヒトラーの目の上の瘤は、消えていなくなった。ヒトラーは「故人の偉大

さは、大統領という称号に比類のない意味を付与した。この称号は亡き偉人の名と不可分に結び付いている。それゆえ、私はこれまで同様、総統兼首相とのみ呼ばれるよう配慮を願いたい」として、大統領と呼ばれることを拒んだ。

突撃隊粛清、ヒンデンブルク大統領の死という暗い出来事が相次いだので、それを払拭するために、九月のニュルンベルクにおけるナチ党大会は、壮大なものにしなければいけなかった。ヒトラーはこの党大会の建築や演出を、アルベルト・シュペーアという二十九歳の青年建築家に任せることにした。

ドイツの都市マンハイム生まれのシュペーアは、一九三〇年十二月にベルリンのビアガーデンにおいて、ヒトラーの演説を初めて聞いて「新しい理想、新しい立場、新しい使命がある」と実感し、三一年一月にナチスに入党。三二年七月、ベルリン大管区の党会館の改築を担当し、期限内に終わらせたことで、ゲッベルスの歓心を得て以来、宣伝省や総統官邸の改修、ゲッベルス家の建築などを担っていた。建築現場を何度もヒトラーと共に見廻り、時には、

「この部屋はいつできるのかね？　この窓はいつできるのか？」

など矢継ぎ早に質問を浴びたシュペーアだが、そうした問いにも、簡潔に要領よく答えた。建築に関しては一家言あるヒトラーのお気に入りとなったシュペーアは、ある日、初めて食事に招かれる。建築現場の足場で、服や顔に壁土を付けたままのシュペーアは、少し禿あがった

前額も相まって、貧相な格好となっていた。それを見たヒトラーは、

「まぁ、来たまえ。上に行って綺麗にしよう」

優しくシュペーアを自宅の二階に案内した。普段は人を寄せ付けない威厳あるヒトラーの意外な姿を見たシュペーアは感激する。

「しばらく、これでも着ていたまえ」

ヒトラー所有の濃紺の上衣を着せられたシュペーアは、そのまま食堂へと入った。食堂にはゲッベルスがいたが、彼は目敏くそれに気付き、

「おや、これは君の上衣じゃないだろう」

シュペーアに尋ねる。緊張していたシュペーアが返答する前に、

「それは私のものである」

ヒトラーが素早く断言した。それを聞いたゲッベルスは、

（シュペーアは、総統の真のお気に入りとなったな）

と悟ったものだった。シュペーアは、とにかく仕事をしたかった。それも大きな仕事をしたかった。そのためには、『ファウスト』（十九世紀ドイツの文人・ゲーテの代表作）のように、悪魔に魂を売っても良いと思っていた。

一九三四年の春、シュペーアにニュルンベルク党大会の会場設計という大仕事が舞い込んで

きた。シュペーアは、短時間のうちに、設計のアイデアをひねり出し、ヒトラーに、

「模型を見ていただきたい」

と依頼する。石膏模型を腰をかがめて、四方からゆっくり眺め、黙って図面と見比べるヒトラー。大きな階段を昇ると、長い柱列ホールがあり、その両端には二基の石像が鎮座する。儀式場の周囲には、サーチライト百三十基が配置され、空に光柱が並び立つ。古代アナトリアの神殿に想を得た壮大な石造建築。当初の注文より、長さと高さがオーバーしていたので、シュペーアは心の中で、

(ダメか)

と冷や冷やしていたが、ヒトラーが発した言葉は、

「よし」

であり、それだけ言うと立ち去っていった。ヒトラーの建築の嗜好に合致したのである。

シュペーアはかねてより「廃墟価値の理論」なるものをヒトラーに吹き込んでいた。それは「特別な材料と特別な力学的考慮を払えば、数百年後、数千年後、その建築物が瓦解した状態にあっても、ローマに匹敵するものになる」というものだ。ヒトラーもかねがね、

「自分の時代とその精神を伝えるために建築するのだ。歴史上の偉大な時代を記念するには、結局、その時代の記念碑的建造物しかない。ローマ帝国の専制君主制の中で、いったい何が

残っているだろうか。建造物ではないか」

　と力説していた。

　偉大な祭典と、高貴な建築を永久に記録に残したい。ヒトラーは、映画『青の光』（一九三二年製作、ヴェネツィア国際映画祭銀賞）で脚光を浴びた美貌の女優兼監督のレニ・リーフェンシュタールに、

「党大会の長編記録映画を作ってくれないか。全面的な協力は惜しまない」

　と記念映画の製作を依頼する。彼女は迷いながらもいったん承諾したが、

（私には記録映画を撮る才能なんてないわ）

　と思い直し、仕事を仲間に託し、自らは海外に旅立ってしまう。帰国した時、党大会は二週間後に迫っていた。ヒトラーはリーフェンシュタールを呼び出した。情熱を込めた口調でヒトラーは言った。

「私は貴方の映画に感動したのだ。絵のように美しい描写、独特なカメラワーク、素晴らしいものだった。党大会を撮るのは、貴方しかいない。貴方は一生のうちの六日間を空けてくれるだけで良いのだ」

「ありがとうございます。しかし、撮影に伴う準備やフィルム編集などを併せると、六日間ではなく、六ヶ月必要です」

リーフェンシュタールは、細い眉毛をあげて、ヒトラーに堂々と意見した。それでも、ヒトラーは怒ることなく平静に、

「仮に六ヶ月だとしても、貴方はまだ若い。それくらいの時間の浪費は問題ではないでしょう」

彼女の端正な顔を見つめて口説いた。

「私は記録映画には不向きな人間です。何より私は党員ではありませんし、突撃隊と親衛隊の区別も付かないのです」

ここまで言えば、ヒトラーも諦めるだろう、リーフェンシュタールはそう想い、次の言葉を待った。ところが、ヒトラーは、

「だからこそ、貴方に映画を作ってもらいたいのだ。そのほうが、新鮮なものができる」

力強く語り、根負けしたリーフェンシュタールは、ついに撮影を承知する。党大会の一週間前に二百名の撮影隊を率いて現地に入ったリーフェンシュタールは、飛行機、ローラースケート、小型エレベーターなど様々な機材を駆使して、党大会を撮影しようと考えていた。九月四日、党大会開会式。そしてその四日後、シュペーアが改装した野外式場に、二十万人の党員が集結、高く伸びる幾筋もの光柱が空を照らし、夜空には光の海が現出する。荘厳かつ華麗な式典を、リーフェンシュタール指揮するカメラマンが、あらゆる角度から撮影した。九月十日、

大会最終日には、野外演習が行われ、銃声と振動が起こり、観衆は熱狂する。ヒトラーによる終幕宣言の後、ヘスは党を代表して叫んだ。

「党はヒトラーである。そしてドイツはヒトラーであり、ヒトラーがドイツである。ハイル・ヒトラー！　ジーク・ハイル！」

三十万人の観衆も、万歳を繰り返し、ニュルンベルク党大会は盛況のうちに終了した。リーフェンシュタールが撮影した党大会の模様は記録映画『意志の勝利』として、ドイツ各地で上映され、大ヒット作となる。海外でもこの映画は評価され、ヴェネツィア・ビエンナーレでは金メダル、パリ万博ではグランプリを獲得した。

＊

徐々にではあるが、失業者は減り始めていた。六百万人いた失業者は、三四年には二百七十二万人、三五年に二百十五万にまで減る（三七年には九十一万人となる）。しかし、それはナチス政府の尽力というだけでなく、前政権（パーペンやシュライヒャー）の企業減税、雇用創出政策が効果を見せていたのだ。一方、ナチス政府は、大規模な公共事業と減税措置によって、更に雇用を生み出そうとした。

アウトバーン（高速自動車道、三二年にはすでにケルン―ボン間で開通）、一般道路、運河、橋の土木工事を政府が発注し、公営企業が労働者を採用する。授権法により、法律の制定は意のまま、予算案も国会の承認を得る必要もない、財政赤字や野党との論戦・攻撃を気にする必要もない。一気に思いのままの政策を断行できた。

そうした状況のもと、三五年三月には徴兵制度が導入され、若者が国防軍へと入り、失業者の減少に貢献した。道路建設や土地開拓に従事する勤労奉仕制度も始まり、若者が低賃金で過酷な作業を行った。

そしてヒトラーの関心は、内政から外交政策に向かい始めていた。三三年十月、ナチス政府は、国際連盟から離脱している。それは、ベルサイユ条約でドイツに厳格な軍備制限を課しておきながら、欧米列強が自国の軍縮を進めないのは我慢ならないし、このままでは軍備管理体制に取り込まれ、ドイツの軍拡の可能性が断たれてしまうとの怒りと危機感からだった。連盟脱退による孤立を避け、フランスによる東欧への影響を突き崩すため、ヒトラーはポーランドと不可侵条約を結ぶことを画策する。しかしこれは、ドイツ外務省の意に染まぬことであった。元来、ドイツが支配していたダンツィヒ（現在はポーランドの都市グダニスク）は、第一次大戦後、国際連盟の保護のもとに置かれたが、ダンツィヒ港はポーランドによる利用が認められていた。しかし、そこの住民の大半はドイツ人であった。この事から、両国の関係は、ダンツィ

ヒを巡って険悪化していた。よって、ドイツ外務省の役人は、

「ポーランドと結ぶなど、不可能であり、望ましくもありません。ポーランドとの東部国境問題を解決するために、これまで親ソ連外交を展開してきたのであります」

ヒトラーにも具申していた。が、ヒトラーはそれを跳ね除け、不可侵条約を結ぶように圧力をかけた。結果、三四年一月には、十年間の不可侵条約を締結することになったのだ。ヒトラーは、

（今のドイツは、外交的にも孤立し、防衛力にも問題を抱えている。隣国から武力攻撃を受けることは避けなければならない。慎重な外交が必要だ）

と考えていた。もちろん、ドイツが力を蓄えた暁には、条約などいつでも廃棄して、ダンツィヒを強引に取り戻すことも視野に入れていた。ドイツとポーランドとの盟約は、ソ連にとっては脅威であり警戒すべきものであった。ソ連は、ドイツと敵対するフランスに接近することになる。

そうしたなか、ヒトラーが注目していたのが、ザール地方の帰属を決める住民投票であった。ザール地方（現在のドイツ・ザールラント州）は、ベルサイユ講和条約において、ドイツの支配を離れて、国際連盟の管理下に十五年置かれるとされた。しかも工業地帯であるザールの炭鉱の所有権と採掘権は、フランスに与えられていた。十五年経った後に、現状維持か、フランスに合

併するのか、ドイツに復帰するのかの住民投票を行うことも定められていた。三五年一月十三日が投票日であったが、この日に向けてナチスは、猛烈なプロパガンダを展開。「帝国へ帰ろう」「ザールはドイツ」との呼びかけと、貧民への支援活動は、多くの人々の心を打ち、結果は九十％以上がドイツへの帰属を望んだ。同年三月一日、ザールは正式にドイツに復帰、ベルサイユ条約の壁を突き崩したヒトラーのドイツでの人気は更に高まりを見せた。

自らが思うように、何もかもが思い通りに進んでいく。そうした状況に、会心の笑みをもらすヒトラーであった。オーバーザルツベルクの山荘に行く途中では、ヒトラーを一目見ようと時には数千人が集まり、大混雑。

「我が総統！」

「ハイル、ヒトラー！」

人々は拍手と歓声でヒトラーを出迎えた。メルセデスの助手席に座るヒトラーはその光景を見て、

「だから、私は鉄道のほうが良いと言ったのだ。車が全然進まんではないか。今度は気を付けてくれ」

不満気に運転手シュレックや護衛の者に言って聞かせた。次の通り道の村に入っても、既に多くの老若男女が道路に溢れかえっていた。

「おそらく、党の地区グループの者が、電話をかけて、我々が来ることを皆に知らせたに違いない。気を利かせたつもりなのだろうが」

熱狂的に手を振る男女を眺めながら、ヒトラーは呆れるように呟く。ヒトラーは時には車から降り、子供にサインをしてやることもあった。女児の頭を撫でるヒトラーを専属写真家のホフマンが撮影する。

ホフマンは、ヒトラーの日常生活を撮った写真集『だれも知らないヒトラー』(一九三二年)を出版、この本は最終的には四十万部以上が刷られた。続いて『ヒトラーを囲む若者たち』(三四年)、そして今は、山荘での暮らしを撮るため、ヒトラーに同行していた(その成果は『山で暮らすヒトラー』として三五年に刊行される)。女児の頭を撫で終わったヒトラーは、お付きの者に向かって叫んだ。

「今までこんなに歓迎されたドイツ人はたった一人しかいない。ルターだ。彼が国中を行くと、遠くから人々が潮のように集まって彼を祝福した。今日の私のように!」

やっとのことで、山荘に近付いても、数千人が私道を塞ぎ、大混乱となっていた。地元の者ではなく、熱烈なヒトラーのファンが、総統を追いかけて、ここまでやって来たのだ。何時間も待ち続けている男女たちは、

「我々の総統に会わせてください」

護衛兵に口角泡を飛ばした。興奮したある男は山荘のフェンスの木の杭を、人目を盗んで引き抜き、記念品として持ち帰った。何とか山荘の部屋に入ったヒトラーは、すぐにバルコニーに出て、群衆に手を振る。大群衆は押し合いへし合いしながら、手を伸ばし、少しでもヒトラーに近付こうとする。ヒトラーを見た感激で、興奮の余り、卒倒する女性も多くいた。そうした男女をぐるりと見回した後、ヒトラーは部屋の椅子に座り、一息ついた。そして、同行していたシュペーアに向かって、話しかけようとしたが、急に喉が痛み出し、思うように声が出ない。

「シュペーア君」

絞り出した声もかすれている。

「お風邪ですか」

シュペーアが心配そうに問いかけると、

「いや、喉に違和感がある。おそらく、これまで演説で喉を酷使してきたことが祟ったのだろう」

ヒトラーは嗄れた声で言った後で、紅茶をすすった。

山荘の拡張計画について、あれこれとシュペーアに語ったヒトラーだが、突然、顔を歪めて席を立ち、自室へと入った。そして、床に倒れ込み、苦しそうに息をした。

（心臓が、心臓が苦しい）

喉の痛みと、息苦しさ、そして最近は眠れない日が続いている。

（一体、これは何だ。睡眠不足による疲労、いや、もしかして癌か）

ヒトラーは目を見開き、懊悩する。ドアをノックする音が聞こえたので、ヒトラーは立ち上がり、

「入れ」

と促した。ドアが開くと、そこには背の高い小太りの男が直立不動の姿勢をとっていた。

「ボルマンか」

ボルマンと呼ばれた男は敬礼し、

「総統、この辺りの土地の買い上げは、順調に進んでおります。国有林も接収しました」

手短にオーバーザルツベルクの買収について説明した。

「そうか」

ヒトラーは苦しさを押し殺して、微笑する。マルティン・ボルマンは副総統ルドルフ・ヘスの副官を二年ほど務めていたが、同時にナチスの全国指導者の一人でもあった。彼の精密な仕事振りはヒトラーにも聞こえており、時にヒトラーはボルマンに仕事を任せることもあった。

この時もボルマンは、鉛筆とメモ用紙を両手に持っていた。ヒトラーの言葉をひと言でも聞き

漏らさず、ヒトラーが何を考えているのか常に把握するためである。

「ボルマン、医者を呼んでくれ、ブラント博士を呼ぶのだ」

ヒトラーの顔色の悪さを気にしていたボルマンは、慌てて、侍医のブラントを呼びに行った。

ブラントがやって来ると、ヒトラーは病状を説明し、意見を求めた。

「一流の医師の徹底的診療こそ、必要であると思います」

ブラントはそう言い、ボルマンも、

「総統、是非、そうされては」

と賛意を示した。しかし、ヒトラーは、

「いや、そう簡単に自分を病気だとするわけにはいかない。そんな事が公になったら、国内外の政治的地位を弱める」

嗄れ声を響かせて、反対した。ボルマンは、

「総統の仰る通り、人目につかないことは重要です。陸軍病院ならば、秘密保持も容易かと思われます。そこに入られては」

と意見具申したが、それでもヒトラーは首を縦に振らなかった。それればかりか、自宅への医師の往診まで拒んだ。が、病状は重くなるばかり。堪りかねたヒトラーは、官邸に咽喉専門医のアイケン（ベルリン大学耳鼻咽喉科教授）を招き、精密検査を受けた。

「癌ではありません」

アイケンから結果を知らされたヒトラーは、喜色満面。

「私は咽頭癌で死んだフリードリヒ三世と同じ末路を辿るのかと思っていたよ」

「しかし、小さいポリープがありますので、除去しましょう」

五月二十三日に首相官邸で、小手術が行われることになった。声帯から一センチほどのポリープを除去する手術はすぐに終わったが、鎮痛剤（少量のモルヒネ）の影響で、ヒトラーは十時間以上の深い眠りについた。目覚めると、アイケンが心配気な顔をして、ヒトラーの前に立っていた。

「私は眠っていたのか」

寝巻姿のヒトラーはベッドから起き上がると、まだぼんやりした調子で、アイケンに尋ねた。

「はい、十時間以上も眠っておられました。心配しました」

「喉がまだ痛むが、もういつものように話しても良いのか」

「いえ、それはいけません。二・三日の間は大声で話してはいけません。将来も、興奮して声を張り上げることは控えて頂きたい」

アイケンの言葉をじっと聞いていたヒトラーは、思い出したように、

「以前、別の医者にもそう言われたことがあるが、演説を始めると、つい忘れてしまうのだ

よ」

　低めの声で話した。

「今回、私が摘出したのは、単なるポリープ、小さな良性腫瘍です。ご安心を」

　アイケンは力強く説明したが、ヒトラーは心の中で、

（私は母親と同じ癌ではないか）

　未だに深く疑っていた。とは言え、いつまでも病のことで気を揉んでいる暇はない。ベルサイユ条約を破る行動に出たドイツに、フランスはソ連と相互援助条約を結び、軍事力行使の可能性を示唆してきたし、イギリスも抗議の意を示してきた。ドイツのことを山ほど考えなければならないのだ。しかし、ヒトラーは楽観的ではあった。

（諸国が一致して対独包囲網を作ることはできまい）

　と睨んでいたからだ。イギリスは、フランスをけん制するために、時にドイツに融和的姿勢を見せることがあるし、ソ連は疑心暗鬼になり、フランスやイギリスから何れは裏切られると思っている。そうした列強間の隙を突いて、外交を展開すれば、突破口は必ず見えてくる、そしてそのためには、平和主義者の顔をして内外にアピールすることが何より重要である、ヒトラーはそう考えていた。

「我々は再び世界大戦に引きずり込まれるのを望まない」

「戦争はない。私が保証しよう」

「ドイツは平和を必要とし、平和だけを望んでいる。ドイツの新国家建設には長時間を要するからだ」

列強の制裁を恐れる軍人や、外国の大使に対して、そして議会でも、ヒトラーは事あるごとにそう主張した。ただし、ヒトラーはこうも付け加えるのだった。

「他国民と同様、各地域のドイツ人にも民族自決の権利は保障されねばならない」

手術後も忙しい日々が続いていたが、五月二十九日の午前中、首相官邸の執務室にボルマンが、勢いよく駆け込んできて、ヒトラーに耳打ちした。

「エヴァ・ブラウン嬢が倒れられたようです」

ヒトラーは大きく咳払いし、ボルマンに尋ねた。

「何っ、なぜだ」

「どうやら、睡眠薬の多用によるとのこと」

更に声を低めたボルマンの答えに、ため息をついたヒトラーは、

(何とかしなければ。ゲリの時のように、新聞の大見出しになるのはご免だ)

今後の対策を頭にめぐらせる。エヴァとは、多忙もあり、殆ど会っていなかった。その事が、エヴァを苦しめ、またしても自殺未遂に追い込んだのだろう。

（私のアパートの近くに住まわしてやろう）

そうすれば、エヴァの気持ちは落ち着くに違いない。

それがヒトラーの対策であった。ヒトラーはエヴァを愛人のままにして、結婚するつもりは毛頭なかった。

（私にとって結婚は災難以外の何物でもない。結婚の悪い面はそれによって諸々の権利が生じることだ。それくらいなら、情婦を持つほうがいい。重荷は軽減され、贈り物で全て片が付く）

ヒトラーが目を閉じて思案している頃、エヴァは呆然として、両親の家のベッドに横たわっていた。

「ゆっくり休むのよ」

姉のイルゼの声が聞こえたが、エヴァはただ宙を見つめるのみであった。睡眠薬の瓶が置かれたベッドで倒れ、昏睡状態のエヴァをイルゼが明け方に発見、応急処置を施した後でユダヤ人のマルクス医師に電話したのだった。イルゼがエヴァの机の上を見ると、一冊のノートが置かれていた。イルゼが頁をめくると、そこにはエヴァの筆跡で日々の想いが綴られており、一九三五年二月十八日の箇所には「昨日、思いがけず彼が訪ねてきた。とても喜ばしい一夜だった。彼が心から私を愛していることを知ってとても幸せだ。この幸せがいつまでも続いてほしい」と記されてあった。

ところが、それから二週間も経たないうちに「私は不幸のどん底に突き落とされた。彼に手紙を書くこともできないので、この日記を悲しみの貯蔵庫にしなければならない」との文章が書きつけられていた。イルゼが更に頁を繰ると「彼から一週間も音沙汰がない。いっそ病気にでもなってしまいたい。なぜこんな苦しみに耐えなければいけないの？　彼と知り合ったことが恨めしい。私は自棄になっている。この頃、睡眠薬を飲む習慣がついたけれども、少なくとも薬で頭がぼんやりしている時だけは余りくよくよ考えずにすむ。どうしてあの人はこんなに私を苦しめるのだろう。いっそ何もかも終わりにしてくれたほうが良いのに」との記述や「あの人は政治で忙しいのだ」「別れる時に、お金の入った封筒を渡された。お金と一緒にひと言書いてもらえたら、どんなに嬉しいか。私はそれだけで幸せになれるのに。でもあの人はそんなこと思いつかない」「私に隠すなんて酷すぎる。彼が突然他の女性への愛に気が付いたとしても、私は邪魔などしないことは分かっていそうなものなのに」などと、ゴシップを耳にして嫉妬する心境が書き込まれている。

そして五月下旬の箇所には「今夜十時までに返事がなかったら、睡眠薬を二十五錠飲んで、安らかに眠りながら旅立とう。三ヶ月も慰めの言葉一つかけてくれないあの人が、それでも私を愛しているというのだろうか。いくら政治で多忙でも、少しは休息の時間くらいありそうなものなのに。おそらく他に女がいる。大勢の女がいる。それ以外に理由が考えられない」と記され、その数時間後には「神様、今日も彼から返事がきそうもありません。誰か私を助けてください。もうどうしようもありません。この苦しみに耐えるよりは死んだほうがましです。神様、お願い。今日中に彼と話をさせてください。明日では遅すぎます」との悲痛な叫びが書かれている。イルゼはそれらを読んで、両眼から涙が溢れてきたが、はっとした顔になると、ヒトラーへの文句が書いてある紙面を急いで破いた。やって来たマルクス医師にも、

「妹の自殺は半分芝居です。弱い薬をたった二十錠しか服用していない。私が帰宅して、おやすみを言うことを予想して、薬を飲んだのでしょう」

慌てて説明を加えた。医師はイルゼの気持ちを察してか「睡眠薬の多用による極度の疲労」と診断する。

「一体、どういうことなんだ」

怒りに震える父フリードリヒ・オットー・ブラウンの声が階下からエヴァにも聞こえてきたが、彼女には耳障りなだけであった。エヴァの体調は数日で回復した。その頃に部屋をノックして入ってきたのが、エヴァとも親しい写真家のホフマンである。ホフマンはお見舞いの言葉を述べた後で、こう言った。

「ヒトラー総統が、ボーゲンハウゼンのアパートに引越さないかと言ってくれている。総統の

アパートまで歩いて数分の距離だ。部屋代も家具一式も総統が払うと言っている」

エヴァはホフマンのその言葉を聞いた瞬間、ガバッとベッドから起き上がり、

「本当、本当なの？　ホフマンさん」

掴みかからんばかりに、ホフマンに迫った。

「本当だとも。総統も反省したのだろう」

目を輝かしたエヴァは、ヒトラーからの誘いをすぐさま承諾し、八月上旬に妹のグレートルと閑静な住宅地にあるアパートに移ることになった。父は娘がヒトラーと交際することに反対し「帝国宰相殿、どうかご理解を賜りますれば有難く存じます。すでに成人しております娘エヴァの自由への衝動を助勢なさらずに、家族のもとに戻るように彼女をお諭しくださるようお願い申し上げます」との手紙をホフマンに託し、ヒトラーに呈上しようとした。しかし、ホフマンは、エヴァにその手紙を見せた。エヴァは一読すると、手紙を破り捨てたので、ついに父の手紙はヒトラーの目に触れなかった。母のフランツィスカも夫と同じような内容を手紙に書いてヒトラーに送った。こちらの手紙は、ヒトラーに届いたが、鋭い目付きで読み進めた後、ヒトラーは手紙をすぐに処分し、返事も書かなかった。

エヴァはヒトラーのアパートの近くに住み始めたが、それでもやはり、ヒトラーが頻繁にエヴァの部屋を訪れるということはなかった。深夜、人目に付かないように、こっそりと来るこ

とがたまにある程度。とは言え要人なので、護衛の警官が数人いたが。

「エヴァよ、私たちの関係は世間に知られてはまずい。政治家である間、私は独身でなければいけないのだ。だから、頻繁にここを訪れるわけにはいかない。だが何れ、お前に屋敷を持たせてやろう」

ヒトラーは寂しそうにしているエヴァの肩を抱いて言った。エヴァは、ヒトラーの側近くにいるだけで幸せであった。

*

一九三五年十月三日、ベニート・ムッソリーニ率いるイタリアがエチオピアに侵攻した。ファシスト党のドゥーチェ（統領）・ムッソリーニは、戦いは領土拡張政策の手段というよりは、最高の人間教育の場であり、国民精神形成の機会であると捉えていた。また、奴隷制や封建制度の残る国を文明化することも大義名分として掲げた。

エチオピア侵攻のニュースを聞いた時、ヒトラーはムッソリーニと初めて会った際のことを、まざまざと思い起こした。

（私はあの時、極度に緊張していた。いや、戸惑っていたといって良いだろう）

それもそのはず、ムッソリーニはヒトラーよりも、十一年も前に既に政権を獲得、次第に独裁色を強め、経済の立て直しにも尽力してきた。ムッソリーニのほうが六歳年上でもあった。そうしたいわば、大先輩と初会談するのだから、ヒトラーの興奮と緊張は高まっていた。しかも首相として初めての外遊である。

一九三四年六月十四日、ベニスのリド飛行場に降り立ったヒトラーを迎えたのは、儀仗兵・閣僚・多数の市民、そしてファシスト党服の黒服を着たムッソリーニであった。上着の胸には勲章が数多輝き、黒長靴はピカピカ光っている。踏ん張って地上に立っているように見え、目は大きく見開かれており、生気に溢れた姿であった。背後には正装したイタリア軍が控えており、その姿にヒトラーは風圧を感じる。ヒトラーを出迎えたムッソリーニは、片手を勢いよく張り上げ「ローマ式敬礼」をしたが、一方のヒトラーはちょこんと片手をあげた弱弱しい「ナチス式敬礼」で応えた。タラップを降りたヒトラーの手をムッソリーニは、強く掴み、握手をする。ムッソリーニのされるがままであった。

軍楽隊によるドイツ国歌演奏の後、すぐに儀仗兵の閲兵に移ったが、その時もヒトラーは、脱いだ帽子を右手や左手に何度も持ち替え、実に落ち着かない様子を見せた。足取りも乱れ、服装も紺の背広に擦り切れたコート。胸を張り、堂々と辺りを睨みつけながら歩くムッソリーニとは対照的である。

閲兵の後、ベネツィア行きの車に乗り込む時も、ヒトラーはムッソリーニに押し込まれるようにして、詰め込まれた。ホテルの貴賓室に入ったヒトラーはその途端、随行者に、

「ムッソリーニは盛装だった。なぜ私に私服を着せたのか。これはお前たちの手落ちだ！」

唾を飛ばして、声高に罵倒した。しかし、第一回目の会談のために一歩、部屋を出ると、ヒトラーは再び萎縮した姿となる。会談が始まっても、ムッソリーニが会話の主導権を握り、ヒトラーは殆ど話すことができなかった。ムッソリーニは、元教師の教養人であり、ドイツ語を話すことができた。だが、ヒトラーはムッソリーニの流暢で華麗なドイツ語が理解できず、ムッソリーニはヒトラーのオーストリア訛りのドイツ語が余り分からず、直接的な意思疎通は叶わなかった。

翌朝には、イタリア陸軍部隊の行進を、サン・マルコ広場で式壇に立ち閲兵したが、その時、二つの隊列が閲兵台の前でぶつかり、どちらも道を譲ろうとせず直進しようとする珍事が起こる。それを真近で見たヒトラーは、後ろを振り返り、副官ヴィーデマン大尉に、

「この軍隊の戦力をどう考えるか」

と囁く。それに対し、ヴィーデマンは、

「軍隊の能力は、行進とは無関係です」

囁き返したが、ヒトラーは心の中で、

（イタリア、恐れるに足らず）

との感情がむくむくと立ち上ってくるのを感じた。視線を港に移すと、イタリア軍艦が停泊していたが、そこにはマスト代わりに、水兵のシャツや下着が風に揺れていた。その様子は、ヒトラーの立ち上る感情をより補強する。

自信を取り戻したヒトラーは、再会談が始まるや、勢いよく喋り始めた。

「イタリアでの出来事が我々に影響を与えずにすむはずはありません。黒シャツ（イタリア・ファシスト党の制服）がいなければ、褐色のシャツ（ナチス突撃隊の制服）も存在しなかったでしょう。一九二二年のローマ進軍は歴史の転換点でした。このようなことができる、そして成功するという事実こそが我々の励みになったのです。もし、統領がマルクス主義に敗れていたら、我々は持ちこたえることができなかったかもしれない」

ヒトラーの誉めそやす言葉をムッソリーニは満足そうに聞いており、時折、声をかけようとするが、ヒトラーはその隙を与えなかった。

「統領が死ぬようなことでもあれば、イタリアにとって計り知れない損失だ。あなたの横顔はローマの彫像のようで、ローマ帝国の皇帝と見まがうほどです。あなたこそ、古代の偉大な皇帝の後継者なのです。イタリアでは知性が国家という概念を生み出した。イタリア人の音楽センス、調和と均衡を好むこと、種族の美しさ、素晴らしいものだ。魔法のようなフィレンツェ、ローマ、トスカーナ、どこも実に美しい……」

ヒトラーの一方的なお喋りは延々と続いた。ムッソリーニは、

(何だこの男は)

呆気にとられて、顔をしかめた。それでもヒトラーはお構いなく話し続ける。

「できることなら、名もない画家としてイタリア中を歩きたいものです。ドイツとイタリアの発展の歴史には共通点があります。どちらの国も列強の触手に対抗し、一人の人物によって統一された」

そこでやっとムッソリーニが言葉を挟んだ。

「昨日も議題に出たが、オーストリア問題について話そう。重ねて言う、私は、オーストリア首相エンゲルベルト・ドルフースとも親しい。オーストリアの独立を貴君も支持してほしい」

その頃、ヒトラーの生まれ故郷オーストリアでも、ナチ党の運動が活発となっていた。ムッソリーニはナチ党の運動を自粛させること、つまりはドイツによるオーストリアへの干渉を止めることを求めたのだ。ヒトラーは考える素振りも見せず、

「私もオーストリアの独立に完全に同意しています」

と答えた。ヒトラーは、

(オーストリアは元来、ドイツのものだ。イタリアがオーストリア問題に口出しする権利はない)

との想いを腹中に抱いたが、当然、口には出さない。

ムッソリーニはヒトラーの回答に満足し、笑みをたたえた。会談が終わってからは、晩餐会が開かれたが、そこでもヒトラーは、自分の知識をひけらかすように、喋りまくる。ヒトラーがふと周りを見ると、いつの間にか、ムッソリーニの姿が消えていた。お喋りにうんざりして、早々に会場から引き揚げたのだった。会場を後にしたムッソリーニは、家族を前にして、ヒトラーのことを、

「好感を呼ぶような人物ではないが、頭の回転が早く弁も立ち、信念の強い人物である」

と評した。ヒトラーはなぜ置いていかれたのかを理解できず、

（統領は私を軽んじた）

と気分を害し、後味悪く、イタリアを去ることになる。オーストリア独立をムッソリーニに約束したヒトラーだが、もちろん口だけ。オーストリア・ナチ党に経済的な支援をして、騒擾を起こさせていた。ダイナマイトで鉄道や発電所を爆破させたり、ドルフース首相の支持者を暗殺させたりしたのだ。挙句の果てには「夏祭作戦」（一九三四年七月二十五日）という一大テロ行為をオーストリア・ナチ党員百五十名は敢行、首相官邸に乱入し、ドルフースに至近距離から銃弾を撃ち込み、殺害した。その一報を聞いた時も、ヒトラーの脳裏にはムッソリーニの顔が浮かんだ。バイロイトで開催されていたワーグナー祭で貴賓席に座り、『ニーベルングの指輪』

の演奏に聞き入っている時だった。

(オーストリア・ナチ党はよくやった！　問題は、ムッソリーニはどう出るか。約束を破ったことに怒り、軍隊を派遣してくるか、どうか)

ヒトラーの顔は、急激に険しくなった。オーストリア首相の訃報を別荘で聞いて、ムッソリーニは悲しむと同時に激怒、口を極めて罵る。

「ヒトラーがドルフース殺害の犯人、黒幕だ。彼は罪人だ。ぞっとするような変質者、危険極まりない馬鹿だ。ヒトラーは何れドイツ人に武器を持たせて戦争を始めるだろう。おそらく二年か三年先には。私は単独で彼に対抗はできない。速やかに何らかの手を打つ必要がある。世界の列強は、ドイツの危険を認識し、反ヒトラー連合を作るだろう」

ヒトラーへの怒りを募らせつつ、ムッソリーニの頭に浮かんだのは、ちょうどイタリアに来ていたドルフース夫人アルウィーネの顔であった。ドルフース夫人が滞在している部屋に急ぎ駆けつけたムッソリーニは、興奮の余り、大きな目をキョロキョロさせながら、ドルフース夫人に「ドルフースは重傷である」と告げた。夫人の気持ちを想うと、死んだと言うのが、憚られたのだ。それでも、夫人は事態を嗅ぎ取ったのか、
双眸から止めどなく涙を流した。見ていられないといった顔でムッソリーニはその場から立ち去ると、

「四個師団をオーストリアとの国境に派遣せよ」

長女エッダの夫であり、自身の後継とも考えていたガレアッツォ・チャーノに厳しい口調で伝えた。

観劇を楽しんでいるヒトラーの耳にも、不穏な情報が入るようになる。

「オーストリア国境にイタリアが陸軍部隊を集結させた模様です」

「イタリア軍は、空軍も動員したようです」

耳うちによって相次いで報せが入る度に、ヒトラーの眉間には皺が刻まれていく。舞台が終わり、懇意にしているワーグナー家に立ち寄った時、ヒトラーは落ち着かない様子で、観劇の感想を述べると、足早に立ち去った。近くにある俳優専用のレストランに腰を落ち着けたヒトラーのもとには、

「ドルフース首相は午後六時に死亡。そして、クーデターはオーストリア政府により鎮圧されました」

との報せが舞い込んできた。オーストリア駐在のリート（ドイツ公使）が、逮捕された反乱者を国外退去処分とすべく尽力していたのだ。鎮圧されたとの言葉を聞いた時、ヒトラーは内心舌打ちしたが、頭にはすでに別のことがよぎっていた。

（追放された暗殺者たちは、拘禁して強制収容所に移そう。それよりも問題は、イタリアだ。

ドイツにはまだ戦争をする力はない。戦争は避けねばならぬ。どうするべきか）

顔を歪め、手を腰の後ろに回し、室内を忙しなく歩き回るヒトラー。ドイツは今回の事件とは無縁であると表明し、イタリアや国際世論を宥めることが先決だ。その役にうってつけなのが、

（パーペンだ）

ヒトラーは、

「パーペンに急ぎ電話を繋げ」

副官に命じると、腹がすわったのか、どっかと椅子に腰を下ろした。副首相パーペンは、レーム粛清事件の時に、親衛隊に命を狙われたが、ゲーリングの庇護によって死なずに済んでいた。しかし、秘書は副首相官邸で親衛隊によって射殺された。

パーペンの邸には私服姿の親衛隊三人が派遣され、ドアを打ち鳴らした。パーペンは、何事かと警戒し拳銃を用意したが、男たちが、

「我々は親衛隊員です。首相官邸からの使いで来ました。すぐに官邸に電話して頂きたい」

と言うに及んで、胸をなでおろす。パーペンが首相官邸に電話すると、それはすぐにバイロイトのホテルに接続された。甲高いヒトラーの声が耳に響いてきた。

「パーペンさん、すぐにウィーン公使になってほしい。情勢は緊迫している。あなた以外にこ

の事態を収拾できる者はいないのだ」

パーペンは、いつにも増してヒステリックなヒトラーの声に驚きつつ、

「一体、どういうことですか。なぜ事態が悪化したのですか。この数日、田舎に行っており、何も知らないのです」

とぼけたように返答する。ヒトラーは慌てふためくように、オーストリア首相の暗殺やイタリア軍の国境集結を語り始めた。そして最後に、

「オーストリア・ナチ党の軽挙妄動は許しがたい。とにかく私の専用機を出すので、急いでバイロイトに来てくれ」

との言葉でしめた。バイロイトにやって来たパーペンにヒトラーは、

「このままでは、第二のサラエボになる」

と危機感を露にした。第一次世界大戦は、オーストリア皇太子がサラエボにて暗殺されたことで勃発した。パーペンは空港で買い集めた新聞を機内で読みふけり、情勢を分析。イタリアは兵は出しても戦争にまでは言及していないことを見抜き、

（第二のサラエボにはならない）

と確信していたが、ここではあえて、

「ウィーンでの事件は、外国の干渉の対象となりましょう」

ヒトラーを恐怖させる発言をする。そのうえで、

「ナチ党のオーストリア干渉を中止すること。ウィーンでの職務権限は総統直属とすること。事件に関与したとされるウィーン公使館広報官を罷免すること。これらを受け入れてくださるなら、ウィーン公使に就任しましょう」

と自身を有利な態勢にもっていこうと努力し、ついにヒトラーにそのことを認めさせた。

一九三四年八月七日、パーペンは副首相を辞任してウィーン公使に転じた。そして、「夏祭作戦」へのヒトラー関与の否定と事態の収拾に努めるのである。結局、イタリア軍は動かず、フランスやイギリスも静観の構えを見せた。

今回のイタリアのエチオピア侵攻に際しても、国際連盟はイタリアの連盟規約違反の議決、経済制裁の実施に止まり、イギリスもフランスもそれ以上の強硬姿勢を見せることはなかった。イタリア軍は、毒ガスや戦略爆撃によって、エチオピアを蹂躙。侵攻から約七ヶ月で同国を併合することになる。

ヒトラーは、イタリア軍の動きとそれに対応を迫られる英仏など諸列強の姿勢をよく観察していた。そればかりでなく、国内の情勢も併せて見ていた。

再軍備により、軍需産業は発展し、労働者の雇用は増加した。しかし、再軍備のための原料輸入の増大によって、民間の輸入が圧迫され、生産は落ち込んでいた。企業の利潤は増えたが、

労働者の賃金は低下、不満や生活苦により離職する者が大勢おり、ナチ党への不満も高まっていた。党員の士気が低下しているとの報告も寄せられた。

そうした沈滞した空気を一変させるには、何が必要か。ヒトラーは、

（ラインラントの占領こそ、士気の低下を吹き飛ばす秘策である）

と考えた。ラインラントはドイツ西部、ライン川沿岸一帯を指し、ベルサイユ条約により非武装地帯と定められていた。その地をドイツの手中に奪い返しさえすれば、国民は熱狂し、内政の失敗や不満は霧消するに違いない。ヒトラーは既に前年（一九三五）から、ラインラント進駐を目論見、軍部に研究を指示していた。リッベントロップやブロンベルク国防相は、ヒトラーの意見に同調したが、外相のノイラートは、進駐に危機意識を持っていた。

「進駐が直ちに軍事的報復を受けるとは思いません。しかし、国際的に更に孤立するでしょう。ことを急いでも、それに伴うリスクは大きいと思われます」

と意見具申したが、ヒトラーは執務室で腕組みして、

「攻撃は最良の戦略だ。英仏から軍事的報復を受けることはあるまい。イギリスは国内問題とエチオピア危機で手一杯。今年（一九三六）に入って、我々に友好的なエドワード八世が即位されたことも、幸運であった。フランスでは急進社会党を中心とする内閣が成立した。国内は混乱している。国際連盟も、エチオピア問題への対処を見ても分かるように、無力である。我々

が迅速に行動を起こせば、成功するのだ」

自信満々の調子で言い張る。男爵の称号を持つ品の良いノイラートは、その場においてはそれ以上反論せず、沈黙した。

「外交交渉で問題を解決することはできませんか？」

陸軍総司令官フォン・フリッチュ大将が脇から口を挟む。

「交渉には時間が必要だ。私は鮮烈な印象を残す作戦を望んでいる。歩兵九個大隊と砲兵部隊一部をラインラントに進めるならば、どのくらい日数が必要だろうか」

ヒトラーが質問したので、フリッチュ大将は、

「二日もあれば十分です。しかし、僅かでも戦争の恐れがある時は、何があっても必ず止めるべきです」

語気を強めて、強硬策をとらないように諫言した。しかしヒトラーは、

「ラインラントの再占領は、軍事的に絶対に不可欠だ」

と意に介さぬといった態度で、フリッチュを睨む。強気のヒトラーであるが、内心は逡巡していた。

（フランスはどうでるか。我々の少数の部隊を阻止するために、果たして攻撃を加えてくるか。もし私がフランスだったら、もちろん攻撃して一兵たりともドイツ兵にライン河を渡らせない。

今のドイツ軍は貧弱だ。攻撃を加えられたら、一目散に逃げねばなるまい）

幾日も幾日も、フランスの出方を考えて、眠れぬ夜を過ごしてきた。ところが、三月に入ると、ヒトラーの苦悶は消え、頗る上機嫌となった。決断が下されたのだ。駐英大使ヘーシュからもたらされた、フランスはイギリスの援助がなければ攻撃しない、イギリスはフランスと共に戦わないとの情報は、ヒトラーに自信を与えた。

（今が行動の時だ）

決行の日は、三月七日土曜日とする。フランスやイギリスの政府官庁は休日で空だ、すぐには対応できまい、彼らは月曜日にならないと出勤しない、その頃には騒動は収まっている。ヒトラーは楽観的に考えてはいたが、夜になると、またもや、むくむくと不安がもたげてきて、一睡もできなかった。

七日午前五時、ドイツ軍のラインラント進駐が開始される。作戦名は「冬期演習」。歩兵十九個大隊や砲兵、機関銃隊など約二万五千人が、暁闇のなか、ラッパを吹き鳴らしながら行進した。部隊が群衆の喝采を浴びつつ、ライン河右岸に到着した午前十一時頃、偵察隊からヒトラーのもとに、独仏国境にフランス軍が集結しているとの情報が舞い込む。ヒトラーは一瞬、顔を曇らせた。同じ室にいたブロンベルク国防相は、その顔を見て、

「総統、ここは急ぎ退却するべきです」

と進言する。ヒトラーは素早く、

「フランス軍は国境を越えたのかね」

尋ねたので、ブロンベルクは、

「いえ、越えておりません」

と慌てて返答する。ヒトラーはブロンベルクの顔を見据え、

「フランス軍は何かことが起こるまでは何もしない。ただ待っているだけだ。見ていたまえ」

落ち着いた声で言った。

フランスはヒトラーの予想通り何もしなかった。フランス政府はすぐに閣議は開いたものの、そして首相や外相は出兵を主張したが、肝心の参謀総長ガムラン元帥が、

「予想できぬ危険が伴う以上、戦争の覚悟がなければ小規模の軍事作戦であっても発動できない。また英国と共同でなければ戦争はできない。諜報機関は、ラインラントのドイツ軍は二十九万にのぼると伝えてきている」

と述べたことにより、積極的行動は起こさず、ドイツの行為を国際連盟に提訴すると決めただけとなった。イギリスも、今回の事件は侵略ではない、ドイツ領土の再占領だとして微温的な態度をとった。フランスに武力行使を諦めることを説得したほどであった。

フランスが仕掛けてこないと分かった時、ヒトラーはホッとした顔をしてブロンベルクに

語った。

「フランスがラインラントに進駐してきたら、我々は尻尾を巻いて退散するしかなかった。我々が動かせる軍隊では、少しの抵抗すらできなかっただろう」

その日の正午、ヒトラーはクロル・オペラ座に臨時招集した議会で演説した。

「ドイツ議会の諸君、この瞬間にドイツ軍はその将来の平和な駐屯地に向かって進軍している」

議場は議員の拍手と歓呼ではち切れんばかりであった。ヒトラーは壇上で頭を下げ、歓声が静まるのを待ち、再び口を開いた。

「ドイツの平和のための闘争はここに終わりを告げた。我々には、もはや欧州において行うべき領土的要求は何もない。よって、ドイツ、フランス、ベルギー間の不可侵条約の締結、国際連盟の復帰を私は提案する」

寝不足で青白いヒトラーの顔は、演説が終わる頃には幾分血色を取り戻していた。ラインラント進駐の是非を問うため、国会は解散されることになったが、三月二十九日の投票日には、九割の国民が賛成票を投じた。ベルサイユ条約体制を揺るがすため、果敢な行動をし、無血の勝利を収めたヒトラーを国民は「外交の天才」と持ち上げ祝った。

同年七月十八日には、スペインで内乱が起きるが、人民戦線政府に叛旗を翻したフランコ将軍は、ヒトラーに親書を送る。その中には「スペインを共産主義者の手から解放するために戦っているが、スペイン領モロッコからスペイン本土に兵員を輸送する航空機が不足しているので援助してほしい」と記されてあった。ワーグナー祭のためバイロイトに滞在していたヒトラーは、ちょうど同市にいたゲーリングをホテルに呼び寄せ、

「フランコを支援するべきか否か。どう思うかね」

と尋ねた。ゲーリング航空相は、親書を読み終えると、

「支援するべきです。それは二つの理由からです。一つは共産主義の蔓延を防ぐため、もう一つは私の若い空軍をテストするのです」

すぐに力強く答えた。しかし、イギリスと深い関係を持つリッベントロップ(同年八月、駐英大使に任命)は、フランコ支援に反対する。

「スペインに深入りしても、ドイツには獲物はほとんどないでしょう。逆に、ドイツの介入を懸念するイギリスと面倒なことになりかねません」

上目遣いでそう語るリッベントロップに向かいヒトラーは、

「スペインが赤化すればフランスも共産化しよう。そうなれば、ドイツは東はソ連、西はフランス・スペインと、共産陣営に挟撃される。もしソ連から攻撃されたら、我々は防ぎようがない。ムッソリーニもフランコに大規模な援助をしている。この事は、イタリアと英仏の対立を

深めるだろう。孤立したイタリアは我々の方を向かざるを得なくなる」

懇々と静かに諭すと、続けてゲーリングに、「スペインの内戦を長期化させるため、必要かつ十分な支援をフランコ将軍に与えるよう」命じた。

七月から八月にかけて、三発エンジンを持つＪｕ５２爆撃機二十機、Ｈｅ５１複葉戦闘機六機がスペインに運ばれた。ドイツ軍を離脱した元兵士が、観光旅行者を装い、スペインに入国する。ドイツ政府の関与を隠蔽するためである。ドイツは、スペインを兵器の実験場とし、機体の性能調査や爆撃の命中精度を調査、研究が進められた。しかし、その裏では無差別爆撃によって、多くの人々が死傷、地獄の苦しみを味わうことになる。スペイン・バスク地方のゲルニカの惨状を描いた絵画『ゲルニカ』(パブロ・ピカソ作)は有名である。ドイツはフランコに五億マルクの援助と、一万五千の兵員を送り込むことになる。

内戦への介入を決断してすぐの八月一日、ベルリンでオリンピックの開会式が行われた。雲一つない晴天のもと、突撃隊や護衛、群衆が見守るなかを、ナチ党の制服に身を包んだヒトラーは、総統車でスタジアムへ向かう。ベルリン中に鉤十字の旗がたなびいている。到着は午後三時五十分。トラックに現れたヒトラーを、観衆は起立して、

「ハイル！」

の叫び声で迎えた。スタジアムの上空には、巨大な飛行船ツェッペリンが漂っている。幼い

少女がヒトラーのもとに駆け寄ってきた。

「私の総統、万歳」

少女は可愛らしい声でそう言うと、ヒトラーに花束を捧げる。笑顔で受け取るヒトラー。直後、貴賓席に座ると、ドイツ国歌の演奏と合唱、そしてナチ党歌『旗を掲げよ』の合唱があった。十一万の観衆は興奮状態にあり、ヒトラーにもそれがありありと伝わってきた。選手団の入場――多くの選手団は、右手をまっすぐに伸ばし、ヒトラーに敬意を示したが、なかにはアメリカ選手団のように、手を挙げず、顔を右に向けるだけの人々もいた。その光景を見たドイツ人は足を踏み鳴らして抗議する。ドイツ選手団の入場の時、ヒトラーは嬉しくて、思わず笑みをこぼした。

組織委員長挨拶、ヒトラーによる開会宣言、五輪旗掲揚、シュトラウス指揮の『オリンピック讃歌』の音楽が流れ、開会式は佳境に入る。

「平和の祭典、オリンピア」

との声がスピーカーから流れるとともに、聖火をかかげた走者がトラックに入り、聖火台に火をともした。ギリシャ、ブルガリア、ユーゴスラビア、ハンガリー、オーストリア、チェコスロバキアと遠路運ばれてきた聖火。聖火リレーが初めて行われたのは、このベルリンオリンピックであった。

聖火台から炎が立ち上るのを、感慨深い顔で見つめているのは、ゲッベルスである。彼はオリンピック演出の総指揮をとっていた。

「オリンピックなどユダヤ人とフリーメイソンの発明だ。くだらん」

当初はオリンピック不要論を唱えていたヒトラーを、

「大きなプロパガンダ効果があります」

と主張し、その気にさせたのもゲッベルスだった。

開会式は人々を興奮と陶酔の坩堝に投げ込んだ。

「もう戦争の脅威はありません。あるのは同志愛の絆と平和の心だけです」

フランス特派員は、感激の言葉を残している。競技がいよいよスタートした。ヒトラーは殆どの陸上競技を参観する。そして、優勝者全員に握手をした。ところが、アメリカの選手で黒人のジェシー・オーエンスとは握手をしなかった。これはヒトラーの人種差別感情の発露だとも伝えられているが、実際は競技が長引いたので、時間の都合上、途中退席しなければならなかっただけである。オーエンスがヒトラーの前を通りかかった時、ヒトラーは称賛の意を込めて、手を振った。オーエンスはそれを見て、お返しに手を振っている。

ヒトラーは、真剣な熱い眼差しで、ドイツ選手の奮闘を身を乗り出し、見守った。ドイツ人が勝利した時は、観覧席を叩いて喜び、負けた時は首を振って悔しがった。ドイツは最も多くの金メダル（三十三個）を獲得、銀メダルや銅メダルの数も各国を凌いだ。日本が金メダル六個、銀四個、銅八個を獲ったことも、ヒトラーには驚きであった。

「日本人は凄い、素晴らしい」

ヒトラーは首相官邸でのゲッベルスとのお喋りで、日本の健闘を称賛した。当時、日本もドイツも、ソ連との関係を悪化させていたが、そのことにより、同年十一月、国際共産主義に対抗するための日独防共協定が締結されることになる。

ベルリンオリンピックは、女性映画監督リーフェンシュタールによって撮影され、後に記録映画『オリンピア』として世界で上映されて、多くの人々に感動を与える。

八月十六日には閉会式があり、

「ジーク・ハイル！」

「アドルフ・ヒトラー、ジーク・ハイル！」

の合唱がスタジアムを揺るがす。

「ドイツは素晴らしい国じゃないか」

「あぁ、活気があるね。ユダヤ人への差別があると聞いたが、そんなもの、どこにもないよな」

ベルリンを訪れた人々は、「新生ドイツ」のスポーツの祭典に幻惑された。オリンピックを開催したいがために、ナチスは一時、ユダヤ人差別政策を凍結していた。「ユダヤ人立ち入るべからず」との表示板は町や村の入口、道路脇から撤去された。反ユダヤの新聞『デア・シュテュルマー』も売店から姿を消していた。

ベルリンで宝石店を営むユダヤ人ワルター・ゲールは、その様子を胡散臭い目で黙って見ていた。

（これは一時のことに過ぎない。オリンピックが終われば、またもとに戻るだろう）

ゲールの予想は、的中することになるが「もとに戻る」どころか、ユダヤ人迫害は更に過激化していくことを考えると、予想は外れたというべきだろうか。

*

オーバーザルツブルクのヒトラーの山荘は、ベルクホーフ（山の宮殿）と呼ばれるようになった。側近たちの宿泊施設、住居、兵舎、国賓を迎える場所……それらを建設するために、ボルマン（副総統個人秘書兼官房長）は、周辺に代々住む農民に賠償金を与え、立ち退かせた。なかには、

「ここを離れたくない。先祖代々の家と農場が、ここにはあるんだ」

そう主張し退去を渋る農民も多くいたが、彼らの家には容赦なく鉄拳が下される。それは冬に強引に家の屋根を引き剥がすというものであった。

「ダッハウ強制収容所に移送するぞ」

との脅迫も加えられた。こうなると、凍てつく寒さで凍え死ぬよりはと、住民はトボトボと愛着ある家を後にするしかなかった。

「麓にある小さな農家、あれがこの素晴らしい景色を台無しにしているぞ、見ろ、ボルマン」

美しい山々と自然の風景、素朴な丸太小屋や農家、広大な景色を眺めまわしながら、ヒトラーは腹立たし気にボルマンに言った。その言葉を聞き、メモしたボルマンは、すぐさま小切手を用意し、部下にそれを持たせて、農家に向かわせるのだった。同時に建築労働者とブルドーザーの手配もさせていた。数日後、バルコニーから景色を見たヒトラーの目に、既にその農家は映らなかった。ただ、広大な緑の草原が、冬には雪景色があるだけだ。総統の満足した顔を見て、ボルマンは深く頭を下げた。顔つきはあくまで冷厳だった。

「ヒトラーの建築家」シュペーアは、オーバーザルツブルクの変貌をこう書き残している。

「オーバーザルツブルクの真実の主人はボルマンであった。彼は数世紀も続いた農民の土地を強制的に買い上げ、彼らを立ち退かせ、たくさんあった路傍の十字架を、教会の抗議を無視して引き抜いた。彼は国有林も接収して、とうとう高度千九百メートル近くの山から六百メートル下の谷まで、面積七平方キロメートルの敷き地を手に入れてしまった。かつて人間の手が入れられなかった自然に対するなんの感傷もなく、ボルマンはこのすばらしい場所に道路網を張りめぐらしてしまった」

ボルマン自身も山頂に一軒の家を建てている。シュペーアが言うには、それは「民芸調に工夫された汽船スタイルでゴテゴテと飾られて」いるものだった。

アルプスの絶景が望める屋外のテラスで、ヒトラーは異母姉のアンゲラと談笑をしていたが、アンゲラは急に真面目な顔になって、

「アドルフ、聞いてちょうだい。私はここを去ろうと思うの」

噛みしめるように言った。

「なぜだ、何が不満なのだ」

ヒトラーは、椅子から腰を浮かせ、心底驚いた様子を見せた。

「そうじゃないの。不満はないわ。私、結婚したい人がいるの。マルチン・ハミッチュさん、州立ドレスデン建築学校で教授をしている人よ。ハミッチュと一緒に暮らしたいのよ」

きっぱりと言ったアンゲラに、

「おめでとう。ではこれでどうだ、週末はここにいて、これまで通り、世話をしてくれないか」

ヒトラーは笑顔で妥協を求めたが、

「アドルフ、それはできないわ」

返ってきたのは、すげない言葉であった。もういいという態度でヒトラーは席を立つと、自らの部屋へと引きこもった。ベッドに座ったヒトラーは、壁にかけてある母クララの絵を見つめる。その時、ヒトラーの胸に親族にまつわる忌まわしい記憶が蘇った。

（あれは、一九三〇年九月の国会議員選挙の直後のことだった）

選挙で大勝し、第二党の地位を獲得したナチ党。そのことによって、ヒトラーの名は、海外にも広まる。

議会開会の後、ヒトラーはロンドン在住のウィリアム・ヒトラーという人物から手紙を受け取る。異母兄アロイス・ヒトラーの息子、つまりヒトラーの甥に当たる人間であった。ウィリアム・ヒトラーの母は、ブリジッドという売れない女優であるが、彼が三歳の時にアロイスと離婚。アロイスは、飲食店を経営したり、安全カミソリを販売したり、職を転々としていた。養育費も支払われなかったので、母子は困窮する。そこで、ブリジッドは息子の「有名な叔父」を使い、金を稼ぐことを思いつく。先ずは、ロンドンの新聞社のインタビューに応じた。続いて、ブリジッドは息子に叔父に宛てて手紙を書かせた。ヒトラーが受け取ったその手紙には「一目、お会いしたいです。叔父さんの経歴について色々聞いてみたい」と書いてあった。

ヒトラーは、船と汽車の切符をブリジッドとウィリアムに郵送、母子は喜んで、ミュンヘンへと向かったが、待っていたのは、ヒトラーの怒声と歪んだ顔であった。

「私の立場は今や重要になりつつある。親族が私におんぶして、名声へのただ乗りをすることは許せない。私がこれまで個人的な問題を書き立てられないように、どれほど神経を使ってきたか。それなのに、外国の新聞社に一族の情報を流しおって。私が何者であるかを国民に知られてはならない。私がどこから来たのか、どんな家に生まれたのかを彼らに知られてはならないのだ。さぁ、君たちはロンドンに帰り、国民社会主義ドイツ労働者党の指導者は、同姓同名のアドルフ・ヒトラーであり、自分たちとは縁もゆかりもない人間であることが分かったと記者会見して報告するのだ」

母子が頷くと、ヒトラーは微笑し、二人にミュンヘンでの滞在費と旅費を渡した。

海外の新聞社はウィリアムとの会話の中で、ヒトラーの先祖について関心を持ち、あろうことか、ヒトラーにユダヤ人の血が混じっているとの疑惑を有しているとの情報が、ヒトラーのもとに寄せられていた。ヒトラーは、弁護士のフランクを呼んで、自らの家系調査を依頼する。手渡された報告書には次のようなことが記されていた。

「ヒトラーの父親は、ヒトラーの祖母マリア・シックルグルバーの私生児として届け出された。マリアはオーストリアのリンツに近いレーオンディング村の出身である。グラーツ村で料理人として働いていた。一八三七年六月七日、四十二歳のマリアは、奉公先のユダヤ人フランケンベルガー家で、ヒトラーの父親を出産。マリアの夫は、村の製粉職人ヨハン・ヒードラーとも、その兄ゲオルク・ヒードラーであるとも、雇い主のユダヤ人フランケンベルガーであるとも言われている。フランケンベルガーは、ヒトラーの父親アロイスが十四歳になるまで、マリアに養育費を与えていた。ヒトラーの父親アロイス・シックルグルバーは、一八七六年六月六日、ヒードラー姓をヒトラーと変えたゲオルク・ヒトラーに自分の子供であると認知され、アロイス・ヒトラーとして登記された。マリア・シックルグルバーの妊娠は、フランケンベルガー家が養育費の支払いを続けざるを得ないような状況で起ったと思われる。よって、ヒトラーの父親の片親がユダヤ人である可能性は残念ながら否定できない」

報告書を持つヒトラーの手は震えた。その様子を気の毒そうに見つめるフランクに対し、ヒトラーは、

「こんな話、私は父親から聞いたこともないぞ。これは貧乏だった私の祖父が、フランケンベルガー家を脅迫して養育費を奪っていたに相違ない」

震える声ではあるが、断固として言い張った。言い張るわりには不安だったのか、ヒトラーはその後、二度も家系調査を命じている。

（私の体内には、汚れたユダヤ人の血が流れているのではないか。いや、そんなはずはない。

断じてない）

疑惑を拭い去るように、ヒトラーは頭を振った。ヒトラーの心配は、取り越し苦労であった。戦後、大学の研究者が、オーストリアのグラーツのユダヤ人住民記録を調査したところ、フランケンベルガーの名を発見できなかったからだ。また、この地方には、当時、ユダヤ人はただの一人も住んでいないことが明らかとなっている。しかし、その事が分かるのは、戦後のことであり、ヒトラーは知るよしもない。アーリア人種であることの証拠書類を提出できなかったことも相まって、ヒトラーは終生、ユダヤ人の血の恐怖に苛まれることになる。

顔面蒼白となっていたヒトラーは、母の肖像画を再び眺めた。心が少し落ち着いたその時、部屋がノックされ、ボルマンが現れる。

「ハンフシュテングルが、総統にお会いしたいと申しています。居間で待たせてありますが、如何しましょう」

「分かった。すぐに行こう」

立ち上がったヒトラーは、素朴な木製家具、大きなタイル張りストーブが配置されている居間に向かった。

「ヒトラーさん、お久しぶりです」

ハンフシュテングルは、長身をかがめるようにして、軽く礼をした。ヒトラーはそれには答えずに、木製の椅子に座ったので、ハンフシュテングルも椅子に腰を下ろした。

（この男は、いつまでたっても、私のことを総統と呼ばん。彼の妻のヘレナもそうだった）

ナチ党で海外新聞局局長を務めるハンフシュテングルは、ヒトラーの側近くから完全に遠ざけられていた。ヒトラーが推進する軍備拡張と近隣諸国への侵攻をハンフシュテングルは、歯に衣着せぬ言葉で批判していたからだ。この時も、

「ヒトラーさん、このままでは、近く戦争になる。ドイツと、イギリス・アメリカが戦う戦争だ。ドイツにとっても、世界にとっても憂慮すべきことです。どうか、強硬姿勢を改めてください」

ハンフシュテングルは直言した。しかしそれを聞いても、ヒトラーは嫌な顔をして、耳を貸そうとしなかった。ボルマンが、

「ハンフシュテングル、無礼だぞ。慎め」

冷たい顔をして、声をあげただけだった。ハンフシュテングルとその妻ヘレナが、詳しい理由は分からないが、一九三六年に離婚したことも、ハンフシュテングルとヒトラーの絆が断ち切られた大きな要因でもあった。ハンフシュテングルの自宅で、ピアノを弾きつつ、談笑したあの頃にはもう二度と戻れないのだ。ヘレナは、息子のエゴンを連れて、子供時代を過ごしたアメリカに戻っていた。ヒトラーの無表情な顔を見て、そして沈黙に耐えかねたハンフシュテ

ングルは早々に退出することになる。

翌年、身の危険を感じたハンフシュテングルは、イギリスに亡命。その後、アメリカに渡り、戦時中はヒトラーをよく知る男ということで、対独アドバイザーとしてホワイトハウスに勤務することになる。戦後、生まれ故郷のミュンヘンに戻り、一九七五年に死去している。

ハンフシュテングルが帰った後、その居間にはエヴァ・ブラウンがウキウキした足取りで入ってきた。その時、テーブルの上に置かれた籠のなかにいる黄緑色の羽毛に覆われたセキセイインコが野鳥の鳴き真似を披露しだした。ヒトラーは、ミュンヘンにも、約束通り、彼女に家を一軒買ってやっていたが、オーバーザルツブルクにエヴァを呼ぶことが増えていた。エヴァが来ることに、アンゲラは良い顔をしなかった。それには、エヴァが亡き娘・ゲリの風貌に似ていたので、辛い記憶を呼び起こすということもあったのかもしれない。

「よく来たな、ゆっくり休むが良い」

優しい言葉をかけたヒトラーにエヴァも嬉しそうな顔をして、

「今日はここに泊まれるの」

と尋ねた。エヴァが来訪したのはいいものの、アンゲラが、

「お気の毒ですが、部屋が満室になってしまって」

つんとした態度で拒否し、近所のホテルに泊まることも度々あったからだ。

「あぁ、勿論だとも。実はお前の部屋も用意してあるのだ。増築したのだ」

「嬉しいわ。早くその部屋を見たい」

子供のように無邪気にはしゃぐエヴァを見て、ヒトラーはエヴァの部屋に案内する。それはヒトラーの寝室に隣接する二階の部屋であり、大型ソファとベッド、収納家具がある他には、何もない。それでもエヴァは、嬉しくてたまらない表情で、部屋のあちこちを見て廻った。後にエヴァは、この収納家具の上方の壁に、額装されたヒトラーの肖像画を掛けることになる。アンゲラは九月初めに山荘を去った。ヒトラーはアンゲラの結婚式には公務多忙を理由に出席しなかった。エヴァは、ミュンヘンには戻らずに、ベルクホーフの部屋で大部分を過ごすようになる。

＊

一九三六年の秋に入り、ヒトラーは奇病に悩まされるようになる。胃痙攣、足の湿疹、心臓の圧迫感、便秘、それに伴う不眠。ありとあらゆる病魔が自分を襲ってくるように感じた。何よりも辛かったのは、ところ構わず屁が放出されることだった。重要な会議の席上でも、それは下品な音を立てて、際限なく、放たれた。居並ぶ側近たちも、屁の出所は分かっていたが、知らぬ振りをするか、顔を背けるか、とにかく誰もその事には触れない。ヒトラーの邪推かもしれないが、笑いを押し殺した顔の者もいた気がした。それを見た時、ヒトラーは居たたまれない気分に陥るのだ。

「私は、ドイツ赤十字病院のグラウィッツ博士、ベルリン大学のベルクマン教授にこう言ったのだ。とにかく、この際限もなくとめどない放屁を何とかしてもらいたい、国家元首の威厳に関わると。名医たちは私を診たが、疲労と心労が原因だという。治療法は特になく、食べる量を減らしてくださいと言うばかり。食べ物を減らせば、ガスの発生が減るからだという。しかし、私は元々、少食なのだ。肉も食べないし、食べるものと言えば、粗末な野菜。これで、食べる量を減らしたら、どうなる。それは最早、断食ではないか。現に今も私は腹が減っている。もう何週間もこの生活が続いているが、放屁も治まらん。もしかしたら、この体調不良は、癌の前兆ではないのか、私はそう疑っている。私は間もなく死ぬだろう。私にはまだまだやらねばならん仕事がある。が、時間がない」

ある夜、ベルクホーフのエヴァの部屋で、ベッドに座りながら、ヒトラーはエヴァに向かい独りで喋り続けていた。ヒトラーは興奮したのか時折、立ち上がったが、その姿勢は前屈みであった。おそらく、屁の放出を防ぐために、その姿勢になったのであろう。それでも、尻から屁は漏れ出た。エヴァは心の中で、吹き出したが、それはおくびにも出さず、真剣な顔でヒトラーに語り掛けた。

「ホフマンさんの病気を治したモレル博士は知っているわね。一度、彼に診てもらったら」

ヒトラーの頭に、分厚い丸眼鏡をかけた団子鼻で丸顔の肥えた医師の顔が浮かんだ。ヒトラーとモレルは会食をしたことがあるが、その時、胃腸の不調を嘆くヒトラーに、モレルが、

「確実な成果がある特別な治療法があります」

得意気に答えたことも思い出された。エヴァの勧めもあり、ヒトラーは、ベルリンで開業する医師テオドール・モレルに診てもらうことになった。クリスマス・イブのことである。

ベルクホーフに滞在するヒトラーの前に現れたモレルは、汗を拭き拭き、ヒトラーに全裸になるよう促した。軍隊にいた時を除き、医師の診察であっても全裸になることは許さなかったヒトラーであったが、もう藁にもすがるような想いであったので、大人しく脱衣した。ヒトラーの身体を眼鏡の奥からまじまじと観察し、調査したモレルは、浅黒い顔をヒトラーに向けると、

「上腹部痛は、胃十二指腸炎でしょう。ムタフロールとガレストールを処方しましょう」

自信有り気に言った。

「屁が頻繁に出るのだが、これを止める方法はないか」

身体の前をタオルで隠しながら、恥ずかしそうにヒトラーは呟く。

「それなら、ガス抑制剤が効果的です」

満面の笑みで、モレルは毛むくじゃらの手で、抑制剤を取り出し、ヒトラーに勧める。それは、毒性が強く依存性があるストリキニーネ含有のガス抑制剤であり、普通の医者なら勧めないものだった。

「今晩に四錠を、明日から食事の度に、二錠か四錠をお飲みください」

モレルは併せてヒトラーに伝えた。その後、ビタミンやブトウ糖を注射し、その日の診察は終わった。ヒトラーは念のため、ベルリン大学のベルクマン教授にもすぐに相談と検査を依頼、教授は、

「総統の症状は、疲労が原因です。ですから仕事を減らせばすぐに治ります。モレル博士の処方は、非科学的で、冒険的であり、依存の危険もあります」

と忠告したが、一夜明けて、腹痛もなく安眠でき、しかも放屁が止まっていることが分かると、ヒトラーは腹を撫でて大喜びする。ベルクマン教授の勧告など、既に頭から消し飛んでいた。ヒトラーは、足踏みしてガスが出ないことをエヴァの前で披露しつつ、

「奇跡の医者・モレルが私の命を救ってくれた。ベルクマンは私を飢えさせるだけだった。私はお茶とビスケットしか与えられなかったのだ。体も弱ってしまい、仕事もろくにできない有様だった。だが、モレルがやって来て、私をすっかり元気にさせた」

無邪気に喜んだ。エヴァもホッとした顔をして、

「良かったわね」

と涙声で言った。

モレルを大層気に入ったヒトラーは、モレルを常に側に呼び寄せるようになる。二日に一度は、必ず顔を合わせるようになった。ブドウ糖や複合ビタミン剤は、ヒトラーの身体に活力をもたらし、健康不安は解消された。喉の不調を訴えた時も、モレルがやって来て、注射一本でヒトラーの悩みを雲散霧消させたのだ。褒美としてモレルには、ベルリンの高級住宅地に土地が与えられた。

モレルの診察によって、回復した体調であったが、それでもヒトラーの心から死への想いは取り除けなかったようで、時折、側近に対し、

「私はあとどのくらい生きられるか分からない。私はもう長くはないだろう。私の計画のためにあと何時間あるだろうかといつも考えている。私はそれを自分の手で果たさねばならない。私の後継者の誰にも、予想される危機を切り抜ける力はない。だんだん悪くなる私の健康が許す限り、私の意図は実現されなければならないのだ」

嘆息交じりに繰り返すのだった。ヒトラーが成し遂げたいと願う大計画とは、ドイツの生空間の拡張、つまり領土拡大であった。しかし、その為には時間が必要だ、その時間が自分には

あるであろうか、一刻も早く計画を推進していかねばならない。焦りがヒトラーの感情を捉えて、それが一九三七年十一月五日、ベルリンの総統官邸における会議での演説へと繋がっていく。夕闇が迫るなか行われた会議には、ヒトラーの他には、ブロンベルク国防相、フリッチュ陸軍総司令官、レーダー海軍総司令官、ゲーリング航空相、ノイラート外務大臣、ホスバッハ総統付副官が参集した。元々、この会議開催を主張したのは、ブロンベルクだった。鋼鉄の配分を空軍に有利に取り計らうゲーリング航空相に不満を募らせたレーダー海軍総司令官は、ブロンベルクに、

「鋼鉄の追加供給がなければ海軍の増強は不可能です。それがなければ、建艦と設備拡大を断念するしかありません。最終的にどうするかは、総統に緊急に決めていただく以外ないでしょう」

と不満をぶつける。それを受け止めたブロンベルクは、ゲーリングの横暴を抑えることができるのは総統以外にいないと判断し、会議の開催をヒトラーに要請したのだ。

しかし、ヒトラーは鋼鉄の配分について長々と語るつもりは毛頭なかった。ヒトラーの狙いは、ナチ党の政策や、限度を超える再軍備に懐疑的なフリッチュ陸軍総司令官に圧力を加えることにあった。左目にはめた片眼鏡は、ヒトラーに表情を読まれないためと言われているが、この日も眼鏡をかけてフリッチュは席についた。そして謹厳な雰囲気を漂わせて、ヒトラーを

見据える。他の一同も緊張した面持ちで、ヒトラーを見つめた。メモを見ながら、ヒトラーは話し始めた。

「これから私が話すことは、秘密にしてもらいたい。非常に重要なことを話すからだ。そして、これから述べることは、私が死亡した場合は、遺言とみなしてほしい」

ここまで述べた時、一同は更に引き締まった顔となった。ホスバッハ総統付副官は、メモを取り始める。ヒトラーは、手元のメモに視線を走らせながら、一方的な演説を続けた。

「ドイツの政策の目標は、人種共同体を確保し、維持し、拡張することである。かつて支配者のいない如何なる空間も存在しなかったし、それは現在も存在しない。攻撃者は常に所有者と衝突するものだ。ドイツにとっての問題は、どこで最低のコストによって最大の利益をあげるかということである。ドイツの問題は力によって解決しうるものであり、これには必ず危険が伴う。問題はいつ、如何なる方法でということだ。ドイツの国力は六年でピークに達するであろう。そのあとドイツの軍備は時代遅れとなり、他の国々も軍備の強化を完了しているはずだ。よって他の国々が防備にまわっているうちにドイツは攻撃に出なければならぬ」

ブロンベルク、フリッチュの顔がみるみる青白くなっていく、そして落ち着きなく体も揺れているが、ヒトラーはそんなことにはお構いなしに、今度はメモを見ずに話し出す。

「ドイツの最初の目標は、チェコスロバキアとオーストリアを占領することだ。英仏はすでに暗黙のうちにチェコ人を見捨てているだろう。特にイギリスはドイツを攻撃するには余りに多くの自国の問題（インドの独立要求等）を抱えている。フランスは十中八九、イギリスの支援がなければ行動すまい。

チェコ人の防衛手段は年々増大し、オーストリア軍も強大になりつつある。この両国を併合すれば、ドイツのための大量の食糧が両国から保証される。

早ければ、一九三八年にオーストリアとチェコスロバキア解放の機会を期待している。オーストリアに対するイタリアの態度は、現段階ではっきりしない。それはムッソリーニが依然として生きているか否かによって左右されるだろう。ポーランドはロシアとの間に大きな問題を抱えており、ドイツを攻撃するだけの力はない。ロシアは日本の脅威への対応に追われている。オーストリアとチェコスロバキアの併合は、ドイツ東部国境の安全性を高めるだろう。そうなれば、その為の諸力を他の目的に使い、更に十二個師団を編成することを可能にする。併合によって、五百万から六百万人の食糧の獲得を意味する。その時が来たら、チェコへの攻撃は、稲妻の如く迅速に遂行しなければならない。意見はあるか？」

室内には、ホスバッハが総統の言葉を書き留める音だけが聞こえ、軍首脳部は、身を固くして座っている。先ず、ブロンベルク国防相が発言した。

「総統、英仏をドイツの敵の立場に追いやるべきではありません」

フリッチュも、

「チェコの強力な防備を打ち破るのは極めて難しいでしょう。私は気管支炎の療養のために十一月十日からエジプトに行くつもりでしたが、チェコ攻撃作戦の研究のために旅行はやめることにします」

と、ヒトラーの見解に反対する。

「いや、その必要はない。差し迫った戦争の危険はないからだ」

慌てて、ヒトラーはフリッチュを宥めた。レーダー海軍総司令官は、ヒトラーの演説を聞いても、それを本心だとは受け止めなかった。

(総統の発言は、国防軍に軍備増強の速度を上げさせるためのものに違いない。今のドイツの軍備状況で戦争を仕掛けるなど狂気の沙汰だ。海軍は戦力となる軍艦を持っていないし、陸軍も似たようなものだからだ)

その後、ヒトラーの意見を代弁するゲーリングと、ブロンベルク、フリッチュとの間で激論が交わされたが、午後八時十五分に会議は終わった。

ノイラート外相は、オフィスに帰り、ヒトラーの会議での言葉を反芻していると、途端に気分が悪くなってきて、医者を呼ぶ羽目になった。

(ヒトラーの政策の行き着く先は戦争だ)

痛む胸を押さえつつ、ノイラートは何としてもヒトラーの野望を抑えなければと思い、医者の手当てを受けてから、陸軍省でフリッチュとベック参謀総長と面会、ヒトラーに戦争計画を棄てさせる方策について話し合う。そして十一月中旬に、三人とヒトラーは会談する。そこで彼らは、

「時間は必要かもしれません。しかし、もっと平和的なやり方で総統の計画は実現できるはずです」

と訴えるも、ヒトラーは、

「私には時間がないのだ」

の一点張りで、接点を見出すことはできなかった。ヒトラーは不快な顔を三人に向けたまま、押し黙った。

*

「何っ、再婚したいと」

首相官邸の執務室で驚きの声をあげたのは、ヒトラー、そしてその目の前にいるのは、五十九歳のブロンベルク国防相である。

「それは、喜ばしいことだ」

ヒトラーは笑顔で言葉を続けた。ブロンベルクは十一月の会議では、ヒトラーの意に反する発言をしたものの、その後、すぐに軟化し、総統に迎合するようになっていた。

「しかし……」

ヒトラーの笑顔とは対照的に、気まずそうな顔でブロンベルクが何事かを吐きだそうとした。

「どうした」

怪訝な顔でヒトラーが問いかけると、

「実は婚約者のエバ・グルンは、下層階級の出身でして、そのことを将校たちがどう思うか気がかりなのであります。ドイツ将校の結婚相手は、軍人か貴族の家系というのが伝統です」

ブロンベルクは思い切った様子で早口で言った。ヒトラーは何だそんなことかという顔をして、

「そのような時代遅れの階級的偏見を断固拒絶することが、これからは重要なのだ。そうだ、私が婚礼の立会人となろう。ゲーリングにも立会人となってもらおう」

ブロンベルクの肩を軽く叩いて微笑んだ。総統からの有難い申し出に、ブロンベルクの涙腺が緩む。一九三八年一月十二日、国防省において、ブロンベルクとグルンの結婚式が挙行された。約束通り、ヒトラーとゲーリングも参列する。ヒトラーは立会人として、ブロンベルク夫

人の手に接吻し、その役目を果たした。

週末をオーバーザルツブルクの別荘で過ごしたヒトラーは、一月二十四日に、ベルリンの総統官邸へと入った。そこには、総統はまだかまだかと言わんばかりにイライラした顔のゲーリングが茶封筒を持って、部屋の中をうろつき回っていた。ヒトラーが官邸に帰ってきたことを知ると、ゲーリングは執務室に急ぎ赴き、

「大変なことになりましたぞ」

目を丸くして大声を張り上げた。ヒトラーが、何があったのだと聞く前に、ゲーリングは既にまくし立てていた。

「ブロンベルクの再婚相手は、元売春婦だったのです。それに見てください、この写真を」

茶封筒の中から、複数の写真を取り出したゲーリングは、机の上にそれらを広げた。写真をよく見ると、あられもない姿をしたブロンベルク夫人がそこに写っていた。

「これは何かね」

写真を持つヒトラーの手は震えている。

「彼女は昔、ヌードモデルもしていたのです。これは彼女が当時、同棲していたチェコ出身のユダヤ人男性が撮ったもの。更に証拠不十分で釈放されていますが、夫人は窃盗容疑で逮捕されてもおります」

ゲーリングの返答を聞くと、ヒトラーは写真を机の上に投げつけ、椅子から立ち上がる。そして、手を背後に組み、憂鬱そうに頭を下げて、室内を動き回りながら、独り言のように呟いた。

「ドイツの元帥が、売女と結婚するなら、この世に不可能はない」

続いて、

「元帥は花嫁について真実を話さず、結婚式の立会人として私を巻き添えにした。これは、結婚後、当然予想されるこのような噂をもみ消させようとするために違いない！」

突如、怒鳴り声をあげた。このような相手の結婚式の立会人になってしまったことは、世間の嘲笑の的になるのではないか、自らの威信に関わるのではないか、とヒトラーは恐れていた。

「もしかしたら、ブロンベルク国防相は、妻のいかがわしい過去を知らなかったのではないでしょうか」

ゲーリングは興奮から冷めたように、落ち着いた口調で言った。

「ならば、夫人の関係書類を持って、ブロンベルクのもとを訪ねよ。ブロンベルクの真意を聞け、そして婚姻を解消せよと伝えるのだ。解消に応じないならば、クビを覚悟しなければならん」

唾を飛ばして、ヒトラーはゲーリングに命じた。翌日、国防相を訪問したゲーリングは、ブ

ロンベルクに対し、

「夫人のいかがわしい過去が明るみに出ました。元帥はそのために軍籍を離脱しなければなりません」

と威圧的に伝えた。一方的な伝達に驚いたブロンベルクは、

「それは一方的な判定だ。私にも配偶者を選ぶ自由はある」

上気した表情で腰を浮かせた。

「閣下が結婚を謳歌されるのは自由ですが、解任は決定であります」

大きく口を開けて話すゲーリングに、

「離婚すれば、職にとどまることはできるのか」

ブロンベルクが訊ねると、

「いいえ」

との素っ気ない返事。

「私は妻を愛している。別れるつもりはない」

急に意を強くしたようにブロンベルクは、ゲーリングを睨みつけた。

「そうですか」

というと、ゲーリングはすぐに国防相室から出た。ドアが閉められた時、ゲーリングの頬は

緩んだ。

（これで、国防相の椅子は、私に転がり込んでくるだろう）

ブロンベルク夫人の過去の逸話は、既に将校たちにも広がり、そのような女性と結婚したブロンベルクに対し、反発の声があがっていた。元々、ブロンベルクは、ヒトラーに忠実過ぎて、軍の幹部の間では人望がなかった。一月二十六日、ブロンベルクは、解任されたが、早期退職金と満額の年金は与えられることになった。

「ドイツが戦争に巻き込まれることになったら、貴方を復位させ、全てを水に流そう」

総統官邸に面会に訪れたブロンベルクに、ヒトラーはそう励ましたが、約束は守られることはなかった。

この会見の時、ヒトラーの頭は、国防大臣の後任を誰にするかで占められていたので、ブロンベルクに、

「後任者の推薦はあるか」

と儀礼的ではあるが、聞いてみた。すると、ブロンベルクは、

「国防相はゲーリングが最適ではないでしょうか」

いち早く答えた。ところが、ヒトラーは、

「ゲーリングは余りにも無能で怠け者だ。不適任だ」

と、にべもない。

「それでは、総統ご自身が国防相に就任されるのは如何でしょう」

少し間があってから、ブロンベルクは答えたが、ヒトラーはそれについては一言も触れずに、

「国防軍が新たな組織となった場合、責任者には誰が良いであろうか」

と再度質問する。が、ブロンベルクは答えにつまり回答できないでいたので、

「君の幕僚の責任者は誰かね」

ヒトラーは畳みかけるように言った。

「国防局長ヴィルヘルム・カイテル将軍です。私の娘の義父になる人物ですが、そのような重要な地位には不向きでしょう。彼は私の役所を運営しているだけの男なのです」

今度は、ブロンベルクは即座に反応した。

「それこそ、私の探している男なのだ」

膝を打つようにして、ヒトラーは叫ぶと、その日の午後五時にはカイテルを書斎に招じ入れていた。カイテルは、一八八二年生まれ、立派な髭を生やしたドイツ軍人らしい屈強な風貌であった。

「ブロンベルクは優秀な軍人であったのに、今回のことは残念だった。私も騙されて結婚式の立会人を務めたことは不覚だった。将校団は、このようなあり得ない結婚を認めるだろう

か？」

　ヒトラーが問いかけると、

「認めないでしょう」

　カイテルはポツリとひと言呟く。

「国防相の後任、君なら誰を推薦するか」

　ブロンベルクにしたのと同じ質問をヒトラーは繰り返す。

「ゲーリング航空相は如何でしょう」

　ヒトラーは直ちに首を振った。

「それでは、フリッチュ陸軍総司令官は如何」

　カイテルの言葉を聞くと、ヒトラーは机に歩いていって、一枚の書類を手にして、カイテルに差し出した。それは、フリッチュの同性愛行為の罪を告発する起訴状であり、当時、ドイツにおいて同性愛は犯罪であった。ヒトラーは信じられないといった調子で、

「三十三年末、フリッチュは同性愛行為に及び、オットー・シュミットという名のベルリンの男娼の少年に恐喝されたという内容だ。私はこの告発を信じることはできなかった。だから、過去に一度、この起訴状を握りつぶした。しかし、国防軍の最高の地位の後継となれば、そうはいくまい。疑いを完全に晴らす必要がある」

と述べた。ヒトラーの言うことにも一理ある、カイテルはそう思った。これ以上、スキャンダルが起きれば、ヒトラーの任命責任となり、信頼も低下するだろう。

フリッチュは、自らにかけられた疑惑を知ったが、身に覚えのないものだった。少年との関わりと言えば、ヒトラーユーゲントの、親がいない少年二人をランチに招いたことくらいだ。何者かが悪意ある告発をしている、フリッチュはそう推測し、一月二十七日にヒトラーと面会するが、何とそこには、告発者のオットー・シュミットも呼び寄せられていた。

フリッチュはその男を見ても、無言のまま立ち尽くしていたので、それはヒトラーの心象を悪くした。

（もし、無実なら、フリッチュは怒り狂って、自分のサーベルを折り、足元に叩きつけても良い程だ）

しかし、フリッチュは困惑と狼狽の表情を浮かべ、その後、ヒトラーユーゲントの少年たちとの交流を語り始めたのだ。フリッチュは無実を主張したものの、ヒトラーは疑いを深める。ヒトラーの命により、ゲシュタポ（ドイツ秘密国家警察）本部で担当官の質問にまで答える事態になったフリッチュは、憔悴しきっていた。そして三月に陸軍総司令官を更迭される。フリッチュは無実であり、後に名誉回復されることになるが、総司令官に返り咲くことはなかった。

ヒトラーの強硬な「戦争計画」に反対していた男が一人去った。結局、ヒトラーは「自らが直接、国防三軍を指揮する」として、後任の国防相を置かなかった。その一方で、国防省の国防軍局を再編し、国防軍最高司令部（ＯＫＷ）を設置、そのトップ（総長）にはカイテルが任じられた。ゲーリングには元帥の階級が与えられる。ブロンベルクとフリッチュの罷免には、陰謀の臭いもあるが、とにかく、偶然か必然か、降って湧いたような出来事により、ヒトラーは軍を掌握することに成功したのであった。

＊

一九三八年二月四日夜、オーストリア大使パーペンは「大使解任」の知らせを、内閣書記官長ランメルスから電話で伝えられた。余りに急な解任に身の危険や恐怖さえ覚えたパーペンは、ヒトラーが滞在しているベルクホーフへと向かう。事態の推移を見極めるためである。

ヒトラーは疲れ切った表情で、パーペンにも意味が掴めぬほど、しどろもどろになりながら、大使解任の理由を説明していたが、パーペンが、

「ドイツとオーストリア、この二つの国を隔てている多くの問題を解決するには、総統とオーストリアのクルト・フォン・シュシュニク首相が直接向かい合って話すしかないと思われます」

と言葉を挟むと、ヒトラーは突然、意識が明確になったかのような表情になり、

「それは名案だ。ウィーンに帰り、急ぎ会談をアレンジしてほしい。彼をここに招いて、あらゆる問題を話すことに私は賛成だ」

とパーペンに命じた。パーペンが、私は既に大使を解任されていますと言っても、ヒトラーは、

「そんなことはどうでも良い。とにかく、シュシュニクとの会談が終わるまで、これまで通り、職務に励んでもらいたい。お願いする」

とまで言い、懇願した。パーペンの尽力によってすぐに会談が開かれることになった。一八九七年生まれのシュシュニクは、フライブルク大学で法学を学び、弁護士事務所を開業したこともあるインテリであった。

二月十一日の夕刻、シュシュニク首相は、外務次官を伴って、列車でオーバーザルツブルクへと向かう。翌朝、ベルクホーフへ到着したオーストリア首相を、ヒトラーは、褐色の制服の上着に黒ズボン姿で出迎える。シュシュニクは、狐のように目を細めて、ヒトラーを凝視した。愛想よく手を差し出してきたヒトラーの手を、シュシュニクは握った。

「さぁ、こちらへ」

ニコニコしながら、ヒトラーは賓客を二階の書斎に案内する。シュシュニクは、ホッとして、

一瞬目を閉じ、勧められた椅子に腰を沈めた。そして目を開けると、そこには先ほどの笑顔とはうって変わって、眉間に皺を寄せた厳しい顔つきのヒトラーがいた。ヒトラーは、既に興奮状態にあり、椅子から立ち上がって、

「オーストリアの全歴史は間断なきドイツへの反逆行為そのものだ。オーストリアは、ドイツを助けるようなことは何一つしていない。善隣政策にも背を向けている。シュシュニクさん、この場で私が言えることは、私が先ほど述べたことを全て終わらせる決意をしているということです。ドイツは今や列強の一つであり、我が国が国境問題を解決したとしても、誰も異論は言いますまい」

指を差して、シュシュニクを、いや故郷のオーストリアという国を非難し始めた。余りの剣幕に驚いたシュシュニクであったが、

（冷静さを欠いてはいけない）

と自らに言い聞かせ、

「いや、オーストリアの全歴史は、ドイツ史の本質的で不可分な一部でした。オーストリアの貢献は無視できないものもある」

高鳴る鼓動を抑えるように反論した。

「いや、貢献度はゼロだ！」

ヒトラーは大声を張り上げる。

「ベートーヴェンを見てください」

シュシュニクは、ウィーンに縁のある音楽史上に残る大作曲家の例を持ち出したが、

「ベートーヴェンは、ラインラントの生まれだ」

ヒトラーはシュシュニクの言葉を蹴散らした。何かに取り憑かれているかの如く、ヒトラーは無我夢中で話し続ける。

「ドイツとオーストリアとの現在の状況は長くは続きませんぞ。私は歴史的使命を帯びているのだ。この使命を私は果たす。なぜなら、そうすることを神から課されているからだ。オーストリアは、ドイツ国境を要塞化し、橋や道路にまで地雷を埋め込んでいる。まさか、私を阻止できるとか、半時間でも前進を遅らせるとか、それを本気で信じているわけではないでしょうな？　ある朝、ウィーンで目覚めたら、そこに我々がいた。そうなれば貴方も目が覚めるでしょう。私はそのような運命からオーストリアを救ってあげたいと本心で思っているのだ」

「総統、貴方が望んでいるものは、一体、何なのか」

ヒトラーの声音が神経に響いてきて頭痛がしたが、シュシュニクは平静を保って、問いかけた。

「それは、今日の午後に話し合いましょう」

突然の一時幕引きに、シュシュニクは拍子抜けする。昼食中、ヒトラーはまたもや愛想よくなった。

「共産主義は危険です。その国の歴史をいっさい斟酌することなく、武力によって感性豊かな文化を破壊しようとしている。それをただ一つの階層のために実行しようとしている。共産主義は私有財産を敵視し、国家が支えとしている基本原則に悪影響を及ぼしている」

などと上機嫌に語り、食後にはコーヒーまで勧めた。シュシュニクは、ヒトラーはどこかに消えた。それから何時間も経ったが、ヒトラーは姿を見せない。シュシュニクは、ヒトラーの前では吸うなと言われていた好物の煙草をベランダで何本も吸うことができたが、不気味な静けさを感じていた。

午後四時頃になって、やっとシュシュニクは、小部屋に通された。そこには、二月上旬に、ノイラートの後任として外相となったリッベントロップが、難しい顔をして席についていた。リッベントロップは、笑顔一つ見せず、険しい顔のまま、シュシュニクに二枚の用紙を示し、

「ここに承諾の署名をしてください」

無愛想に告げた。その書類の内容は「ドルフース暗殺の犯人たちを含むオーストリア国民社会主義者を三日以内に全員釈放すること。解任された国民社会主義者の官吏や将校を元の地位に戻すこと。ドイツとオーストリアの併合(アンシュルス)を主張するザイス・インクヴァルトを内相に任命すること。オーストリア・ナチ党員を国防相に任命すること。そうすれば、ドイツ

はオーストリアの主権を全面的に支持する」というものであった。

（これらを全て呑めば、オーストリアの独立は消滅する）

シュシュニクは、怒りを滾らせながらもそれをグッと堪えて、法律家らしく、冷静に反論しようとした途端、

「総統が二階でお待ちです」

との連絡が入り、シュシュニクは午前中の会談場所に戻った。書斎に入ると、ヒトラーがあちらこちらを動き回っていた。シュシュニクの姿を認めると、ヒトラーはつかつかと歩み寄り、

「私は最後の試みを行う決心をした。これに関して話し合いの余地は全くない。私はただの一語も書き換えるつもりはない。ここに貴方が署名するか、この会談が無意味なものになるか、何れかしかない。

その場合、私は次にどうするかを今晩決定することになるでしょう」

興奮気味に、協定案のコピーを押し付けた。シュシュニクは書類の内容を確認したうえで、

「署名はできません。たとえ署名したとしても、閣僚を任命し、恩赦を与えられるのは、ミクラス大統領だけです。そう憲法によって規定されているので、私の署名は無効となりましょう」

心臓の鼓動を聞きながら、拒否する。

「いや、貴方はそこに署名しなければいけない」

ヒトラーは食い下がるが、シュシュニクは、

「首相閣下、それは無理です」

と粘り、埒が明かない。業を煮やしたヒトラーは、ドアに駆け寄り、

「カイテル将軍！」

とがなり立てた。カイテル将軍が階段を駆け上る音が聞こえ始めた時、ヒトラーはシュシュニクに、

「後でまた呼びに行かせます」

と言い、いったん部屋から出てもらった。再び、シュシュニクが書斎に通された時、ヒトラーは笑顔で哀れな賓客を迎えた。そして言った。

「私は決心を変えることにしました。これは生まれてはじめてのことだ。ただし、警告しておきますが、これはあなたへの最後のチャンスです。協定が発効するまで三日間の猶予を与えることにしましょう」

横を見ると、カイテル将軍が厳つい顔をして控えている。シュシュニクは、無言の圧力を感じた。

（ここで署名を拒否すれば、戦争になる）

シュシュニクは頭を回転させたうえで、

「分かりました。署名しましょう」

重苦しい顔付きで、署名のためのペンを取った。

「それで良いのです、シュシュニクさん。そうだ、夕食を一緒にどうかな」

上機嫌なヒトラーは、ペラペラと、「この協定は今後五年間は保証しましょう」だの「大英断だ」だのとシュシュニクを誉めそやしたが、シュシュニクには全く耳に入らなかった。

（一刻も早く帰国せねば。三日以内に大統領から協定への承認を取り付けなければならない）

焦燥がシュシュニクを支配していた。夜霧に包まれた山道を車で駆け抜けた後、シュシュニクらは列車に乗り、ウィーンに帰っていった。

「オーストリアとの国境地帯で軍隊を展開させよ」

シュシュニクが去った後、ヒトラーはカイテル将軍にそう指令した。脅迫を背景にして、オーストリアを内部から侵食する、それがヒトラーの狙いであった。

ウィーンに着いたシュシュニクは、ヒトラーとの会談をミクラス大統領と閣僚に報告し、今後の対応を協議する。

「獄中のオーストリア・ナチ党に恩赦を与えるのはまだ良い。ザイス・インクヴァルトを内相に任命することには反対する。警察と軍隊を彼に渡すことだけは断る」

ミクラスはきっぱりと言ったが、そうした会議の最中にも、ドイツ軍が国境付近に展開したとの不穏な情報が入ってきた。その度に、ミクラスやシュシュニクは顔を曇らせ、打開策を見つけるべく話し合いを続けるのであった。

「ヒトラーの生まれ故郷ブラウナウをドイツに割譲すれば、ヒトラーも納得するのではないか」

との案も出されたが、シュシュニクは首を振った。会談中のヒトラーの様子を見るに、そのようなことで軟化するはずはなかった。

「ヒトラーは要求の一項目でも拒否されたら、必ずオーストリアに侵攻するでしょう。大統領、ご決断を」

シュシュニクの「圧力」に屈して、ミクラス大統領は要求を受け入れることを決めた。オーストリアの動向が知れた時、ドイツ軍の国境付近での展開は中断された。首都ウィーンは、オーストリア・ナチ党員の、

「ジーク・ハイル！」

「ハイル・ヒトラー！」

という叫び声が聞こえるばかりで、一般の人々の姿は殆ど見えない。皆、何が起こるのか、固唾をのんで見守っている状況であった。

二月二十四日、シュシュニクは、連邦議会の開会式で演説する。演説はドイツにも中継されていた。演壇は、オーストリア国旗の色にちなむ赤・白・赤のチューリップで飾られ、側にはドルフースの胸像があった。胸を張り、演壇へと歩み寄ったシュシュニクは、

「我々は譲歩の限度まで進んだ。これ以上は一歩も譲れないと言わねばならない。国家主義も社会主義もともにオーストリアの合言葉ではない。合言葉は、愛国心である。オーストリアは自由を保つであろう。そのためには、オーストリア人は死ぬまで戦わねばならない。赤・白・赤、死にいたるまで、オーストリア！」

と、いつものインテリ然とした語り口ではなく、情熱的で白熱した演説をする。その勢いに感激した議員たちは皆立ち上がり、拍手でシュシュニクを讃えた。

オーストリアの熱気を見たヒトラーは、水を差すべく、主任経済顧問のケプラーをオーストリアに遣わし、シュシュニクと会談させた。ケプラーは、オーストリア・ナチ党員を経済相に任命すること、『フェルキッシャー・ベオバハター』の発行停止を解除すること、国民社会主義を認めることという新たな要求をシュシュニクに突き付ける。だが、シュシュニクも、

「ヒトラー首相との会談からまだ時はそれほど経っていないのに、こうした要求を突き付けるとは。いくら何でも酷いではないか」

と抗議、提案を蹴った。

（ヒトラーは、これからも要求を突き付けてくるだろう。政治・経済も一層、混乱する。どうすれば、この状況を打開できるか）

シュシュニクは悩んだ末に、国民投票を行うことを発表する。三月九日のことである。

「自由で独立した統一オーストリアを望むのか否か、三月十三日に投票を行うことになる」

これは過剰な要求をしてくるヒトラーへの挑戦であった。国民投票がシュシュニクの思うような結果になったならば、ヒトラーもおいそれとはオーストリアに手は出せまい。ナチ党の支持者の多くは二十四歳未満の青年なので、投票権が二十四歳以上のオーストリアにおいては、勝てる見込みが高い。

国民投票を行うとの報せに、ヒトラーは当然、激怒した。

「シュシュニクの行為は裏切りだ。我々は適切な準備をしなければならない。カイテル将軍」

ヒトラーの意を悟ったカイテルが、

「オットー・フォン・ハプスブルク（最後のオーストリア皇帝の長男）が帝位に復帰しようと企てた場合を想定したオーストリア侵攻計画オットー作戦がございますが」

と報告したので、

「すぐにそれを用意せよ」

ヒトラーは命じた。しかし、カイテルが調べてみたら、オットー作戦は単なる机上研究であり、用意もまるでなく、すぐさま実行できるものではなかった。陸軍参謀総長ルートヴィヒ・ベックは、カイテルからオーストリア侵攻作戦の調査を命じられたが、それまで何の準備もしておらず、非常に焦った。

「二つの軍団と第二戦車師団を使い、オーストリアを占領することを考えております」

やっとのことで、ヒトラーに告げたが、

「それらの部隊は、十二日土曜までに国境を越えて進撃する準備を調えていなければならない。作戦は武力を行使することなく、平和的入城という形で遂行されるべきである」

とのヒトラーからの厳命に、ベックは、

(二十四時間以内にこれだけの準備を完了することは不可能だ)

心中思ったものだった。

「そのためには、十二日の夕方六時までには各部隊に命令が伝達されていなければなりません」

そして思わず声に出したが、ヒトラーはそうしたことなど知るかという態度で、

「必要ならそうしたまえ」

取り付く島もない。ヒトラーの頭は、もう一つの別なことで占められていたからだ。それは、イタリアのムッソリーニがどのような反応を示すかということだ。ここで、オーストリアに味

方されたら、厄介極まりない。そこで、ヒトラーはムッソリーニへ親書を送ることにした。それは「オーストリアは無政府状態になりつつあり、座視するに忍びない。この地に生を受けた者として、最早、身を引くことはできず、祖国に秩序を再建するためには介入せざるを得ない。イタリアとドイツの境界線はブレンネル峠である。この決定には変更の余地はない」との内容であった。しかし、この時、ヒトラーはムッソリーニの反応の如何に関わらず、オーストリアを呑み込むつもりだった。結局、ムッソリーニは、ヒトラーの行動を黙認した。それを知ったヒトラーは、

「ムッソリーニに、私はこの時のことを忘れないと伝えてくれ。私は心から彼に感謝している。たとえ、全世界が彼を敵としたとしても、私はきっと彼に味方する」

と叫びまわり、喜色満面となった。

一方、ベックは幕僚に指示し、動員計画の作成、指揮官の呼集を急ぎ行い、進撃の準備を進めた。そしてついには「オットー作戦」の発動を待つのみという状況に漕ぎつける。

三月十一日午前二時頃にドイツ軍が国境に出動したとの報が、朝方にはシュシュニクの耳に入った。するとシュシュニクの態度は急変し、

「国民投票は中止します」

との決断をミクラス大統領に伝えた。すぐさまドイツから新たな要求が飛び込んでくる。

「シュシュニク首相は辞任せよ。ザイス＝インクヴァルトを首相に就任させせよ。回答期限は午後四時」。

追い詰められたシュシュニクは、ついに首相を辞任した。インクヴァルトを首相に任命することを頑強に拒んでいた大統領も屈服する。シュシュニク首相は辞任前、国民に向かって最後の演説を行う。

「我々が圧力に屈したことをオーストリア国民にお知らせします。我々は如何なる状況のもとにおいても、ドイツとオーストリアに住むドイツ人が戦い血を流すことを望まないが故に、侵略が行われた場合も抵抗を控えて後退し、今後の決定を待つように我が軍に指示しました。私はオーストリア国民に別れを告げます。神よ、オーストリアを救いたまえ」

*

三月十二日午前八時、ドイツ軍はオーストリアに進駐する。ドイツ軍の戦車には、両国の国旗が掲げられ、それは木の枝や葉で飾られていた。この「平和な緑の旗」を先頭に、戦闘隊形をとらずに、軍楽隊と進めという命令が各部隊に下されていた。

ドイツ軍を迎えるオーストリアの人々の対応も実に和やかであった。国境の柵門は、税関吏の手によって笑顔で開けられ、村の家々には鉤十字の旗が飾られて、ドイツ兵は握手を求められた。歓迎の花束を投げる人が多すぎて、防塵眼鏡を着用せよとの命が出たほどだ。シュシュニク元首相の苦悩が嘘のようである。

ヒトラーもオーストリアに向かうため、専用機に乗り、正午にはミュンヘンに到着した。そこでメルセデスに乗り換え、ヒトラーが先ず向かおうとしたのは、生地ブラウナウであった。しかし、見物の大群衆と多くの車に阻まれて遅々として進まなかった。ブラウナウに入ると、ヒトラーを乗せた車は「ポンメル・イン」という宿舎へ。ここはヒトラーが生れた生家があった場所だが、宿泊所となっていた。車は宿泊所を通り過ぎる時、徐行し、ヒトラーも「ポンメル・イン」を凝視したが、感慨は殆どなかった。生家での記憶がないからだ。

それよりも、ランバッハの修道院が見えてきた時のほうが、ヒトラーには込み上げるものがあった。

(修道院の院長になりたいと、かつては思ったものだった)

修道院の前に来ると、ヒトラーは停車を命じた。幼少の頃と変わらない修道院の建物。華麗な内装が瞼に蘇り、

(聖なるかな、聖なるかな、聖なるかな)

ヒトラーは思わず、幼き時に口ずさんだ聖歌隊のコーラスを胸の中で繰り返した。

青年期を過ごしたリンツに着いたのは、日が暮れた後だった。

(この街をどれほど歩いたことか。歌劇に感激した時などは、一晩中、熱に浮かされたように彷徨ったものだ)

リンツの市庁舎には、新首相ザイス＝インクヴァルト、ヒムラー親衛隊隊長などが待っていた。何より、ヒトラーが感激したのは、広場を埋め尽くす十万人はいると思われる群衆の熱狂であった。ヒトラーが市庁舎のバルコニーに姿を見せると、彼・彼女らは、小雨が降るなか、万歳の声をあげた。ヒトラーの目にじんわりと涙が溢れた。それは、短い演説の最中にも流れ続けた。

「天意が故郷をドイツに復帰させるために私を選んだ。諸君は私が使命を成し遂げたという証人だ」

ヒトラーは翌日もリンツに留まり、その後、ウィーンを目指して進発する。ここでも、群衆・車、そして戦車に阻まれて、首都郊外に到着したのは夕方であった。オープンカーに立ち、右手をまっすぐ伸ばし、群衆を見回すヒトラーに人々は歓声と拍手を送った。

(私は、全ドイツ人を大ドイツ帝国に統合する指導者になるよう運命付けられているようだ)

車は、ホテル・インペリアルに停まった。ホテルの前にも数万の人々が群がっていた。ヒトラーが心休まる気持ちになったのは、ホテルの一室に入ってからだった。そこには、笑顔のエヴァがいた。ウィーンでの第一夜を共にしたいと、ヒトラーが呼び寄せたのだ。

「おめでとう」

喜びの声と涙が入り交じった祝福を受けると、ヒトラーは彼女を抱きしめた。逢瀬を楽しむヒトラーは、興奮が収まりきらない様子で、エヴァにホテル・インペリアルの思い出を語って聞かせた。

「ホテルのロビーのきらめく明かりとシャンデリアが見えたが、昔の私はそこに足を踏み入れることさえできなかった。ある夜、酷い吹雪で雪が積もった時、私は雪かきをして、金と食事にありついていた。私は五・六人の仲間とともに、ホテルの前の道路の雪かきをしていたのだ。その夜は、皇帝夫妻が、ホテルに客を招待していた。我々は、シャベルで雪かきをしながら、貴族たちが馬車を降りてホテルに入るたびに、帽子をとって会釈した。彼らは我々のほうを見向きもしなかったが、私は今でもあの夜の香水の匂いを覚えている。我々は彼らにとって、またウィーン市にとって重要な仕事をしていたはずだが、彼らはコーヒー一杯も振る舞ってはくれなかった。

ホテルの中から聞こえてくる陽気な音楽を耳にしていると、泣きたくなってきた。そのうち、世の不正にはらわたが煮えくり返る気持ちになった。私はその夜、いつの日か、このホテルに戻ってきて、真紅のカーペットを踏み、皇帝夫妻が踊った光まばゆい舞踏室に入ってやろうと決心したのだ」

「その夢が今夜、叶ったのね」

エヴァがしみじみ言ったとき、ホテルの外から、

「総統の声を聞くまでは帰らない」

「総統に会いたい」

という群衆の声が部屋まで聞こえてきた。ヒトラーは少しやれやれという表情をした後、ロイヤル・スイートのバルコニーに向かった。そして敬礼し、手を振った後、再び部屋へと戻った。

オーストリア国民の中には、もちろん、ヒトラーに反感を持つ者もいたが、ヒトラー政権が進めてきた経済再建を評価する声も多かった。ヒトラーならオーストリアを良き方向に導いてくれるのではないか、そのような期待が、民衆の歓呼の声に変わったのだ。

当初、ヒトラーはオーストリアを連邦国家にするつもりだったが、熱烈な歓迎を受けて、ドイツの一部として併合することを決めた。ヒトラーは「ドイツ帝国とオーストリア共和国の再統合に関する法律」に署名、四月十日には国民投票が行われ、圧倒的多数で、合邦が決まった。ここに、オーストリアは国家の地位を失い、ドイツの一州になったのである。

国民投票の二日前、ヒトラーは再びリンツに赴いた。そこでも、ヒトラーは大歓迎を受ける。

その日はホテル・ヴァインツィンガーに宿泊したが、ボルマンの弟アルバートが、ヒトラーの耳に囁いた。

「総統からの手紙を持ったアウグスト・クビツェクという男が来ておりますが、如何いたしましょう」

アルバートの囁きに、ヒトラーは心底驚いた。

（クビツェク、あのクビツェクが。グストル！）

若き頃、リンツそしてウィーンで、彼と過ごしたことが走馬燈のように蘇る。宮廷歌劇場・シュテファニー・シュトゥンパー二十九番地・国会議事堂……。

（会いたい！）

ヒトラーはそう思ったが、逸る気持ちを抑えて、

「今日は体調が悪い。疲れている。すまないが、明日の昼食の時間に出直してくれないかと伝えてくれ」

淡々と言った。一九〇八年にウィーン西駅で別れてから約三十年。青春の一時期を共に過ごした友がまさか会いにきてくれるとは。

＊

リンツの街は、どこに行っても人・人・人、人で溢れていた。クビツェクはいつにない光景に戸惑いながら、ホテル・ヴァインツィンガーを目指した。ホテルに近付くにつれ、人混みは増す。ヒトラーの来訪と、オーストリアの運命を決める国民投票が明日に迫っていることもあり、人々は興奮気味だ。

ホテルに行く途上で、クビツェクはあれこれ考えた。ヒトラーは本当に会ってくれるであろうか。自分はヒトラーが首相に就任した一九三三年、その年の二月にお祝いの手紙を書いた。返事は期待しなかったが、その年の八月になって、何とヒトラー本人から返書が届く。

「親愛なるクビツェク、本日、二月二日付けの貴方のお手紙を受け取りました。一月の首相就任以来、幾十万通もの祝いの手紙をもらっている私としては、それは別に驚くに当たらぬものです。しかしそれだけに、実に何十年もの長年月の後にはじめて、貴方の生活と貴方の住所に関する報告を得たことの私の喜びはより一層大きかったのです。私は、もし私の極めて激しい闘争の時が過ぎたならば、私の生涯のこの最も美しかった時代の思い出を今一度自ら呼び覚ましたいものです。もしもひょっとして貴方が私を訪ねてくださるならば、お会いすることができるかもしれません。貴方と貴方の御母上のご多幸を祈りつつ、私は、私たちの古い懐かしい友情の思い出に浸っております。貴方のアドルフ・ヒトラー」

私のことを覚えてくれていた、クビツェクはその時、大きな喜びを感じた。「貴方が私を訪ねてくださるならば」とあるが、しかし、本当に訪ねるわけにはいくまい。第一、何を話したら良いか見当もつかない。彼にとって私の人生など取るに足らないだろうし、これまで大した経験をしてきたわけでもない。招待の文言は儀礼的なものだろう。クビツェクはそう考えて、それ以上、何かをすることはなかった。

一九三八年三月十二日、ヒトラーがリンツにやって来た。市庁舎での演説を聞きにいきたかったが、仕事があり、断念した。残念な想いを抱いていた矢先、四月八日にヒトラーが再びリンツに来るという。

クビツェクは勇気を振り絞って、ヒトラーに会いに行こうと思い立った。この機会を逃せば、もう二度と会うことはできないかもしれない。

ヒトラーが滞在しているというホテル・ヴァインツィンガーに群衆をかき分け近付き、警衛にあたっている突撃隊員に、

「総統と話がしたいのですが」

声をかけてみた。しかし、隊員は胡散臭そうな眼でクビツェクを見るばかりで、うんともすんとも言わない。

「総統からの手紙です。見てください」

クビツェクがポケットからヒトラーの手紙を出すと、隊員はビクッとして、将校らしき人を連れてきた。その将校も手紙を読み、納得したようで、クビツェクをホテルのロビーまで案内する。そこでは、将軍や党の幹部と思われる人々が、行ったり来たりしていた。近くにいた人に、

「クビツェクと申します。総統にお会いしたいのですが」

手紙を見せて告げると、その男は、どこかの部屋へと消えていった。暫くして、男がクビツェクの前に現れて、

「総統は体調を崩しておられる。今日は誰とも面会できない。明日の昼食の時間に出直してくれないか」

と言ったので、承知してホテルから出た。そして今日、再びのホテル行きである。クビツェクは想像した。

（握手をしてくれて、親しく肩をたたき、一言二言、話して終わりだろう。それで満足しなければ。問題はどう呼びかけるかだ。まさか、一国の指導者に向かい、昔みたいにアドルフと言うわけにはいかない。型にはまった決まり文句と挨拶、これが最適だ。だが、考えた挨拶をちゃんと言えるだろうか、緊張して……）

あれこれ考えているうちに、あっという間にホテルに着いた。心臓の音が高鳴る。ロビーに

入って、暫く進むと一つの部屋があり、そこのドアが急に開き、ヒトラーが現れた。背後には随員がいたが、クビツェクの来訪に気付いたヒトラーは、歩み寄り、

「グストル」

弾んだ声で、クビツェクを愛称で呼び、腕をつかんだ。クビツェクは右手を差し出したが、ヒトラーはその手を両手で包み込み、笑顔でクビツェクを見つめた。後ろにいる随員は、ニコニコしているか、突然のことに目を丸くしているかのどちらかであった。クビツェクは、挨拶の言葉を忘れていたことに気が付き、

「総統閣下、この度は、お会いできて光栄に存じます。ドイツ、オーストリア万歳、総統閣下、万歳」

緊張の面持ちで告げた。ヒトラーはその言葉を微笑しつつ、頷きながら聞いていた。少し間が空いてから、ヒトラーは、

「こちらにおいでください、貴方」

と、とても丁寧な言葉遣いでいうと、共に、エレベーターで三階まで上がり、一室に入った。副官は去り、二人だけになった。ヒトラーはクビツェクの手を握り、

「昔のままだね、クビツェク。どこにいても、すぐに貴方だと分かりましたよ。変わっていない。ただ歳は取りましたね」

と言うと、テーブルに案内し、椅子を勧めた。ヒトラーは昔のように独りで喋り続けた。

「久しぶりに再会できて嬉しい。特に先ほどの祝辞はとても嬉しい。どれほど困難な道のりだったか。一番よく知っているのは貴方だから。何れまたお会いする機会もあるでしょう。近いうちにこちらからお知らせします。直接、手紙を下さるのはお勧めできない。私宛ての郵便物は届かないことも多い。仕事の軽減のため、事前処理をしているからです。昔のようなプライベートな生活はありません。皆のようにしたいことをするというわけにはいかないのです」

椅子から立ち上がり、窓辺からドナウ河を眺めるヒトラーは、再び口を開いた。

「あの不恰好な橋、昔のままだ。しかし、そう長いことではない。約束しますよ、クビツェク。それでも、できたらもう一度、あの橋を貴方と歩いてみたい。でも、ダメですね。私が出かけると、皆がゾロゾロついてくる。でも、クビツェク、私はリンツで色々なプランを持っているのです。新しいドナウ架橋は、ニーベルンゲン橋と名付ける。橋の装飾も一新する。州立劇場も近代的な舞台としたい。私はリンツが文化面で指導的地位を占めることを望んでいます。そのための条件を整えていくのです。そうだ、リンツのために大交響楽団も創らねば」

そこで黙ったヒトラー、クビツェクは会見はここで終わりかと思ったが、突然、

「ところで、クビツェク、今は何をやっているのですか」

個人的なことを聞いてきた。

「市役所で局長をしています」

「市役所の局長、どんな仕事をするのですか」

クビツェクは返答につまった。自分の仕事をヒトラーに分かるように簡潔に伝えるには、どう言えば良いか。返答に窮していると、ヒトラーのほうから、

「つまり、公務員になったということですね。貴方に似合いませんね。音楽のほうはどうなりました」

と聞いてくれたので、クビツェクは胸をなでおろす。

「先の敗戦で、音楽の道からは外れてしまいました。飢え死にしたくなければ、そうするしかなかったのです」

「そう、敗戦でしたね」

ヒトラーは真剣な顔付きで頷くと、

「あなたは市役所の書記で終わる人ではありませんよ、クビツェク。ところで生活面はどうですか。困っていませんか」

「私は今のポストで十分満足しています。個人的にお願いするようなことはございません」

クビツェクがそう言うと、ヒトラーは感心したように頷いた。

「お子さんは？　クビツェク」

「息子が三人おります」

「息子さんが、三人もいらっしゃるのですね。私は独り身です。あなたのご子息の世話をさせて頂きましょう。つまり、ご子息の教育のために、代父役を引き受けますよ。有能な青年にかつて私たちが辿ったのと同じ道を歩んでほしくない、そう思っているのです」

ヒトラーは立ち上がり、副官を呼び入れて、クビツェクの息子たちに関する指示を与えた。ヒトラーはクビツェクの息子が通う音楽学院の学費を私費で出すことになる。その後も、思い出話に花が咲くが一時間を過ぎた頃に、対面は終わった。

「私たちはもっと頻繁に会う必要があります。可能になり次第、また連絡します」

ヒトラーはまたクビツェクの手を握りしめた。クビツェクは夢のような心地でホテルを後にする。ヒトラーの最後の言葉は嘘ではなかった。

一九三九年にバイロイトにおけるワーグナー祝典劇に招待されたからだ。バイロイトを訪問することは、かつて観劇に夢中になった者としては、憧れであった。

「私たちにとってもっとも神聖なものであるこの地で再会できて嬉しく思います」

ワーグナーの墓石の前で、そう声を出したヒトラー。クビツェクの眼は、感激で潤む。一九四二年、クビツェクはナチ党に加入、ヘス、ゲッベルスといった党の高官たちとも交流した。

終戦後、クビツェクは、ヒトラーの友人だったということで、グラーゼンバッハ捕虜収容所に六ヶ月間、放り込まれた。その間、何度も取り調べを受けた。尋問官がクビツェクに質問する。

「あのアドルフ・ヒトラーの友人だったのですか」

「ええ」

これから何を聞かれるのか、クビツェクは戸惑いながら返事をした。

「いつからですか」

「一九〇四年以来です」

クビツェクは身を固くする。

「その頃、彼はまだ何者でもなかったですよね」

「はい、それでも私は彼にとって友達でした」

尋問官は、質問内容を変えた。

「見返りに何を貰ったのですか」

「何も貰っていません」

「そんなことはないでしょう。飲食、それとも自動車、家？　そうか、女性をあてがわれたのでは？」

「ありません。そのようなことは」

「後に彼は貴方と会っていますね。リンツで。どうやってヒトラーに会えたのか、監視なしで会えたのですか」

「独りで会いにいきました。監視なしで会いました」

「それなら、彼を殺そうと思えばできたでしょう。なぜ殺さなかったのですか」

「彼は友人でした」

尋問官は、複雑な表情をして、クビツェクを見据えると、そこで話を打ち切った。

クビツェクは一九四七年に釈放、再び市役所の局長として務め、その間、ヒトラーとの思い出を書きとめていく。五六年、オーストリアで死去した。

＊

宣伝大臣ヨーゼフ・ゲッベルスは、苦悩で顔を歪めていた――自ら撒いた種とはいえ、このようなことになるとは予想外であった。元来、好色ということもあるし、宣伝大臣という立場上、多くの美女と交流し、寝屋を共にしてきた。好みの女を見つけると権力を笠に着て強引に迫ったこともあった。逆に駆け出しの女優などは自ら進んでベッドにもぐり込んでくる者もいた。良い役を貰いたかったからだろう。ゲッベルスには、マクダという美しい妻もいるし、愛らしい子供たちもいる。長女ヘルガ、次女ヒルデ、長男ヘルムート、三女ホルデ、四女ヘッダ。それでも、欲望を抑えることができなかった。そればかりか、本気の恋をしてしまったのだ。

相手はリダ・バーロヴァ、二十三歳。チェコ人でプラハ生まれの女優である。小柄、黒髪で頬骨が張ったエキゾチックな美女を初めて見たのは、一九三四年の十二月、総統と共に、映画『誘惑のとき』（パウル・ヴェゲナー監督）の撮影所を訪れた時だった。彼女は共演俳優のグスタフ・フレーリッヒとできている、結婚しているとの噂があったが、バーロヴァは、

「結婚も婚約もしておりません」

とその場でさっぱりと言ったものだから、好みのタイプと目を付けていたゲッベルスは興奮した。くだけたパーティーの席で、早速、彼女を自分の席の隣に招いて、手を握り、肩を寄せ、積極的にアプローチする。歳の差はあるが、彼女もまんざらではない様子だった。

翌日、レセプションの席で再会した時に、ゲッベルスは、

「配役のことで話がある」

と彼女を別室に誘い、いきなり抱きしめ、接吻をした。三十分後には、政治集会で演説することになっていたが、そんなことは関係なかった。ゲッベルスは、バーロヴァと関係を持った。しかし、不思議なことに彼女はゲッベルスに見返りを求めることはなかった。あれが欲しい、これが欲しい、この映画で主役を演じてみたいの……そのようなことはひと言もいわなかった。

そこがまたゲッベルスが気に入ったところだった。バーロヴァは、ゲッベルスを「ヨーゼフ」と気さくに呼んだし、ゲッベルスは彼女と映画・演劇・美術館に同伴するようになった。ゲッベルスとバーロヴァはできている、俳優やジャーナリストの間にも、その噂は広まった。

当然、噂は妻マクダの耳にも入り、問い詰められたゲッベルスは、

「バーロヴァがしつこく私に言い寄ってきてね。だから、そんな噂がたったのだろう。私は何もしていないよ」

鬱陶しそうに言い、追及をかわす。マクダもその言葉を信じた。バーロヴァは、俳優グスタフ・フレーリッヒと同棲しており、二人の愛の巣がゲッベルスの別荘の程近くにあったからだ。

ゲッベルスとバーロヴァが、ゲッベルスの別荘に車で帰宅、車中で接吻を交わしている時、いきなりフレーリッヒが現れたのには、二人は驚いた。フレーリッヒは、ゲッベルスに、

「大臣閣下、これで我々の立場がはっきりしました」

と興奮した声で言うと、バーロヴァを車から引きずり降ろし、頬を一発張ると、自分の家へと追い立てていった。

バーロヴァがフレーリッヒの家から追い出された──この話は、フレーリッヒがゲッベルスを殴ったと後に尾ひれがつき、

「あぁ、僕もフレーリッヒになりたい」

反ナチの人々のジョークにされることになる。ゲッベルスは、フレーリッヒの行動に怒りを感じたが、手を出さなかった。大きな揉め事になるのを恐れたのだ。

ゲッベルスは妻マクダ、愛人バーロヴァとヨットに乗り、船遊びをすることもあった。そればかりか、自宅にバーロヴァを連れてきて、妻マクダの前で、

「僕とバーロヴァは愛し合っている、これは本気だよ」

と表明、バーロヴァも、

「私たち愛し合っています」

相槌を打ち、手を握りあう。呆然とした表情で二人を眺めるマクダを尻目に、ゲッベルスは更に追い打ちをかける。

「君が子供たちの母親であり、僕の妻であることはいつまでも変わらない。だが、ここに浮気じゃない本当に愛する女性がいることを認めてほしい。いつまでも芝居を続けるのは真剣な愛を冒涜することだと気が付いたんだ。長年、連れ添った君だ、きっと理解してくれるね」

唖然として、言葉も出ないマクダ。それを承知したと思ったのか、ゲッベルスと愛人バーロヴァは妻の目の前で抱擁する。頭の中が真っ白になったマクダは、無言で自室に逃げ込むと、鍵をかけた。そして思った。

（あの人は、まともな人間じゃないわ）

マクダは夫と離婚する決意を固めていた。しかし、離婚問題を法廷に持ち出すには、証拠や証人がいる。この時、マクダに思わぬ助っ人が現れた。宣伝省の次席次官カール・ハンケである。つまり、ゲッベルスの部下だ。なぜ、自らの身を滅ぼしかねない依頼をハンケは受けたのか。それは、マクダに同情したこともあるが、美貌のマクダに密かに心を寄せていたからである。

「夫の不倫の証拠集めをしたいの」

マクダは、ハンケに離婚裁判に必要な証拠集めを依頼した。ハンケは、すぐに上司の不倫の痕跡を辿り、情報を収集する。ハンケが差し出したゲッベルスが関係を持った女性のリストを見た時、マクダは気が狂ったような笑い声をあげた。リストには、三十六人もの女の名が記されていたからだ。笑いでもしなければ、精神がおかしくなるだろう。

「総統と、夫とのことについて直接お話しがしたい」

マクダは、ヒトラーとの面談をハンケに希望する――ゲッベルスの顔が苦悩で歪んだのは、この事を知ったからだった。

「夫婦の問題を総統のところに持ち込むなど、ばかげている。総統は私たちの離婚を認めないだろう」

ゲッベルスは、妻の希望をなじり、止めようとしたが、マクダは頑として聞かない。

「バーロヴァとは二度と会わないから」

誠実そうな振りをして、引き留めようともしたが、マクダは騙されなかった。実際、ゲッベルスはバーロヴァとは別れるつもりはなかった。

ハンケは、ゲッベルスとマクダの問題を、ヒトラーの耳に入れた。少々の浮気なら他の要人もやっていると黙認してきたヒトラーであったが、妻に訴えられそうになっていると聞いて、眉をひそめる。宣伝大臣という立場もあるし、多くの子女を持ち、模範的・理想的なドイツ家庭を築いているということで、それを宣伝材料にしていたからだ。

ヒトラーはマクダを、ベルヒテスガーデンの山荘に招いた。いつもの笑顔はどこへやら、萎れた姿のマクダにヒトラーの心は痛んだ。マクダは訥々と夫の乱行を打ち明けた。

「最近では外国の要人との会談をすっぽかして、バーロヴァと会っているようです。それに私との離婚が総統の逆鱗にふれたなら、大臣の職を辞し、日本に大使として行かせてもらうとまで言っています」

ゲッベルスの怠慢と身勝手さに、ヒトラーの顔は赤みを帯び、怒りに震えた。マクダと会った翌日、ヒトラーはゲッベルスを呼んだ。ゲッベルスもいつもの威勢の良い調子ではなく、思いつめた顔をしている。ヒトラーが、睨みつけたままでいると、ゲッベルスは話を切り出した。

「私は女優のバーロヴァを愛しています。この気持ちはどうしようもありません。一方、妻とはどんなに努力しても、家庭生活を続けていけるとは思えません。無理です。妻との離婚を許していただきたいのです。総統、私は宣伝大臣を辞任します。そして大使として東京に赴任させていただきたい。そこで彼女と暮らします、総統、お願い――」

ゲッベルスの言葉が一区切りつかぬ間に、

「何を馬鹿なことを言っているのだ！」

とのヒトラーの怒声が飛んできた。

「娼婦と結婚して国防相の椅子を棒に振ったブロンベルク大将の二の舞になりたいのか、そんなことは許されない。国家に対する義務をとるか、バーロヴァをとるのか、よく考えることだな。我々のように歴史を創る者に私生活はないのだ」

威厳と含蓄ある言葉で、懇々と諭すヒトラーに、のぼせ上がっていたゲッベルスも、頭が冷えてきたようで、最後には、頭を下げ、沈黙するしかなかった。勝負あったとみたヒトラーは、微笑し、

「分かったな。ではバーロヴァと別れて、マクダと和解するのだ」

と言って、ゲッベルスを帰した。一九三八年八月十六日のゲッベルスの日記にはこうある。

「総統と長い時間、真剣に話し合う。心の底から衝撃を受け、他のことは何も考えられない。総統は私にはまるで父親のようだ。感謝にたえない。私は辛い決心をした。人生はかくも残酷

なものなのか。何を始め、何をやめたらいいのか。だが最優先すべきは義務である。これから新しい人生が始まる。厳しくて無情で、義務だけに献身する人生が。青春は終わった」

ゲッベルスは、大臣としての務めを果たしていくので、もう二度と君には会えないとバーロヴァに電話で告げた。涙にむせびながらバーロヴァが、何事か言おうとしたが、その前にゲッベルスは、電話を切る。

ゲッベルスと別れてからのバーロヴァは不運であった。撮影していた映画はお蔵入り、上映中止に追い込まれたものもある。「大臣の妾」と白い目で見られ、警察にも尾行され、ドイツに住めなくなったバーロヴァは、故郷のプラハに帰った。紆余曲折を経て、戦後、イタリアに移住、フェデリコ・フェリーニ監督の映画『青春群像』(一九五三年)に出演し、二〇〇〇年にこの世を去っている。ちなみに、マクダを助けようとしたハンケは、宣伝省次官の地位を追われ、国防軍に加わることになる。

*

一九三八年十一月九日の夜、ミュンヘン市庁舎において、ミュンヘン一揆十五周年の記念式典が開催されていた。力強く演説するゲッベルス、それをじっと聴くヒトラーのもとに副官が慌ただしく駆け寄ってきて、耳打ちした。

「ラートが亡くなりました」

ヒトラーは軽く頷く。しばらくして、ゲッベルスは演説をやり終えた。拍手が鳴り響き、大盛況だ。

エルンスト・フォン・ラートとは、ドイツ公使館三等書記官をパリで務めていた男である。二日前、ポーランド出身のユダヤ人青年センデル・グリュンシュパンにピストルで狙撃され、重体となっていた。そのユダヤ人青年の両親はドイツからポーランドに追放され、家も食料もないという窮状に陥っており、その事を知らされたグリュンシュパンは、怒りにかられ、ドイツ高官の殺害を決意、ドイツ大使館で応接に出たラートを狙撃したのだ。

演説を終えたゲッベルスに、ヒトラーが目配せするとすぐに彼は駆けつけてきた。

「ラートが死んだ。ユダヤ人によって殺されたのだ。

これは由々しき事態だ。この報いは、奴らに必ず受けさせる」

興奮冷めやらぬ調子で、膝を叩きながらヒトラーは言った。

「はい、ご存知でしょうが、既に報復は始まっています。八日朝には、ドイツの多くの地域で、シナゴーグの焼き討ち、ユダヤ人の所有物の破壊、商品の没収が、党の地方組織の働きかけで行われました。しかし、もっともっと国民の怒りを解き放つ必要がありましょう」

ゲッベルスも、ヒトラーの怒りに感染したように声をあげる。

「示威行為を続行させよ。そして、警察はそれを鎮圧してはならない。引き下がるのだ。今こそユダヤ人は民衆の怒りを肌で感じるべきだ」

「その通りです」

ゲッベルスは、血走った目で、同調すると、すぐに党や警察に指示を与えた。女優との情事や離婚問題で総統の寵愛を減退させていたゲッベルスにとって、ユダヤ人問題を上手く処理することは、総統を振り向かせるチャンスであった。壇上に再び戻ったゲッベルスは、

「ラート銃撃に憤った民衆の、ユダヤ人に対する自発的行動は既に起きている。総統は、我が党が一層の示威行動を組織するようなことはしないと決定されたが、もしそうした行動が発生したならば、総統はそれらを止めるようなことは何もなされないはずである」

聴衆に熱っぽく語り掛けた。演説が終わると、党の指導者たちが、寄り集まってきた。ゲッベルスは彼らに向かい、

「示威行為を党が組織し実行したものだとしても、外部に対しては、示威行為を唆したと思われてはならない」

厳しい顔で伝達した。

ゲッベルスの演説を、鋭い目つきで黙って聴いている男がいた。親衛隊の黒服に身を包むそ

の男は、ハイドリヒ(親衛隊諜報部長官)であった。ハイドリヒは、椅子からすっくと立ち上がると、長身を宿泊しているホテルに向けた。ホテルの一室に入ると、そこには、一足先に帰っていた上司のヒムラーがいた。

「ハイル・ヒトラー」

お互いに挨拶を交わした後、ヒムラーはハイドリヒを着席させた。

「ゲッベルスによって命令が下されたが、おそらくゲッベルスは権力欲に駆られ、思慮分別もなく、このようなことを命じたのだろう」

学校の校長が生徒を叱るような面持ちで、ヒムラーは、ハイドリヒのほうを見た。ハイドリヒは、

「宣伝相の真意は、私には計り知れませんが」

背筋を伸ばしたまま、ヒムラーの目を見て答えた。ヒムラーは、まぁ良いといった表情をした後、目を細める。

「ゲッベルスめ、ユダヤ人問題にまで手を突っ込んできおって。我々の領分を侵すつもりか。許せぬ。だが、ユダヤ人に対する圧力が強まることは良いことだ。ユダヤ人はドイツを破壊しようと決心している。だから、前例のない残忍さで、彼らをドイツから追放しなければならない。もし、ドイツがユダヤ民族との戦いに勝利できなかった場合、ゲルマン民族は一人残らず

飢えて死ぬか、虐殺されるであろう」

「はい、必ず勝たねばなりません。そのためには、警察だけでなく、我々、親衛隊諜報部も動かねば」

「あぁ、その通りだ。先ずは、ゲシュタポ局長のミュラーと協議してくれ」

「承知いたしました」

ハイドリヒは立ち上がり、敬礼すると、自室に戻り、秘密警察の責任者に電話した。ハイドリヒとの協議の結果、ミュラーは午前零時前に、次のような通達を出した。

「間もなく、反ユダヤ行動が全国で始まる見込みだ。特にシナゴーグに対する行動が予想される。これらの出来事は阻止されるべきではない。しかし、略奪と過度な逸脱行為は防止されなければならない。国家警察は、二万から三万のユダヤ人、とりわけ富裕なユダヤ人の逮捕に備えるべきである」

二時間後、今度はハイドリヒが、警察署長に向けて電報を発した。

「ユダヤ人に対する示威行動が今夜のうちにドイツ全土で発生することが予想される。示威行為は阻止してはならない。警察はドイツ人の生命財産が危険にさらされぬよう留意せよ。ユダヤ人所有の企業やアパートは破壊されてもよいが、略奪を行ってはいけない。

全ての地区のユダヤ人、特に富裕なユダヤ人は、できるだけ逮捕すべきである。老齢でない健康なユダヤ人を逮捕せよ。逮捕したら速やかに強制収容所に収容せよ。これら逮捕されたユダヤ人に関しては虐待を加えないよう配慮しなければならない」

＊

深夜、自宅のベッドに横たわるユダヤ人ワルター・ゲールの耳に、突如、雄叫びのような声と、ガラスが割れる大きな音が迫ってきた。

(夢か、しかし何の夢だ)

完全に眠りから覚めない頭の中で、ゲールは声を響かせる。しかし、バリン、バリンという頭が割れるかのような音が聞こえた時には、ゲールはベッドから跳ね起きていた。横を見ると、妻アンネと息子のアレクサンダーは既に起きている。

「何かしら」

「パパ、怖い」

アレクサンダーは、青い目を瞬きさせてから、金髪をゲールの膝に押し付けた。ゲールは、ヒトラーが政権をとった一九三三年に店を突撃隊員に襲われたことを瞬時に思い起こした。

「大丈夫だ」

妻と息子を安心させるために、力強く言うと、立ち上がり、ゲールは窓から外を見回した。

（あっ）

ゲールの目に飛び込んできたのは、近所にあるシナゴーグが炎上している光景だった。これはただ事ではない、そう感じたゲールは、窓から顔を出し、今度は路上を見下ろす。ナチ党員や突撃隊と思われる輩が、棒や石で、ユダヤ人の家や商店のガラス窓を次々と叩き割っていた。側には警察の制服を着た人間がいるが、手を後ろにして突っ立っているだけである。

暗い地上に飛び散る大量のガラス片。ゲールには、それが、一九三三年の時とは、規模も襲撃者の人数も比べ物にならないように思われて、震えがきた。

ユダヤ人と思われる男性が、路上で数人の男に取り囲まれている。ユダヤ人男性は、

「何が望みなんだ」

集団に向かって、恐る恐る問いかけるが、男たちは無言で、ナイフをユダヤ人に突き付ける。

「金ならある、ほら」

ユダヤ人は恐怖で震える声で、男の一人に金を手渡した。男はその金を掴み取ると、仲間に首を振り合図する。すると、男たちは、ナイフを次々にユダヤ人に突き立てた。泣き叫ぶ声と悲鳴がこだましたが、暫くしてユダヤ人が倒れ込むと、それは止んだ。男たちは、ユダヤ人男性の服をまさぐると、財布を奪い、ポケットに入れた。男たちが、ゲールの店のほうにやって

来る。まずいと感じたゲールは、静かに窓を閉めると、寝室にある家具をドアの方に運び始めた。

「手伝ってくれ」

箪笥を抱えるゲールをアンネとアレクサンダーも助ける。箪笥をドアに密着させると、ゲールは額の汗を拭った。その時、階下からガラスが割れる音が聞こえてきた。おそらく、男たちがゲールの宝石店のガラスを割っているのだ。

「お父さん」

アレクサンダーが、ゲールの身体にすり寄る。

「心配いらない。いいか、何があっても声を出すんじゃないぞ」

ゲールは息子の頭を優しく撫でると、妻と息子を部屋の隅に導いた。けたたましい音が響いた後、階段を誰かが昇ってくる足音がした。

(奴らだ)

ゲールは目を瞑った。ドンドンと、寝室のドアが鳴り、強引にこじ開けようとするが、幸運にもびくともしない。箪笥のお陰だ。少し経ってから、諦めたのか、男たちは去っていった。

ゲールは床にへたり込む。そして、怯える妻子に笑顔を見せた。

翌朝、ゲールは独りで、階下に降りてみた。案の定、店の窓は粉々にされ、宝石類はどれも持ち去られていた。ゲールは、唇を噛みしめると、思い切って外に出てみた。大量の窓ガラスが辺り一面に飛び散っている。窓ガラスは陽の光に照らされて、その光はゲールの目にも差し込んできた。こんな無惨な有様なのに、それは水晶のように美しい。

（どこの家も店も、自分たちと同じようにやられたんだ）

ゲールは目をガラス片から背けた。シナゴーグの入口に行くと、中庭で灰の山がくすぶっていた。近付いて、よく見ると、祈祷書の残骸であった。ユダヤ人が大切にしてきた祈祷書も燃やされたのだ。

（祈祷書を落としたりしたら、家族全員が断食したものだった）

それ程、恐れ多い神聖なものに、火をつけた人々にゲールは改めて怒りを覚えた。拳を握りしめたまま、ゲールは家路につく。

（ベルリンを離れよう。ここにいては危険だ）

帰宅し、荒らされた店内を見て、その想いを深くした。

（また一からやり直そう。何とかなるさ）

ガラスの破片をつまみながら、身体に力を入れる。

四十八時間のうちに、千以上のシナゴーグが炎上し、七千軒のユダヤ人商店・企業が大打撃を受けた。数百人が殺され、ユダヤ人の墓地・病院・学校までもが破壊の対象となった。この組織的迫害は「水晶の夜」と呼ばれるが、ナチ党員のみならず、彼らに扇動された一般市民も、ユダヤ人を襲った。もちろん、大多数のドイツ人はこの蛮行を内心では忌み嫌っていたが……。

ユダヤ人には、破壊されたシナゴーグの清掃が命じられ、十億マルクの罰金が課された。三万人のユダヤ人が強制収容所に連行され、財産の放棄と即時出国に同意させられた。ユダヤ人はドイツ経済からも締め出されることになったのだ。

十一月九日の深夜、ヒトラーのもとにも「水晶の夜」の惨状が次々に知らされた。

「ベルリンのユダヤ人街が襲撃されています」

「ユダヤ人が襲われて、多数の死傷者が出ております」

「ユダヤ人商店の窓ガラスが悉く叩き割られ、シナゴーグも炎上しております」

「ミュンヘンのシナゴーグも燃えているとのこと」

続々と入る情報を聞いて、ヒトラーはその都度、驚く振りをした。時には、起きている事態に怒っているともとれる顔を報告者に向けた。

「全く困ったことだな」

ヒトラーの呟きは、報告者には当惑しているようにしか聞こえなかった。総統は何もご存知ないのだ、ゲッベルスが独断的に命を下したのか、周りの者はそう思い込んだ。

第13章

独ソ不可侵条約――スターリン

一九三九年八月二十一日の朝十時頃、ヒトラーはベルクホーフの私室に籠り、部屋を行ったり来たりしていた。いつもはまだ寝ている時間だが、昨夜から寝付けず、ずっとこうしている。というのも、ヒトラーは、モスクワにいるソビエト連邦の最高指導者スターリンに昨日、次のような親電を送っていたが、その返答を今か今かと待ち望んでいるのだ。

スターリン殿

私は新しい独ソ貿易協定締結を、独ソ関係再建の第一歩として歓迎する。私にとって独ソ不可侵条約の締結はドイツの長期政策の確立を意味する。私は貴下の外務大臣モロトフ氏の提示された不可侵条約案を受諾するが、それと関連する諸問題をできるだけ速やかに解決することが緊急に必要であると考える。

ドイツ、ポーランド間の緊張は看過しえなくなった。大国たる我が国に対するポーランドの態度は、いつ危機が勃発してもおかしくないほどである。私の意見では、相互に新たな関係に入ろうとする両国の意図に照らして、一刻も無駄にしないことが望ましい。

よって私は貴下が私の外務大臣を八月二十二日、あるいは遅くとも八月二十三日に謁見されるよう重ねて提案する。帝国外相は不可侵条約ならびに付属議定書の作成、調印の全権を有する。貴下の速やかな回答を得られれば幸いである。

アドルフ・ヒトラー

しかし、モスクワからの返答はまだない。

*

一九三八年三月のオーストリア併合以来、ヒトラーは東欧への野心を更に露にさせてきた。オーストリアを併合した後の獲物はチェコスロバキアであった。ヒトラーの政治家としての目標の一つは、東方にドイツ人の生存圏を確保することである。

闘争によって領土を拡張し、食糧や資源・土地を得ることは、民族の発展に必要不可欠であり、これらを断行しなければ、民族は衰退していく、生存圏の拡大は、未来のドイツ人のためでもある、ヒトラーはそう思いつめていた。チェコスロバキアに進出した後は、ポーランド、そして憎き共産主義体制のソ連への侵攻も容易になる。

では、どのようにしてヒトラーはチェコスロバキアを手中にしたのか。ヒトラーが先ず目を付けたのは、チェコの北西部のズデーテン地方。工業地帯である同地方には、三百万人以上のドイツ人が暮らしていた。が、ドイツ系住民は、チェコ系住民と比べて、貧しい暮らしをしており、国からの扱いもぞんざいであった。ドイツとの合併を求める声も高まり、ズデーテン・ナチ党（党首コンラート・ヘンライン）なるものも創設され、ヒトラーは財政支援をしていた。だが、ズデーテン・ナチ党には政権を獲得できる見込みも、紛争を引き起こしてチェコ政府を打倒するほどの力もなかった。

（やはり、我々が武力でもって、チェコを併呑するしかない）

ヒトラーは決意を固めていたが、迷いもあった。チェコはフランスやソ連と同盟を結んでいたし、強力な国境要塞を有していたからだ。チェコを攻撃すれば、フランスやソ連ばかりか、イギリスまで敵に回し、我が方が大きな打撃を受けるかもしれない。そのことをヒトラーは内心危ぶんでいたのだ。ムッソリーニは、ドイツがチェコに介入しても動かないという印象をヒトラーは一九三八年五月のイタリアでの会見で持っていた。ムッソリーニにとって、チェコに利害はないからだろう。

一方のチェコは、ベネシュ大統領をはじめとして、ドイツは攻撃してくることはあるまいと考えていた。仮にそのような事態となったら、英仏・ソ連がヒトラーを制止するはずとの楽観論でいたのだ。

しかし、イギリス首相ネヴィル・チェンバレンは「地図を見るだけで、フランスや我が国が何をしたところで、ドイツがその気になれば、チェコスロバキアをドイツの蹂躙から救えないことは一目瞭然である。我々はチェコスロバキアに援助の手を差し伸べるつもりはない」との肚でいたし、フランスもイギリスが重い腰をあげなければ単独でチェコを守るつもりはなかった。ソ連もフランスが軍事援助でもしない限り、チェコを助けないと考えていたが、スターリンは真意を隠して、チェコに「軍事援助する用意がある」とほのめかしている。

五月十九日には、ドイツ軍がチェコに迫っているとの情報が流れたため、翌日、ベネシュ大統領は緊急閣議を開き、動員令を発動、極度の緊張状態を迎えたが、ドイツは侵略の意図はないことを通告し、事なきを得た。情報自体がデマであった。

ヒトラーは五月二十八日に特別会議を召集し、軍部の首脳や政府高官を前に、チェコに激烈な言葉を浴びせかけた。

「チェコスロバキアを地図から消し去ることが私の固い決意である。攻撃は生存圏を獲得するための大きな戦略の一つに過ぎない。ドイツが東方へ進出する時、チェコスロバキアは後方への脅威となる。したがってこの国は消えなければならない。イギリスやフランスは戦争を望んでいない。ソ連も干渉する気はない。今が好機なのだ。我々は先ず東の問題に取り組み、三・四年してから西の問題に取り組むことにしよう」

後日、軍部からは、ドイツは十分に戦争の準備ができていない、ドイツの敵（英仏）は人的・物的資源ともに強大であると懸念の声があがったが、ヒトラーは「客観性に欠ける。フランスの戦力を過大視している」として反論し、五月三十日、対チェコ作戦(緑作戦)が下令される。開戦後二・三日以内でチェコを粉砕せよとの電撃的作戦である。早期の軍事上の成功がなければ英仏が介入していく可能性が高まるので、それを排除するためだ。

ドイツ軍は、緑作戦実施に向けて、空軍の増強、フランス国境の防備線「ジークフリート・ライン」の強化をスタートする。それに呼応するかのように、ズデーテン地方では、ドイツ系住民が「我々は民族自決を欲する」と抗議活動を行い、それに対し、州警察が発砲、死傷者が出てしまう。ヒトラーは何らかの強硬策を取るのではないかと予測されて、ヨーロッパは再び緊張に包まれた。

そこに救世主のように現れたのは、イギリス首相チェンバレンである。「危機の増大にかんがみ、平和的解決策の発見のために、至急、閣下を訪問したい」と、一対一の会談を提案したのだ。この一報を受けた時、ヒトラーは、

「天から落ちた!」(仰天した)

と叫んだという。会談は九月十五日、ベルヒテスガーデンの山荘で行われることになった。

チェンバレンは一八六九年生まれで、ヒトラーより二十も年上であった。企業の社長や、植民地大臣・通商大臣など要職を歴任する父のもとに生まれたが、チェンバレン自身は長く実業界に身をおき、四十代で政界に入った。その政治姿勢は、ビジネスマンらしい慎重さで貫かれ

ていた。

夕方にベルヒテスガーデンに着いたチェンバレンを、ヒトラーは愛想よく迎えた。チェンバレンは、よそよそしい物腰と微笑でもってヒトラーに向き合った。二階の書斎には、両首脳と通訳しかいない。外は雨が降り続けている。ヒトラーは静かに話を始めた。

「チェコ政府のズデーテン・ドイツ人に対する圧政は酷いものです。ドイツ系住民には失業者手当は薄く、官吏になることもできない。そればかりか、先日は、警察がデモに向けて発砲し、二十一名もの死者が出ました。これはドイツにとって容認できるものではありません」

チェンバレンは、紳士然として、ヒトラーの顔を見据えながら、話を聞いていたが、ヒトラーの苦情が終わると、

「ドイツが武力に訴えないという保証があるならば、その苦情を処理する可能性について話し合う用意はあります」

静かに付け加えた。だが、その言葉を聞いた時、ヒトラーの眼の色は変わり、語調は鋭くなった。風は吹き荒れ、雨が激しく窓を打ち続けている。それが一層、ヒトラーの言葉を迫力あるものにした。

「武力ですと！　武力に訴えるなどと誰が言いましたか？　ズデーテン・ドイツ人に対し、武力を行使しているのは、ベネシュのほうではありませんか。我々はもうこれ以上、我慢するこ

とはできません」

突然の豹変に驚いたのか、チェンバレンは慌てて、

「あなたの言っていることが理解できません。少し休ませてくれませんか」

と頼み込んだが、それでもヒトラーの言葉の連打は止まらなかった。

「私は何らかの方法で、この問題にけりをつけます。私はこの問題を自分の手で処理するのです」

チェンバレンの立派で豊かな口髭も、この時には萎れたように見えたが、冷静にヒトラーの言葉を受け止めると、しっかりとした口調で物申した。

「私の理解に誤りがなければ、貴方は既にチェコスロバキアへの攻撃を決断しておられる。だとしたら、何のために私をここまで呼んだのですか。この旅行は無駄足でしたね。この有様では、今すぐイギリスに帰るしかありません」

今度は、ヒトラーが驚く番だった。怒鳴って脅かせば、この老紳士は屈すると見ていたからだ。よって、急遽、軌道修正することにした。

「貴方に、ズデーテンの住民の自治権を認める用意があるなら、話し合いを続けることができます」

ヒトラーは落ち着いた声に戻り、チェンバレンにボールを投げた。チェンバレンは、その

ボールをすぐには受け取らなかった。

「ズデーテンラントの住民投票の実施には、多くの難点がありましょう。また、この問題については閣僚とも話し合わねばなりません。ここで一度、会談を打ち切って、協議のため帰国したいと思います。その上で、貴方とお会いしたい」

ヒトラーは、最初、不安な顔で話を聞いていたが、再会談を望むとの声を聞いてからは、ホッとした表情で、

「良いでしょう」

と同意する。

「その間、どのような方法で現状を保ちますか」

チェンバレンが訊ねると、

「ベネシュが酷い弾圧を行わない限り、進撃の命令を下すことはありません」

ヒトラーは、即答した。帰国を急ぐチェンバレンに、

「山荘からの眺めをご覧になっては如何」

ヒトラーは誘うが、チェンバレンは、

「人命が失われつつある時に、時間を無駄にはできません」

と言い、帰国の途についた。機中、チェンバレンは思った。

（ヒトラーという男には、非情さと冷酷さが垣間見える。だが、一度、約束したことは、必ず守る人物ではないだろうか）

暗雲たちこめる空を見ながら、今後の対応を練った。

九月十八日には、フランスの首相ダラディエが訪英、チェンバレンとロンドンで、チェコ問題を話し合った。英仏の首相の考えは、一致していた。それは「チェコのドイツへの領土割譲はやむを得ない」「チェコに圧力をかけて、ズデーテン地方の一部を割譲させる」というものだった。全ては戦争を避けるためである。

チェコの首都プラハに駐在する英国公使と仏国公使は共に、ベネシュ大統領を訪問し、両国の意向を伝達した。当然、ベネシュは怒り、激しく抗議したが、彼らは、

「二十二日に再度、英独首脳会談が開催されます。至急、回答していただきたい」

と言うのみで、小国の悲哀に頗る冷淡であった。ベネシュは、痛む胃をさすりながら、

（我が国は見捨てられたのだ）

そう実感した。英国は更なる圧力をかけてきた。英仏の提案を全面的に迅速に受諾しなければ、英国政府はチェコスロバキアの運命に今後、一切の関心を示さないというのである。ここにきて、ついにベネシュは、英仏提案を受け入れることを決断する。まさに苦渋であった。九月二十二日、チェコの内閣は総辞職した。

チェンバレンは意気揚々として、二度目の首脳会談の地・ドイツ、ライン河畔のゴーデスベルクに向かう。ドレーゼン・ホテルの会議室で、午後五時前に始まった会談は、椅子の背に深くもたれたチェンバレンが口火を切った。

「チェコ政府は英仏共同勧告を受諾し、ズデーテン地方の割譲に応じました。これで、貴方の要求は全て満たされました」

微笑しながら、満足気に話すチェンバレンに、ヒトラーは、静かではあるが、断固とした口調で言った。

「誠に残念ですが、チェンバレンさん、私はこの問題についてこれ以上、話し合うことはできません。提示された解決策は、この数日間の情勢の変化を考えると現実的ではないからです」

その言葉を聞いた途端、チェンバレンの身体は椅子の上で凝固した。そして、濃い眉根が痙攣し、その目は吊り上がる。

「私にはとうてい理解できない。この解決策は貴方が示した要求に十分に応えているではないか」

温和な紳士には似つかわしくない声で、チェンバレンは詰め寄った。ヒトラーは、別に驚く風もなく、淡々とした態度で返答した。

「現在では、ポーランドやハンガリーも、チェコに対して、領土割譲を要求しています。それらの解決なしには、チェコスロバキアと条約を結ぶことはできないし、何より、共同勧告案による割譲手続きは時間がかかり過ぎます。ズデーテン地方のドイツ人への圧迫は激しくなってきているのです。よって、ズデーテン地方は速やかにドイツによって占領されねばならない」

チェンバレンは怒りを顔に出しつつ、

「そのような態度には、失望と当惑を覚える。貴方の今回の要望は、前回のものを遥かに上回る新たな要求である。私は政治生命を賭して、貴方に望むものを与える計画とともにドイツに戻ってきたのだ」

首を横に振った。しかし、なおも、諦めきれないようで、

「問題を平和的に解決し、人間として可能なあらゆる努力をするべきです。貴方は同意に達するためにどのような提案を用意していますか」

願うように、ヒトラーの目を見た。ヒトラーはその願いを打ち砕くかのように、

「ドイツ軍によるズデーテンラントの即時占領、そして住民投票による国境の画定、これしかありません」

と繰り返すのだった。会談は翌日も開催されることになったが、その前にチェンバレンはヒトラーに手紙を書いた。「ズデーテン・ドイツ人が法や秩序を維持できる取り決めを結ぶ可能性があるか否かを、チェコ人に打診してみるのはどうでしょう。これまでに定められた原則に

従った処理が望ましい」との親書であるが、ヒトラーは「原則には関心がない。関心があるのは現実だ」と一顧だにしなかった。

会談は午後十時頃からホテルの小食堂で開催されたが、その席に、ベネシュ大統領がチェコ軍を総動員したとの報がもたらされる。ヒトラーは激することなく、小声で、

「この前代未聞の挑発にも拘わらず、私は交渉中はチェコスロバキアに侵入しないという約束は守るつもりです。チェコの総動員は問題を全て解決した」

チェンバレンに語り掛けた。チェンバレンは、

「動員は攻撃的措置ではないでしょう。予防手段だと思う。貴方は、ズデーテン・ドイツ人を災厄から救うというが、武力で結着を付けるのは、多くの人に災いをもたらすことになるのではないですか」

と反論するが、

「チェコには領土割譲の意思がないことがよく分かりました。ドイツは何れ対抗措置を取らざるを得ません。この危機を長引かせるわけにはいかないのです。ドイツにこのような諺がありますす。恐ろしい結末でも結末のない恐怖よりはましだ、と」

ヒトラーは強硬姿勢を崩そうとしない。その様子を見たチェンバレンは、

「では、これ以上、話し合っても無駄ですね」

匙を投げるように言った。すると、またもやヒトラーは、

「会談が継続している間は、チェコへの攻撃は行いません。チェンバレンさん、貴方がドイツにおられる間はね。日程の問題については、ある程度、譲歩しましょう。貴方の顔を立てるためです。ズデーテン地方からのチェコ軍の撤退は、九月二十八日までと考えていましたが、十月一日としましょう」

親しみを込めた口調となった。撤退期限の延長は、微かな希望であると判断したチェンバレンは、ヒトラーの要求をチェコ側に伝えることを約し、深夜一時頃まで続いた会談は終わり、暫くして、チェンバレンは帰国する。

チェンバレンの妥協と使い走りのような姿勢は、閣内からも批判の声が上がっていた。海軍大臣クーパーは、総動員令の発令を求めたし、ハリファックス外相は「ヒトラー氏が我々に何物も与えなかった事実、そして戦争は戦わずして勝ったも同然と言わんばかりに一方的に条件を突き付けている事実を頭から拭えない」として、疑念を呈した。チェンバレンは彼らの説得に追われる。

さて、英国はチェコ政府にヒトラーの意向を伝えるが、チェコは九月二十五日にこれを拒否する。ヨーロッパの人々は戦雲を嗅ぎ取り、イギリスでは市民にガスマスクが配給され、パリでは日本大使館が在留邦人の避難準備を進めた。ドイツでも防空壕が掘られ、学童疎開も始

まった。二十七日には、英仏両国は、部分的な動員令をかける。

ヒトラーは九月二十八日午後二時までに領土の引き渡しが行われない場合、チェコに侵攻する意思を英仏に伝え「イギリスとフランスが戦争を始めたかったら勝手に始めるがいい。私はいっこうに構わない」と放言していた。

九月二十八日、世界が固唾を呑むなか、チェンバレンは最後の手段として、三度目の会談、英・仏・独・伊・チェコ代表による「国際会議」の開催を提唱する親書をヒトラーに送った。また、イタリアのムッソリーニにも、ヒトラーを説得してくれるようにと電報を発する。蚊帳の外に置かれていたムッソリーニは喜んでその役目を引き受ける。イタリアの駐独大使は急いでその旨を、ヒトラーに伝えた。

「統領(ムッソリーニ)は、総統がどのような決定を下そうとも、味方すると申しております。しかしながら、統領はイギリスの提案を受け入れるほうが賢明であるとの考えで、閣下が動員を思い止まることを望んでおられます」

駐独大使の言を聞くと、ヒトラーは迷わずに提案を受け入れることを明言する。タイムリミットまで、約二時間前のことだった。ヒトラーが国際会議の開催に同意したとの報せは、議会で演説中のチェンバレンにも伝えられる。その時、首相を難詰していたような議員までもが感動に包まれて、チェンバレンに握手を求めてくる始末であった。

拍手と涙に覆われた議場で、一人、苦々しい顔で、それらに背を向けているかのような態度を示す下院議員がいた。恰幅が良いその男の名は、ウィンストン・チャーチル。一八七四年生まれ。名家に生まれたチャーチルは、若き頃より、軍人として数々の戦争に従軍し、政治家に転身してからは海軍大臣の要職も務めていた。落選や失意の時も経験した彼には、既に、他の政治家にはない迫力と見識が備わっていた。チャーチルは、お祭り騒ぎのような議場を見て、ポツリと呟いた。

「チェコスロバキアはどうなるのだ？　彼らの意見を尋ねようと考える人間は一人もいないのか？」

*

九月二十九日、ミュンヘン入りした列強の首脳は、ケーニヒス広場にある真新しい「総統の家」（ミュンヘンの総統官邸）の一室で会談する。長方形の部屋の壁は、革張りであり、巨大な大理石のマントルピース（暖炉のまわりに行う装飾）上には、ビスマルク（十九世紀後半のドイツ帝国首相）の肖像画が人々を見下ろしている。

急遽、開催された会議であるので、議題も議事次第も議長も何も定められていなかった。首脳たちは我先にと発言し、収拾がつかなくなり、通訳官に注意される有様であった。そのようななか、英語・フランス語・ドイツ語が一応話せるイタリアのムッソリーニが、通訳官を押しのけて、英仏独の首脳の言葉を通訳し、会議を進行させる。

(ダラディエやチェンバレンまでもが、私に注目している)

自己顕示欲が強いムッソリーニは、晴舞台に嬉しくなり、内心はしゃいだ。席上、英仏の首脳は、

「ズデーテン問題を武力によって解決することには反対だ」

と一様に主張した。それに対し、ヒトラーはいつものようにベネシュ大統領の批判を展開する。午後三時頃、ムッソリーニは、かねてからドイツ側と練り合わせていた案を発表した。

「ズデーテン地方からの軍・官吏の退去は一九三八年十月一日から開始される。英仏伊は、チェコ政府が、ズデーテン地方からの軍・官吏の退去について一九三八年十月十日までに域内の動産の破壊を伴わず完了させる責任を負うことに同意する。退去の詳細は、英仏独伊・チェコで構成される国際委員会の裁定により定める。

ドイツ軍の占領は一九三八年十月一日より開始される。占領地域は四つの地域に分けられる。国際委員会は、人民投票を行う地域を決定する。国境の最終的な画定は、国際委員会によってなされる。チェコ政府は、政治犯として収監されているすべてのズデーテン・ドイツ人を釈放

しなければならない。それから、ズデーテンラント地方では退去するチェコ人に家畜を残させること」

ムッソリーニが案を提示したところで昼食となった。再開後、チェンバレンは、

「ズデーテンラント地方では退去するチェコ人に家畜を残させるとありますが、これは、農夫は追放されるが、家畜は残留するということですか」

と問いただしたが、ヒトラーは顔をしかめて、

「そのような、どうでも良いことを議論するのは時間の無駄だ！」

と叫んだ。

「これは、チェコの問題です。チェコ代表もミュンヘンに来ているのですから、この場に呼んではどうかな。チェコの領土割譲なのです。条約履行について、チェコ代表に確約させておいたほうが良いでしょう」

チェンバレンの提案にダラディエも頷いた。しかし、ヒトラーは、イライラした口調で、

「私が関心を持つのは、大国の保障だけだ」

反駁したが、チェンバレンが、

「そう言わずに、別室に待機させておくくらい良いでしょう」

と食い下がるので、ヒトラーは渋々同意する。午後八時になり、ヒトラーがしびれを切らし

たように、

「実は、会談の締めくくりとして、祝宴の用意をしていたのですが、このまま会議が続けば、料理がどんどん冷めてしまう。この辺で、一度休憩して夕食をとるのはどうでしょう」

と発言したので、会議は中断された。英仏の代表は、本国に電話しなければならないとして夕食会には参加せず宿舎にひきあげた。午後十時過ぎに会議は再開され、二時間以上の話し合いの末、九月三十日午前一時三十分、「ミュンヘン協定」は調印された。眼を輝かせてヒトラーは議場から去った。ヒトラーは、武力という圧力でもって、無血で望むものを手に入れたのだ。チェンバレンにしてもダラディエにしても、体を張って、チェコスロバキアを救おうという気はさらさらなかった。そうした意味で、会議の結末は、最初から決まっていたのである。

午前二時過ぎ、チェンバレンが宿泊するホテルの部屋にチェコ代表が通された。チェンバレンは二度・三度と欠伸をしながら、会議の結果をチェコ代表に説明し、同席したダラディエが協定の写しを代表に手渡した。チェコ代表の眼に涙が浮かんだ。小国の犠牲によって、平和が守られたのである。帰国したチェンバレン、ダラディエは、平和の守護神のような扱いを受け、熱狂的な歓声でもって国民に迎えられた。

十月一日午前一時、ドイツ軍のグデーリアン中将率いる第十六装甲軍団（第一装甲師団・第十三、第二十自動車化歩兵師団）は、ズデーテンラントへの進駐を開始する。

オーストリア進駐の時のように、戦車やトラックには花が飾られ、平穏な進軍がアピールされた。ヒトラーは、十月三日早朝、特別列車で国境に向かった。列車が停止したところには、ライヘナウ中将（第七軍管区司令官）がヒトラーを待っていて、その姿を認めるなり、感極まった声で、

「我が総統よ、軍は本日、将兵が最高司令官に対して捧げ得る最大の犠牲的行動を敢行いたしました。敵地に入りながら、一発の弾丸も発射しなかったのであります」

無血進軍に祝意を申し述べた。その隣にいた将軍も、

「総統閣下、部下たちはチェコ陣地への攻撃を禁止されて、皆、泣いておりました」

声を張り上げた。ヒトラーは、彼らをじっと見つめるだけで、返答はせず、軽く会釈をしたのみで通り過ぎた。そして、側にいた副官に、

「あの敗北主義者どもは何だ。これまで、私のやり方が戦争につながると言っていたではないか」

忌々し気に漏らす。ヒトラーの心中には、ドイツ軍は戦争の準備ができていない、英仏には勝てないと「反戦」を主張してきた軍部への不満が溜まっていたのだ。

ズデーテンラントの中心都市アシュに到着し、下車したヒトラーの傍らには、彼が呼び寄せた一人の軍人が控えていた。金髪碧眼で彫りの深い顔立ちのその男の名は、エルヴィン・ロン

メル。四十一歳で大佐になったばかりのロンメルは、総統護衛大隊の司令官に任命され、この時、その職務にあたっていたのだ。ズデーテンラントの人々は、歓呼の声でヒトラーを迎えている。その中を、颯爽と通り過ぎる威厳ある総統。ロンメルはナチ党員ではなかったが、ヒトラーのその姿を真近で見て、

（総統こそ、ドイツ国民を太陽のもとへ導きあげるべく、神にあるいは天の摂理に定められている、そういった人ではないか）

魔術師に催眠術にかけられたように陶酔したのであった。

ズデーテンラントには、チェコの強力な要塞陣地が集中していた。その防衛地帯をドイツに占拠されたということは、偏にチェコという国の衰亡を暗示するものであった。

ヒトラーは、ズデーテンラントの占領のみで満足していなかった。次は、チェコスロバキア全体を呑み込むつもりでいた。チェコスロバキアは、西半分はボヘミア、モラビア地方に分かれ、東半分はスロバキア、ルテニヤ地方に分かれている。そして、モラビア地方の東北部テッセンはポーランドに、スロバキア地方南部とルテニア地方南部はハンガリーに占拠されていた。よって、それぞれの地方では、土着の人々が民族自決を主張して、自治政府が創設されていた。

その中で、ヒトラーが目を付けたのはスロバキアであった。

（スロバキアの民族意識を煽り、チェコから独立させ、ドイツがそれを保護する。そうなれば、

チェコは一層、力を失くし、我が方に抵抗できまい）

　というのが、ヒトラーの企みである。一九三九年三月十三日、ヒトラーはスロバキア自治政府の元首相で司教のティソをベルリンに呼び寄せ、

「スロバキアは独立を宣言するか、そうでなければ明日正午にブラウヒッチ大将の指揮のもと軍事行動が開始されるだろう」

　と迫る。翌日、チィソはスロバキア議会で独立宣言を読み上げ「スロバキア共和国」が誕生する。ルテニヤ地方も独立を宣言し「カルパート・ウクライナ共和国」ができる。三月に入り、チェコ政府は、ルテニヤ自治政府とスロバキア自治政府の首相を罷免していたが、その事が各地方の民族意識と怒りに更に火を点け、ドイツの干渉を容易にしたのだった。

　こうした事態に焦ったのが、ベネシュの後継である六十六歳のエミール・ハーハ大統領である。ハーハはヒトラーとの会談を申し込み、それが承諾されるとベルリン行の列車に乗り込む。心臓病のせいで飛行機に乗れなかったのだ。娘と秘書に付き添われて、午後十時四十分にベルリンに現れたハーハをヒトラーは、ホテル・アドロンに真夜中まで放置した。その間、ハーハは、

（ヒトラーは何を考えているんだ。早く会わねば）

　時にイライラし、時に不安に陥りながら、待ちに待った。呼び出しがあったのは、三月十五

日午前一時頃であった。ヒトラーの書斎に通されたハーハは、緊張からか頬を赤く染めていた。

ハーハは、元来、内気な質ということもあり、縋るように、ヒトラーに訴えた。

「私は長く裁判所に勤務していたため、政治のことはよく知りません。チェコスロバキアの運命は、貴方の手中に握られています。どうかチェコスロバキアを助けてください」

しかし、ヒトラーはその言葉を聞いても、意に介さないように、

「ベネシュ元大統領は、ズデーテンラントのドイツ人を弾圧していた。その悪事は酷いものだった。そして、今でもチェコスロバキアにおいて、このベネシュの精神は生きているのだ」

語気を荒げた。ハーハは、亀のように首を引っ込めて、身をすくめる。それをチラリと見たヒトラーは、

「いや、ハーハ大統領を信用していないわけではないのです。この度の大統領の訪問は、チェコスロバキアにとって極めて有益なことでしょう。老齢にも拘わらずよく訪問してくれました」

突然、声を和らげた。ハーハが身じろぎせずに座っていると、ヒトラーは畳みかけるように言った。

「私はいかなる国に対しても敵意を抱いておりません。大統領の誠実さを私は信じている」

ハーハの顔がぱっと明るくなったが、ヒトラーの、

「しかし、依然として、ベネシュ的傾向が存在しているのも事実です」

との断言によって、それは一瞬のことに終わる。ヒトラーは強い口調で言う。

「ドイツ軍による侵攻と、チェコスロバキアのドイツへの編入命令は既に下されたのだ。午前六時を期してドイツ軍はチェコスロバキアに進軍する」

と。そして再び、穏和な調子で、

「大統領は簡単な決心一つで、チェコスロバキアを救うことができる。今すぐ行動するだけで良いのだ。併合受諾宣言にサインするだけでいい。さもないと、午前六時にドイツ陸軍と空軍が行動を開始するでしょう。どうするか、暫く別室で考えられよ」

と付け加えた。ハーハは、

「我々の立場は明白です。ドイツに抵抗することは無意味でしょう。しかし、たった四時間足らずで国民を説得できるかどうか」

本心から言った。

「何らかの方法で説得する必要はあります。両国民の間の長い平和の可能性が兆し始めたようだ」

ヒトラーはやんわりと言った後に、

「ただし、あくまで抵抗するというなら、チェコスロバキアは消滅するだろう。さぁ、いったん休みましょう」

甲高い声で脅しをかけた。ハーハは隣室に待機することになった。緊張と逡巡のなかにハーハはいた。併合受諾宣言にサインすれば、チェコはドイツに併呑される。自分は売国奴となるだろう。一方でサインを拒否すれば、ドイツ軍の急襲により、美しき都プラハは炎に包まれ、多くの者が死ぬだろう。どうすれば良いのか、どうすれば良い。考えれば考えるほど、迷路のなかに入っていくようだった。次第に呼吸が荒くなり、ハーハは椅子から転げ落ちた。

「大統領が失神した」

との声が部屋に響くと、別室に待機していたモレル医師が診療鞄と注射器を持って駆け付けて、ハーハにビタミン注射をした。暫くして、ハーハは元気を回復、プラハの政府に電話して、

「ドイツに従うことが最も良いだろう」

と伝えた。しかし、それでもハーハは、併合受諾宣言へのサインを拒んだ。「降伏文書」は机の上に載っているが、その前で、固まったように書類を見つめるハーハ。その左右には、リッベントロップ外相とゲーリング航空相が睨みをきかし、

「さぁ、大統領、署名してください」

既に何度も伝えていた。このままでは埒が明かないと思ったゲーリングは居丈高に、

「このままサインを拒むようならば、プラハの半分は二時間以内に瓦礫になっているでしょう

な。しかもそれは、ほんの手始めだ。さぁ、サインを」

急かしたが、それでもハーハは首を振るばかり。痼癪持ちのリッベントロップなどは、書類とペンを大統領に押し付けるようにして、署名を迫った。まだ、ハーハはうんと言わない。ゲーリングは声を張り上げた。

「何百という爆撃機が出撃命令を待っている。署名が得られない場合は、午前六時に出撃命令が下される」

耳に響く怒鳴り声を聞いたハーハは、紅潮した顔をゲーリングに向けると、今度は再び書類に目を落とした。そして震える手で、併合受諾宣言にサインをする。午前三時五十五分、ここにチェコスロバキア共和国は消滅、チェコはドイツの保護領「ベーメン・メーレン保護領」となった。ハーハがサインしたことを聞いたヒトラーは、

「私の生涯のなかで最大の勝利だ。私は偉大なドイツ人として歴史に名をとどめるだろう」

歓喜し、その日のうちにプラハ入りを果たす。

*

オーバーザルツブルクの山荘でのヒトラーの一日は、朝遅く十一時頃から始まる。ベッドか

ら起き上がり、伸びをしたヒトラーは、寝室の壁にかけてある母親の肖像画を一瞥すると、寝巻を脱ぎ、スーツ姿となった。一階に降り、居間に入り、そこで新聞や書類に目を通す。

書類には、一九三九年三月三十一日に、イギリスのチェンバレン首相が、議会において「ポーランドの独立を脅かす行為には、直ちに全力をあげてポーランド政府を支援する義務があると判断する」と述べたことが記されてあった。ヒトラーは舌打ちすると、書類を机に放り投げた。

ヒトラーの次なる狙いは、ベルサイユ条約で割譲させられたポーランドのダンツィヒ回廊地帯を奪い返すことであった。チェコスロバキア併合は、幸いなことに英仏の介入を招かなかったが、ポーランドを狙うとなれば、そうはいかない事を、チェンバレンの演説は示していた。

ヒトラーは昨年秋より、ダンツィヒのドイツへの返還をポーランド政府に要求してきたが、彼らはそれを受け入れる気配はない。しかも、ポーランド人が同国に住むドイツ人を迫害しているとのニュースも伝わってきていた。

（小癪な）

怒りに震えるヒトラーであったが、それと共に、ポーランドを上手に片付けるにはどうすれば良いか、目まぐるしく頭を回転させていた。

（先ずは、ポーランドを孤立させることが先決だ。だが、現状は英仏はポーランドを支援しようとしている。ソ連もポーランドに接近している。ソ連までが、英仏陣営に加わってしまえば、我らはポーランドに手だしできない。ソ連が英仏陣営に加わることは避けたい。では、どうするか）

ヒトラーの頭に、ノイラート元外相からかつて献策された言葉が思い出された。

（ソ連にも失地回復の機会を与えることです）

ポーランド東部は、第一次世界大戦後にソ連から得たものであり、その奪回を見返りとして、ドイツのポーランド侵攻をソ連に認めさせるという手だ。

（しかし……）

心の中でヒトラーは呟いた。ソ連に接近することは、これまで自分がまくし立ててきた共産主義、ソ連への敵対姿勢を全面的に見直すことになる。まさに大転換であり、党内からも国内からも大きな反発があるだろう。

（ソ連との共闘は最後の切り札だ）

そう結論付けたところで、ドアがノックされ、ボルマンがずんぐりした身体を現した。ボルマンはヘスの秘書であったが、使える男と判断したヒトラーは身近に置いてよく命令を下した。逆に副総統のヘスとは疎遠になっていた。首相官邸での食事会の時、ヘスが毎回、家から野菜食を容器で持ち込んで、官邸の台所で温めて食しているのを知り、癇に触れたのも大きな理由であった。ヒトラーは、幹部が居並ぶ面前でヘスに怒った。

「私のところには一流の料理人がいるのだ。君は採食主義者か知らんが、医者が君に何か特別な指示をしているのであれば、食餌の処方さえ知らせれば、彼らは喜んでそれを作るのだ。何もわざわざ食事を持ち込む必要はない」

ヘスは、太い眉毛を痙攣させながら、

「私の食事の材料は、特別な作り方でなければできないのです」

弁解したが、

「すぐに食事を持って帰りたまえ」

容器を指さして、厳命したので、大人しく従った。それ以来、ヘスが食事会に参加することは激減する。

ヘスは、レーム事件で、友人のシュナイトフーバーが銃殺されて以来、塞ぎこむようになり、胃痛や胆石にも苦しむようになっていた。そればかりか、占いや占星術、千里眼に凝るようになり、胡散臭い連中が彼のもとに集まっているという。ヒトラーはヘスに失望し、見放した。ヘスは一九四一年五月、イギリスとの和平を目指して独断で飛行機で渡英、イギリスで虜囚となる。戦後、ニュルンベルク裁判で終身判決を受け、一九八七年八月、刑務所の中で謎の死を遂げる。

「昼食の準備ができました」

ボルマンが言い、ヒトラーを食卓に案内する。ヒトラーは食堂の薄赤い皮張りの椅子に座ると、ボルマンに連れられたエヴァが姿を見せ、すぐにヒトラーの左手に座った。ボルマンはエヴァを食卓へ案内する「特権」を得ていた。白いベストと黒いズボンを穿いた長身の凛々しい若者たちが、次々に白い器を、二十人は座れる長いテーブルに運んでくる。彼らは親衛隊のメンバーである。白い什器には、スープ、デザート、ヒトラーは食べないが肉料理などが盛り付けてあった。ヒトラーは、エヴァの濃いパープルの服を見ながら、微笑して言った。

「婦人にとっては、最高のドレスでさえ、もし別人が同じものを着ていると、たちまち魅力を失うらしい。いつだったか、突然、一人のご婦人がオペラ劇場から立ち去った場面を目撃したことがある。ライバルが同じドレスを着て、特別席に座った途端だった。なんて図々しい、帰りますわと言ったんだ。ご婦人の着飾る喜びには必ずトラブルが伴う。ライバルの持っていないものを見せびらかすことによって嫉妬を買おうとするのだ。女には我々男にはない才能がある。女友達にキスしながら、鋭い短剣で相手の心をぐさりと一突きにできる才能だ。こんな女心を変えようなんて甘いぞ。女は女なのだ」

ヒトラーは、肉を頬ばるボルマンに目を向けて、

「スタイルを異常に気にする女もいる。ただし夫を見つけるまでの間だ。結婚するまではスタ

イルのことしか頭になく、グラム単位で体重の目盛りを睨んでいる。ところが結婚した途端、キロ単位で太り出すのだ。まぁ、我々とて髭を剃り、髪を整え、自然の犯した誤りを訂正すべく努力しているがな。私の子供時代、髭を剃っていたのは、俳優と僧侶だけだった。故郷のレーオンディングでは一般市民で髭のない者は奇人扱いだった。髭によって顔に風格が備わる場合もあるが、髭のないほうが人格が分かりやすいというのも事実だ」

独りで納得したように頷いた。それからも、ヒトラーのお喋りは二時間くらいは続いたが、誰も口を挟まず、笑顔でいるか、首を縦に振るだけだった。

一通り話し終えると、ヒトラーは立ち上がり、外に出た。ティーハウスに行くのだ。今日はお供の人数は少ないが、多い時は行列ができる。ヒトラーの少し先を二人の護衛が歩く。ヒトラーはボルマンと話しながら、ティーハウスに向かう。エヴァはその後ろを独りで歩く。谷を見下ろす展望台の中にティーハウスはあり、中には暖炉もあった。ソファに座ると、茶やコーヒー、チョコレート、ケーキや焼き菓子などが運ばれてきた。ヒトラーは甘いものに目がなく、ケーキをぺろりと平らげた。ここでも、ヒトラーの独演は続く。

「私のドアには札こそかかっていないが、喫煙者は入れないことにしている。いつだったかゲーリングに、自分のパイプ姿を写真に撮られても平気なのかと聞いたことがある。ついでに君の銅像が葉巻を咥えたまま固定されている図を想像してみたまえといってやったのだがな」

また二時間ほど話し続けた後、ヒトラーは山荘へと戻る。そして、夕食後にはホールへ向かう。ホールには、青銅の鷲を頭に飾った大きな時計、レコードを収納する長さ五メートルの戸棚、六メートルの机が置かれていた。ヒトラーとエヴァ、ボルマンがソファーに腰を下ろすと、二枚のゴブラン織りがあがり、映画が上映される。上映されるのは、娯楽物が多かったが、ヒトラーはエヴァの手を握りながら、じっと映写幕を見つめ、時に腹を抱えて笑った。

*

英仏がポーランドに肩入れすることが、どうにも我慢ならないヒトラーは、

「奴らをシチューにして窒息させてやる」

との下品で意味不明の罵詈雑言を国防軍の幹部の前でぶちまけることもあったが、カイテル将軍を介して、ポーランド攻撃準備に関する指令を出した。

いわゆる「白作戦」である。

「ポーランドとは平和的関係を維持したいが、ポーランドの対独姿勢が悪化するかもしれず、その場合はドイツ・ポーランド不可侵条約を破棄して、決着をつける必要がある。ポーランド軍を粉砕、殲滅し、ドイツ防衛に合致する状況を東方に形成する。作戦は一九三九年九月一日

以降のいかなる時点でも発動できるように、準備されねばならない」

ヒトラーは言葉通り、四月二十八日にポーランドとの不可侵条約を破棄することになる。

ポーランドを孤立させ、英仏がポーランドを見捨てざるを得ない状況を作り上げていく、できれば英仏と事を構えたくない、これがヒトラーの本心であった。威勢の良い言葉を吐きつつも、それが本音だった。ヒトラーの頭に、世界地図が浮かぶ。

「ドイツとイタリアと日本、この三国で軍事同盟を結ぶ。そうなれば、イギリスは、ヨーロッパではドイツ・イタリア、極東では日本と対峙することになる。この状況のもとでは、ドイツがポーランドを攻めても、イギリスは手は出まい。フランスもイギリスが動かねば、じっとしているはずだ」

一九三九年五月、イタリアとはすんなり「鋼鉄の条約」と呼ばれる軍事同盟が結ばれたが、日本は英仏との関係悪化を恐れてなかなか誘いに乗ろうとしなかった。アメリカを牽制するため、一九四〇年に日本も同盟に加わることとなるが、それは後の話である。そこで、ヒトラーの脳裏に、ソ連の文字が再び登場する。

（しかし、ソ連が誘いに乗るかどうか）

暫く静観していたヒトラーであったが、五月三日、ソ連の外相リトヴィノフがスターリンによって解任され、モロトフが後任となったことを聞いた時には、

（もしや、ソ連はドイツとの接近を望んでいるのでは）

との期待が噴き出てきた。なぜか。リトヴィノフは英仏と緊密な関係を築くことに尽力してきた外相であり、何よりユダヤ人であったからだ。ヒトラーが敵視するユダヤ人を切ったということは、ソ連はドイツとの友好的関係を希望しているのではないか。しかし、ヒトラーは焦らず、すぐにこちらから積極的アピールをすることはなかった。

実際、この頃、スターリンはドイツとの接近を望んでいた。「ミュンヘン協定」で英仏がドイツに大きな譲歩をしたことが、スターリンの猜疑心を倍加させたからだ。

（英仏はドイツを勢い付かせて、我らと事を構えるように仕向けているのではないか。最大の注意を払って、他人に火中の栗を拾わせる癖がある挑発者たちによって、紛争に引きずり込まれないようにせねば）

そう想いつつも、スターリンは依然として、英仏との「集団安全保障体制の結成」に関する交渉も続けていた。ところがその交渉もすぐに息詰まりをみせる。ソ連は、東欧諸国が他国から侵略を受けた場合、侵略された国の要請がなくても、軍事的援助を含む様々な支援をしたいと主張していたが、英仏がこれに大反対したのだ。そのようなことを許せば、支援という名のもとに、ソ連は東欧を実質的に呑み込んでしまうであろう。

イギリスのチェンバレン首相の根深いソ連不信と、ドイツともまだ交渉できるのではとの未練が、ソ連との交渉をずるずると引き延ばしていた。

そうした中においても、ヒトラーはソ連との交渉をなおも渋っていたが、五月二十四日に、チェンバレンが議会で、

「ソ連との間に合意に達しえる可能性がある」

と演説したことから、焦りを募らせて、ついに、リッベントロップ外相に、

「ソ連との交渉を開始せよ」

と命じる。リッベントロップは駐ソ大使に、

「経済面だけでなく、政治関係の改善を望む旨を伝えよ」

と指令、交渉に入ろうとするが、今度はソ連のモロトフ外相が、

「政治的基盤が築かれなければ対話はできない」

と曖昧な言辞を弄して、退いていこうとする。散発的な経済協議だけは続くも、苛立ったヒトラーは六月末に協議の打ち切りを命じる。すると突然、ソ連側が微笑を投げかけてきた。

「通商協議は再開可能である」と言うのだ。が、ソ連の「二股外交」は続いており、七月二十三日には、英仏両国と軍事協定交渉に入る。この情報を得たドイツの外務次官は、駐ソ大使にこう伝える。

「モロトフ外相とすぐに会え、そしてポーランド問題においてもソ連の権益尊重を約束しても

良い」

ところがモロトフは、他の業務があるとして、駐ソ大使にすぐに会おうとしなかった。

八月三日にやっとモロトフと会うことはできたが、具体的な交渉をするまでには至らなかった。ヒトラーは、イライラを募らせ、神経を昂らせた。

（グズグズしている暇はない。ソ連との交渉を急がねばならん。ポーランド攻撃に遅れは許されない。秋になれば、秋雨が道路を泥濘に変え、軍事行動に不都合となる）

ソ連の方は、英仏との交渉に失望しかけていた。英仏使節団は、船と鉄道で十一日間を費やしてモスクワに到着した挙句、やって来た交渉団には決定権はないようで、話は前に進まない。スターリンは、英仏との交渉に見切りをつけようとしていた。

「八月十六日にモスクワでの会談を始める用意がある」とソ連がドイツ側に急に伝えてきたのには、そんな裏事情もあった。しかも、ソ連側から独ソ不可侵条約の締結を提議してきていた。喜び勇んだドイツは、リッベントロップ外相を派遣したいと申し出るが、ここでまたしてもソ連は外相受け入れを即断しなかった。英仏との交渉の見込みが完全に断たれたと判断できるまで、ソ連は様子を見たかったのだろう。

八月十九日になって、ようやく、「八月二十六、二十七日頃に独外相が来訪されることに同意します」と報せてきた。駐ソ大使は、もっと早く外相を迎え入れてほしいと懇願するが、モ

ロトフはいやいやと頭を振るばかりであった。この知らせを受けたヒトラーは、

「これでは遅い！」

と拳を握りしめて、叫んだ。交渉が長引けば、その途中で、ポーランドとの戦争に突入することになろう。その時、もしソ連が態度を豹変させて、ドイツ軍に襲いかかってきたら……英仏そしてソ連まで敵に回してドイツは戦わねばならない。その結果は、ドイツの死であろう。事態を急展開させるために、ヒトラーは、八月二十日、スターリンに親書を送ることにした。「私は貴下が私の外務大臣を八月二十二日、あるいは遅くとも八月二十三日に謁見されるよう重ねて提案する」との親書である。

親書を送ってからのヒトラーに、じりじりするような、地獄の責苦のような緊張感がのしかかってきた。ベルクホーフの大広間を一晩中、歩き回り、入ってくる者を無言で睨みつけた。その凄まじい形相に誰も近寄れず、ただ別室に医者を待たせておくことしかできなかった。何も食べていなかった。心配したエヴァが、ドアから顔を覗かせて、手作りのミルクスープを持って入ってきた。

「ありがとう」

緊張で張り裂けそうな声でヒトラーは言うと、スープを一口飲んだ。だが、エヴァが部屋から出ていくと、スープを下に置き、机の上に置かれていた林檎を手に取り、むしゃぶりついた。

翌日の午前三時、駐ソ大使から「モロトフとの面会予約がとれない」との連絡があった。日が差し込んできても、朗報は来なかった。

待望の返事がドイツ外務省に届いたのは、午後九時を回ってからだった。スターリンからの返書には、「リッベントロップ氏の八月二十三日モスクワ到着に同意する旨を貴下に伝えます」とあり、その内容を目にしたヒトラーは、地獄から生還したような顔になり、
「スターリンが呑んだ。してやったぞ、してやった。これで世界を手中にしたぞ」
膝を打ち、壁を拳固で叩き、とにかく無茶苦茶な喜びようであった。押しては引き、引いては押すの神経戦を乗り越えたのだ。

独ソ不可侵条約の合意成立と独外相訪ソは臨時ニュースで伝えられ、世界に衝撃を与えた。このニュースに幻滅したナチ党員も多かったようで、ナチ党本部には棄てられた党員バッジが散乱していたという。日独防共協定を結んでいた日本の衝撃も大きく、日独同盟の締結交渉は頓挫する。

八月二十三日、リッベントロップはモスクワに到着。モロトフのみならず、スターリンも見守るなかで、独ソ不可侵条約が調印される。その内容は「何れの締約国も相手側を攻撃しない」「締約国の一方が第三国の戦争行為の対象になる場合は、他の締約国は、この第三国を支持しない」「締約国の何れも、他方を対象とするような国際集団にも参加しない」というもの

であった。それに併せて「秘密付属議定書」の調印も行われた。そこには「ポーランドに属する地域の領土的・政治的変更が行われる場合には、ドイツとソ連の利益範囲は、ナレフ、ヴィスワ、サン川の線を境界とする」とあった。

条約調印の知らせは、すぐにヒトラーに伝えられた。これで、心置きなく、ポーランドを攻撃することができる。ヒトラーは食事を終えると山荘のテラスに出た。北の夜空には珍しくオーロラが輝き、空が七色に変化している。オーロラは赤く染まり、人々の顔や手まで赤々と塗り上げていった。

「まるで血のようだ。今度ばかりは流血なしには終わらないだろう」

ヒトラーはそう言うと、足早に室内に引き揚げていった。

その夜、ヒトラーはスクリーンで赤軍のパレードの光景を見る。そこには、閲兵するスターリンの姿が映されていた。そして周りの者にこう言った。

「今やこの陸軍力も無害になったのだ。喜ばしい」

二人の指導者は直接対面することはなかった。

ポーランドは領土割譲を最後まで拒否する。ヒトラーは英仏の参戦は今度もないと判断し、一九三八年八月三十一日、ついに作戦指令を下す。

「ドイツ東部国境はこれ以上容認できぬ状況となり、平和的解決を目指す政治手段が尽き果てるに至り、余はここに武力による解決を決意せり。開戦日は一九三九年九月一日とする」

ドイツ国防軍は、ポーランド国境に集結、ポーランド軍との小競り合いにより既に緊張は高まっていた。同日には、グライヴィッツにあるラジオ局を親衛隊率いる特殊工作部隊が襲撃、これを反ドイツのポーランド系住民の仕業と見せかける。

第 14 章

戦争の嵐——アインザッツグルッペン

一九三九年九月一日、宣戦布告のないまま、ドイツ軍はポーランドを攻撃した。ポーランド北部の街トチェフのポーランド軍は急降下爆撃機によって攻撃され、ダンツィヒには艦砲射撃が加えられた。ドイツ陸軍も進撃を開始、騎兵中心のポーランド軍を圧倒し、泥濘に悩まされることもなく、平野が多いポーランドを突き進んだ。ポーランド軍も勇敢な抵抗をみせ、敵に損害を与えることはあったが、最後には兎のように狩られた。

ヒトラー唯一の誤算と言えば、九月三日に、英仏がドイツに宣戦布告したことであった。しかし、それでも、英仏はドイツに対し、本格的な攻撃を仕掛けてくることはなかった。その間にも、ポーランドの主要地域は次々と陥落、ドイツ軍は首都ワルシャワを目指す。

「水晶の夜」の災禍を逃れたユダヤ人ワルター・ゲールは、ベルリンを離れ、妻子とともにワルシャワに身を寄せていた。ワルシャワは多人種が住む国際都市であり、約三十七万人のユダヤ人が居住、ニューヨークに次いで、世界で二番目にユダヤ人が多い都市だった。

（ここに来たら、もう安心だ）

ワルシャワに着いた初日、伝統的なユダヤ人の身なり――帽子・長衣に髭と巻き毛――をしている人が沢山いることに驚きつつ、安堵したものだった。ベルリンにはそのような格好をしている人は見かけなかったからだ。

ベルリンの店ほど大きなものではないが、これまで築き上げてきた経験を活用して、ゲールは宝石店を開くことができた。これから商売も軌道に乗る、そう感じていた矢先のドイツ軍によるポーランド侵攻であった。

九月九日以降、ワルシャワにもドイツ軍の爆撃機が飛来するようになった。ポーランド政府と陸軍司令部は既に首都から徹退していたが、一般市民はワルシャワに残り、軍とともに防衛のための準備に励んでいた。郊外の全ての建物を砂嚢・コンクリート・鉄条網で補強するのである。ワルシャワの通りには、対戦車濠が掘られ、電車や岩まで積み重ねたバリケードが築かれた。街の光景は一変する。

しかも、九月十七日には、ソ連が不可侵条約を一方的に破り、ポーランド東部を侵略し始めた。抗戦の構えを見せているワルシャワ市民の心にも重苦しいものがのしかかってくる。そこに九月二十五日、ドイツ空軍の爆撃機四百機によるワルシャワ空襲である。爆撃機（シュトゥーカ）は、急降下する時に、金切り声に似たサイレン音をけたたましくたてて、爆弾を落としていく。ゲールには、それはまさに「悪魔が吹くサイレン」のように聞こえた。爆発音が聞こえると、ゲールは、妻のアンネと息子のアレクサンダーと共に急いで外に飛び出した。いざという時のために金目の物やお金は袋に詰めていたので、もちろんそれも持ち出して。

十一歳になったアレクサンダーは、まだ少年ではあったが、内心の動揺を押しつぶすようにして、母を守るように支えるように、手を引いた。外に出てみると、至る所から火の手が上がり、建物が燃えている。爆撃を受けた建物からは、濛々と煙が舞い上がり、そこから多くの男女が飛び出してきていた。消防車がサイレンを鳴らして駆けつけてきたが、とてもすぐに消火できそうもないほどの炎だ。ゲールの眼の前には、石材・コンクリートの塊が瓦礫の山と化した光景が広がっている。どこからともなく、

「うー、うー」

という不気味な声があちこちから聞こえてきた。最初は何か分からなかったが、次第に、

(これは生き埋めになっている人の喘ぎ声)

であることがゲールにも分かってきた。助けようにも、どこに誰が埋まっているのか見当もつかない。逃げまどう人々の後ろにゲールたちもついた。その瞬間、ゲールの店の側にも、異常な低空飛行によって爆弾が投下され、その炎はすぐにゲールの宝石店を覆った。

(何もかも燃え尽きてしまう、何もかも……)

呆然と立ち尽くす暇もなく、ゲールたちは、店を振り返りつつも、足早にその場から離れるのであった。ドイツ軍の猛攻によって、ワルシャワのポーランド軍は九月二十七日に降伏、十月五日には戦闘は終了し、ポーランドはドイツとソ連によって分割併合されることになった。

十月六日、勝ち誇ったヒトラーは国会で演説、英仏に和平を呼び掛けるとともに、次のような言葉を発する。

「ポーランド国家の解体により生じた目標と任務のうち、最も重要なものは民族学的新秩序、つまり民族の移住である。これによって最終的に現在よりも適切な民族境界線が引かれねばならない。ヨーロッパ紛争の火種を一部でも取り除くために移住政策を推進することは、ヨーロッパの将来につながる生秩序への任務である」

ポーランド全体では約二百五十万のユダヤ人が暮らしていた。彼らをどうするかがヒトラーにとって緊急の課題であった。ポーランドの東半分（ワルシャワ、ルブリン、ラドム、クラクフ）はドイツ領には編入されず、ドイツの属領「ポーランド総督府」の支配下に置かれた。総督に任命されたナチ党の法律顧問だったハンス・フランクは、クラクフのヴァーヴェル城に拠り、鋭い目つきそのままに、地元民やユダヤ人に対して、圧政を行う。フランクは、経済上不可欠の人間を除いて、全ユダヤ人の自主的退去を命じる。

ドイツ軍の侵攻を知った時点で、逃げ出したユダヤ人もいた。ゲール一家は、それよりは遅かったが、ワルシャワから離れようとした。宝石店は焼けてしまい、そのまま、飛び出してきたのだ。ゲール一家の周りには、彼らと同じように徒歩の者もいれば、手車を押す者もいる。荷馬車に乗って、追い越していく人々もいた。

（どこに逃げるか）

ゲールは迷ったが、ドイツ領には居られない、居たくないと思ったので、ヒトラーの魔手から逃れるように、とにかく東に走った。老若男女、何千という人が、街道筋をトボトボと歩いている。老人、足の不自由な人、疲れ果てて座り込む人、様々な人間がゲールの眼前にいる。若く元気なゲール一家は、そういった人々をみると、

「大丈夫ですか」

と声をかけてみたり、時には支えてやったりするのだった。東へ東へ、疲れた時には混雑する列車に乗りながらも、ゲール一家が辿り着いたのは、ソ連領ミンスク（現在のベラルーシ共和国の首都）であった。

「ミンスクには、ユダヤ人への差別が殆どないよ」

ワルシャワを逃れ、家族で黙々と歩いていた時に、偶然話しかけてきた中年男性から聞いた言葉を頼りにミンスクまでやって来たのだ。安宿に腰を落ち着けたゲールは、すぐに住む家を探し出し、借りることができた。ベルリンやワルシャワよりも、安くて大きな借家に住むことになったのだ。周りにはユダヤ人も沢山住んでいて、住み心地も良さそうだ。

（ここなら、また商売ができる）

ゲールは、期待を膨らませながら、新居の赤い屋根を見上げた。ミンスクに住み始めたゲールの耳にも、ヒトラー率いるドイツ軍の情報は、その後も頻繁に入ってきた。

一九四〇年四月九日、ドイツ軍はデンマークとノルウェーに侵攻し、両国を瞬く間に占領。

五月十日には中立国であるオランダ、ベルギーに攻め込み、オランダは僅か五日でドイツ軍に屈した。空挺部隊と戦車部隊による急襲が功を奏したのだ。

ドイツ軍はこれと同時に、北フランスに侵入、フランス軍の防御が薄い、アルデンヌの森から戦車部隊を突入させ、フランス軍を撃破する。英仏の連合軍は、港湾都市ダンケルクに追い詰められるも、ドイツ軍の戦車部隊に突如、進撃停止命令が出されたため、連合軍部隊は、イギリスに撤退することができた。なぜヒトラーや軍部は進撃停止を命じたのか。イギリス軍を逃がすことでイギリスとの和平を望んでいたとか、戦車部隊の消耗を避けるためとか、ヘルマン・ゲーリングの意見を容れて空軍のみで連合軍を始末しようとしたとか、様々なことが言われている。

六月二十一日、フランスはドイツに休戦を申し込む。独仏間の休戦協定は、翌日、ヒトラー自ら出席して、フランスのコンピエーニュの森で調印された。そこは第一次大戦の休戦協定が成立した場所であり、ヒトラーは復讐の場として、あえてここを選んだのだ。パリを含む北部フランスはドイツに占領され、非占領地域は親独のフランス政府であるヴィシー政権が統治することになる。

ヒトラーはフランスが降伏すればイギリスも屈服すると考えていたようだが、その期待は裏切られ、英国首相に就任したチャーチルは徹底抗戦の構えを見せる。ヒトラーはついにドイツ空軍によって、イギリス本土を攻撃するも、アメリカの対英支援や準備不足もあり、制空権を握ることはできなかった。

そしてヒトラーの目は西から東へ向き始める。ヒトラーは豪語する。

「ドイツ国防軍の能力が最高度に達した今こそ、ソ連を打ち破る。そうなればイギリスは望みを絶たれて降伏する。ソ連が撃破されるのは、早ければ早いほど良い。ソ連は腐った建物のようなものだ。ドアを一蹴りすれば崩壊するだろう」

ソ連は、バルト諸国、フィンランドにも触手を伸ばして勢力を拡大しており、ヒトラーから見たら、これも好ましからぬ状況であった。

*

一九四一年六月二十二日朝、よく晴れたミンスクの空が、自宅を出たゲールの目に今日も飛び込んできた。

(今日も良い天気だ)

ワルシャワからミンスクに来て、早や二年。暮らしやすいミンスクの土地にゲール一家はすっかり馴染んでいた。ワルシャワに居た頃は、ポーランド人の蔑視を頻繁に感じることがあったが、ここではそんなことは殆どない。

かつて、この辺りでは、民族融和の視点から反ユダヤ主義撲滅キャンペーンが行われ「ユダ公」と口にしただけで、公安に引っ張られていくこともあったようだ。ミンスクの学校では、ユダヤ人の子供の多くがロシア語を学び、ロシア人、ベラルーシ人の子供たちと仲良く遊んでいた。十三歳になった息子のアレクサンダーも、すっかり溶け込んで、仲間たちと毎日のように遊んでいる。昨日から、

「明日はコムソモール湖で友達と泳ぐんだ」

と言ってはしゃいでいるほどだ。コムソモール湖は、市内を流れるスヴィスロチ川の氾濫防止のために、機器と人の手で作り上げた人口湖で、まだ完成したばかりであった。その完成式典が今日あるということで、ゲールは起きて、出かけようとしていた。ゲールも、湖を作るのを手伝ったことがあるので、感慨深いものがあった。妻のアンネはまだ寝ているが、アレクサンダーは既に起きていて、

「僕も式典に参加するよ。それが終わったら、皆で泳ぐんだ」

ゲールの後ろから声をかけた。

「あぁ、一緒に行こう」

アレクサンダーの準備が整うと、二人は湖の方向に歩を進めたが、少し歩いただけで、汗ば

んできた。すると後ろから、一人の男が息をきらせて走ってきて、ゲールの顔を認めると、

「ゲールさん、聞きましたか。ドイツ軍が攻めてくる、ドイツ軍が攻めてきたのを――」

　呂律が回らず慌てふためいて言ったのは、ゲールの家がある通りに住んでいるアブラハムという今年五十を迎えるユダヤ人男性であった。

「えっ……」

　ゲールの顔は一瞬で血の気が引いたが、アブラハムの言葉を信じたくないばかりに、

「そんな馬鹿な。ソ連とドイツは不可侵条約を結んでいるじゃないですか」

　怒ったように言い返す。アブラハムが、

「本当だ、他の者も言っている。今日の正午にモロトフ外務人民委員から国民に向けたラジオ演説があるようだ。早朝のラジオ番組で言っていたぞ」

　と汗を手で拭いながら答えた時、雷鳴が轟いたかと思うような大音響が耳に入ってきた。空には稲妻のような閃光が走り、同時に方々から火の手があがり始めた。砲弾と爆撃がミンスクにも迫ってきたのだ。ゲールはアブラハムと顔を見合わせると、

「家に戻るぞ」

　アレクサンダーと急いで家に戻った。家に入ると、爆発音に慄きながらも、アンネが貴重品を鞄に詰めていた。正午になると、ラジオから、

「こちらはモスクワ放送。唯今からソ連人民委員会議長代理、ソ連外務人民委員ヴャチェスラフ・モロトフが演説を行います」

との声が聞こえ、その後、少しの間があってから、モロトフの重々しい声が聞こえてきた。

「ソ連市民男女諸君、ソ連政府とその長たる同志スターリンは私に次の声明を行う許可を与えた。今日の午前四時、ドイツ軍は何の前触れもなく、我が国に対して攻撃を開始した。あらゆる所から我々の国境が襲撃された。航空機による都市爆撃で、ジトミール、キエフ、セバストポリ、カナウス、その他で二百人以上の死傷者が出ている。敵の航空機による攻撃は、ルーマニアやフィンランド領内からも行われた。これは我が国に対する前例のない背信行為である。

今回の攻撃は独ソ不可侵条約が締結されていたにも拘わらず、ソ連政府はそれを忠実に守っていたにも拘わらず行われたのである。故に、ソ連に対する強盗的攻撃の責任は、完全にドイツ・ファシスト政府にある。

既に攻撃が行われた後で、駐モスクワ・ドイツ大使シューレンブルグは、午前五時三十分、私に対して次のように声明した。ドイツ政府は、赤軍部隊がドイツ東部国境に集結しつつあることから、ソ連との開戦を決意した。

これに対して私は次のように声明した。ソ連政府に対し、いかなる要求の提示も行っておらず、ソ連は平和的立場にいたにも拘わらず、ドイツは攻撃したのである。

我々国民が敵の攻撃によって戦わなければならなくなったのは、今回が初めてではない。ナポレオンによるロシア遠征の時代に、我々国民は、祖国戦争で応え、ナポレオンはそこで敗北し、彼の運命は決まった。我が国を攻撃したヒトラーも、また同様の運命を辿るだろう。

政府は、ソ連市民諸君全員に、これまで以上に、我らが栄光あるソ連政府、偉大な指導者である同志スターリンの周りに結集するよう要請する。我らの大義は正しい。我らの敵は打倒されよう。勝利は我らのものだ」

ゲールは、ひと言「急ごう」というと、アンネとアレクサンダーを促して、外に出た。ドイツ軍の多くの爆撃機が唸りをあげて、上空を旋回、飛行し、爆弾を投下、爆弾が直撃した家々は燃え上がり、辺りからは人々の悲鳴が聞こえる。ゲールはワルシャワを脱出した時のことを思い出した。あの時も、

(どこに逃げるか)

迷ったものだったが、今度は余りにも急すぎて、頭が真っ白になっていた。右往左往していると、アブラハムが、二十になる息子と一緒に走ってきた。

「アブラハムさん、どこに行くのですか」

ゲールが訊ねると、

「私はミンスクからは離れません。ここでずっと過ごしてきましたから。当局の疎開命令があ

れば別ですが」

と答えるので、

「いや、早くここから逃げたほうが良い。ドイツ軍の破壊力は物凄いものだ」

ゲールは顔を真っ赤にして翻意させようとする。名前は知らないが、アブラハムの息子が口を挟んだ。自信満々に、

「ソ連の軍隊は無敵ですよ。ドイツ軍を必ず打ち破ってくれる。ここに居ても安心ですよ」

胸を張るのである。どうにもならないと感じたゲールたちは、

「分かりました。ご無事で」

というと軽く頭を下げて、歩を進めた。ドイツ軍による空襲は激しさを増し、パニックになった住民の多くが荷車に荷物を積み込み、どこかに逃げようとしていた。街路には、複数の死体も転がっていて、ゲールは目を背けた。なかには、母親が幼い子を抱きかかえるようにして息絶えていた。南方に行く者、東方に行く者、大勢の人が入り乱れて、熱気でむんむんしている。ゲール一家は東方に逃げようと、ひたすら歩きに歩いた。しかし、歩いていくうちに、不穏な噂を耳にするようになった。

「この先には既にドイツ軍がいる。引き返したほうが良いぞ」

「東に行っても、ドイツ軍に追い返されるぞ」

沢山の人がそう漏らし、中には引き返す者もいたことから、ゲールは不安になり、ミンスクに引き返すことにする。

ドイツ軍は三つの巨大軍団で編成され、三百五十万の将兵がソ連領内に足を踏み入れていた。火砲七千二百門、戦車三千三百五十輌、航空機一千八百機、輸送車六十万台という恐るべき陣容でソ連侵略を開始したのだ。ソ連急襲は、スターリンにとっても衝撃であり、国家元首であるにも拘わらず、あらゆる公の場から去り、一週間引きこもったという。

スターリンがかつて行った大粛清によって開戦までに多くの赤軍将校が処刑されてしまっていたことによる軍の弱体化と、油断によって、緒戦で多くのソ連兵が命を落とした。ソ連の航空機は離陸する間もなく、ドイツ軍によって次々と破壊される。

ゲール一家はミンスクの我が家に帰った。幸運にも家は破壊されておらず、中で住むことができたが、家の周囲を見渡すと、跡形もなく破壊された建物も多くあった。家がない人々は、路上で生活するしかなかった。

六月二十八日、ドイツ軍がミンスクに入城してくる。しかし、ミンスクでは、「ドイツ軍はユダヤ・共産主義体制からの解放者だ！」「万歳！」と歓迎する声は聞こえなかった。住民の合意なくして一方的にソ連に組み込まれたリトアニアやラトビアでは、ドイツ軍を解放者と見なす現地人が沢山いた。そうした人々は、花束を持ってドイツ軍を出迎えたし、ユダヤ人を虐待すべく準備を始めている者もいた。

一方、瓦礫の山と化したミンスクに入城したドイツ軍の将兵は、どこからも歓呼の声が聞こえてこないのに、戸惑っている風であった。水道・電気など生活の基盤が破壊された街で、誰も協力者がいないことも彼らを困惑させた。ベラルーシの人々にとっては、ドイツ軍は侵略者でしかなかった。そうしたなか、ベラルーシにおいて、ドイツ軍が頼みにしようとしたのが、ドイツやドイツ占領下のポーランドでナチスに心を寄せていたベラルーシ人であった。彼らは、ドイツ軍やその特別行動部隊(アインザッツグルッペン)と共に、ミンスクに入り、臨時で行政を担当させられることになる。

国家保安本部長官のラインハルト・ハイドリヒによって創設されたのが、特別行動部隊である。彼らは、共産党員・聖職者・知識人・ユダヤ人を「無害化する」、つまり殺害するためにチェコやポーランドで猛威を振るってきた。ポーランド侵攻の際には、一九三九年九月から十二月において、四万人以上のポーランドの人々が虐殺の犠牲になっていた。ヒトラーは言う。「私は命令を下した。批判めいた言葉をひと言でも口にする者は、残らず射撃部隊に処刑させる。我が国の戦争目的は国境の拡張ではなく、敵を壊滅させることである。当面は東ヨーロッパのみ。だが既に準備は整えてある。ポーランド人でポーランド語を話す成人、子供を容赦なく死にいたらしめる命令を下した。ドイツ人に必要な生存圏を確保するには、これ以外に道はない。例えば、アルメニア人がこの世から消えたところで、嘆く者がいるだろうか？」

特別行動部隊の跳梁を当初、国防軍は嫌っていたが、独ソ戦の頃になると「計画的大量殺害は特別行動部隊の責任で行い、兵站関係は国防軍の支援に依存する」という協力関係が出来上がっていた。

ミンスクにおいては、同地の政府と軍はドイツ軍が来る頃には、脱出している。工場の設備や原料も、住民よりも優先的に後方に疎開させていた。

*

ドイツ人のグスタフ・ロンバルトは、特別行動部隊Bに配属されて、ミンスクにやって来た。A（北方）、B（中央）、C（南方）、D（ルーマニア方面）に部隊は分かれており、B隊は、アルトゥール・ネーベが隊長であった。ロンバルトは、武装親衛隊の隊員だったが、疲れがたまり居眠りや遅刻を繰り返したことから、軍法会議にかけられて、「特別行動部隊に志願すれば免責される」と言われ、「志願いたします」と一目散に飛びついたのだった。

国境警備警察学校で軍事訓練を受けて二ヶ月ほど経った時に、ソ連との戦争が始まった。軍用車に揺られながら、ロンバルトは、居並ぶ黒服の隊員たちを前に訓示するネーベ隊長の言葉を思い出していた。ハイドリヒから直々に伝えられたことだと言って、ネーベはそれを得意げに繰り返していた。

「来たるべき遠征は、たんに武器を使った戦い以上のものになる。それはまた、二つの世界観の対決へと道を開くことになろう。これまで民族の抑圧者であったユダヤ、共産主義知識階級は排除しなければならない。共産主義は不倶戴天の仇である。この腐敗せる世界観とその担い手にこそ、ドイツは戦いを挑まねばならんのだ。この戦いにおいて不可欠であるのは、共産主義の扇動者、民兵、工作員、ユダヤ人に対し、情け容赦ない断固たる処置をとることである。これは殲滅戦だ」

（殲滅戦……）

ロンバルトも親衛隊の一員であるから、銃を撃ったこともあるし、敵を殺したこともある。しかし、ハイドリヒやネーベが言う殲滅戦の実態が如何なるものなのか見当がつかなかった。あれこれ考えているうちに、軍用車が目的地に着いたようだ。今年二十六歳になるロンバルトは、一七八センチの堂々たる体躯を地上に降ろした。親衛隊は、ヒムラーの意向によって基本的には「身長一七〇センチ以上、顔立ちがアーリア人の血を推察させる者」しか入隊できなかった。

仲間の隊員と共に、銃を持ち、ロンバルトは下車する。国防軍の兵士が先に到着していた。

大きな広場には、多くの男女が密集して座っている。なかには少年もいる。全部で人間が三百人以上はいるだろうか。男性は年老いた者が多い気がする。ガヤガヤと騒々しいし、こちらを不安そうに見つめている者が何人もいた。別の隊員たちが、ベラルーシ人の協力者と、書類などを基にして、赤軍内の政治人民委員やユダヤ人たちを捕らえてきたのだろう。

「あちらは、ユダヤ人です」

ベラルーシ人の男が、ロンバルトたちにすり寄ってきて言った。その男の後ろにも、十人ほどのベラルーシ人が立っている。その中の二人が、群衆のなかに入り込むと、白髭を生やし、黒い帽子を被った一人の老人を腕を掴み引っ張ってきた。ユダヤ人であろうか。男はポケットの中から、ハサミを取り出すと、老人の髭を切り始めた。老人は目を瞑って、事が終わるのをじっと待っている。ハサミの動きが止まった。

「めんどくせー！」

男は叫ぶと、髭を一束ほど掴み、一気に引き抜いた。老人は激痛に耐えかねて、腰をかがめる。男たちは、その様を見て、声をあげて笑う。ロンバルトの側にいる隊員の中にも、微笑を浮かべたり、ベラルーシ人と同じように哄笑している者がいた。ロンバルトは笑う気になれなかった。

「おいおい、俺が髭の剃り方を教えてやろう」

ロンバルトの側にいた眼鏡をかけた年配の隊員が笑いながら言って、老人のもとに駆け寄った。

「こうするんだよ」

隊員はそう言うと、自らが持つ銃剣を使って老人の髭を切り落とそうとする。老人の顔が恐怖に歪み、身体はブルブルと震えているが、隊員は気にせずに、髭を切っていく。とうとうそれは、老人の頬にまで達した。頬から出血した老人は、叫び声をあげて、その場にうずくまった。隊員はその老人を蹴り飛ばすと、気持ちよさそうな顔でこちらに戻ってきた。その光景を見ていたユダヤ人たちの額に汗が滲んでいる。

「おい、お前たち、立て。あの森の方向へ向かうんだ」

ベラルーシ人の男が、森を指さし、ユダヤ人の集団に向かい叫んだ。ユダヤ人は一斉に立ち上がり、ブリキ人形のように、少し遠くに見える森に向かってぞろぞろと歩を進めた。ユダヤ人の腕にはダビデの星のついた白い腕章が巻かれていた。国防軍の野戦司令官の命令により、ユダヤ人には目印が付けられることになっていた。

ロンバルトたちは、ユダヤ人の周りを取り囲み、同じく森を目指す。ベラルーシ人によると、ユダヤ人をトラックで千人も運搬したこともあるらしい。

鬱蒼たる森のなかは静かであった。森の中を進むとそこに空地が見えてきた。

「止まれ！」

大声でベラルーシ人の男が言うと、ユダヤ人の行列はぴたりと止まる。続けて、ベラルーシ人がユダヤ人に命じたのは、やたらと広い空地に穴を掘れということだった。シャベルを渡されていたユダヤの男たちが、懸命に穴を掘り始めた。穴は次第に広がり、大きくなっていく。体力の限界もあるので、交代で穴を掘っていく。

「服を脱げ、持ち物も全てよこすんだ」

ベラルーシ人が命じたので、ユダヤ人は嫌々ながら、恐る恐る服を脱ぎ、時計や宝石などまで、ベラルーシ人や、特別行動部隊の隊員に渡す。全てが済むまで一・二時間は十分かかっただろうか。穴を掘り終えたのを見たベラルーシ人が、

「先ずはお前たち、この穴の前に立て！」

唾を飛ばして怒鳴り散らした。それまで穴を掘っていた十人のユダヤ人が穴の前に整列する。そのユダヤ人たちは、自分の運命を予感したのだろうか。小刻みに震えている。ベラルーシ人あるいは特別行動部隊の隊員がユダヤ人の背後に立つ。そして一斉に銃声を鳴らした。十人のユダヤ人は、血を噴いて、一度に穴の中に落ちていった。

それを見ていたユダヤ人の中から叫び声があがった。女性の悲鳴だろうか、甲高い声だ。動揺したような男の声も耳に入ってきた。

「さぁ、次はお前たちだ。この穴の前へ並べ」

ベラルーシ人が、乳房を手で隠すユダヤ人女性に言った。女たちは、首を振る者、泣き叫ぶ者、様々な態度を見せる。ロンバルトの近くにいた赤毛の隊員は女たちに近付くと、手に持つ鋼のケーブルを振り上げて、

「早くしないか、さもないとこれで殴りつけるぞ」

と脅しつけた。女たちは身震いすると、ゆっくりと穴の前に立った。穴の奥には、死体になった男たちが血にまみれて倒れている。ユダヤ人女性たちも数秒後には、彼らと同じ姿となった。無言で逃げ出そうとするユダヤ人男性がいたが、すぐにベラルーシ人に見つかり、射殺される。二十秒ごとに銃声が聞こえた。その度に深い深い穴の中に、ユダヤ人が次々に落ちていく。その時、

「やめろ！」

という声が響いた。森の方から革張りの乗馬ズボンをはいた男が血相を変えて現れた。国防軍の将校だ。将校は威厳ある顔付きで、ベラルーシ人の前に立つと、

「この事態は何だ。ここで銃殺せよとの師団司令官の命令はどこにある。命令書あってのことか。見せてみろ！」

声を張り上げた。ベラルーシ人の男は完全に気圧されたようで、黙ってカービン銃を置いた。

特別行動部隊の隊員も何も言い返せないでいる。その日の「任務」は、それで終わった。このように勇気ある行動をする国防軍の将校は稀であった。

当夜、ロンバルトと同僚たちは、ブランデーを飲み、泥酔した。同僚の一人が瓶を片手に声高に言う。

「スラブ人とユダヤ人は人間ではない。奴らは下等人種で、我々が生存圏を確保するために根絶しなければならない」

ロンバルトの隣にいた赤毛の隊員もそれに同調し、

「ユダヤ人は滅ぼさなければならない。ユダヤ人、ユダヤ人の共産主義、ユダヤ人の世界共産主義、それが我らの敵だ。敵に対してはどんな手段も正当なのだ。それなのに、今日の国防軍の将校ときたら」

と不満気に口を瓶につけた。ロンバルトは酔ってはいたが、彼らに同調する気はどうしても起きなかった。今日見たのはどう見ても、何の罪もない人々ではないか。もちろん、なかにはスパイや敵対勢力が紛れ込んでいたかもしれないが、それにしても余りと言えば余りの行為だ。

ロンバルトはポケットの中から、布ケースを取り出して、そこから錠剤を一つ手に取り、口に入れた。ペルビチンという薬である。これを飲むと、集中力の向上、頭が冴えわたり、喜びに満ちて、辛いことを忘れることができるとして、軍から兵士たちに配られていた。西部戦線の兵士たちもこれを呑み、「電撃戦」を敢行し、フランスを破ったという。そればかりか、ペルビチン錠は奇跡の薬として、ドイツの一般家庭に広く流通していた。覚せい剤であるが、ロンバルトにとっては今はそれを呑まずにはいられない気分であった。

ロンバルトやその同僚、ベラルーシ人たちは「任務」前には、ブランデーを口にするようになった。酔わないと何かに押しつぶされそうな気がするからだろう。

翌日は、早朝から現地の警官が、車に乗り、賑やかで陽気な音楽を流しつつ、ユダヤ人に対して、「正午にシナゴーグ（ユダヤ教の教会堂）の前に集まるように」と触れ廻った。ロンバルトたちが正午前にシナゴーグに行ってみると、ユダヤ人七百人ばかりが既に集まっていた。現地の警官が、ユダヤ人に対して、シナゴーグの中に入るよう促す。言うことを聞かない連中は銃床や長い木の棒で殴りつけながら、強引に中に押し込む。あるいは獰猛な犬をけしかける。教会の中は人だらけで、今にも教会が壊れるかと思うほどだ。それよりも、人々の悲鳴の声にロンバルトは押しつぶされそうだった。警官がドアにかんぬきをかけた。中の人々は懸命にそのドアを叩く。

「開けてくれ！」

「ここから出してくれ！」

必死の叫び声が聞こえる。

ロンバルトが周囲を見回すと、またいつものベラルーシ人が銃を持って立っている。もう一人のベラルーシ人がガソリンを教会にかけ、火を放つと、教会は炎に包まれた。窓からは手榴弾が投げ込まれる。ユダヤ人の悲鳴は、更に激しさを増し、耳を覆いたくなるほどである。

ロンバルトは辛うじて大地に足を踏みしめていた。教会の窓から、何人かの男のユダヤ人が逃れようとする。しかし、それを見つけた赤毛の隊員が、機関銃を乱射し、彼らはあっという間に、なぎ倒された。悲鳴は当分の間、聞こえたが、教会が焼け落ちる頃には、辺りはいつもの静けさを取り戻していた。

*

ゲール一家は、警察が「教会に集まるように」と触れても行かなかったし、きな臭い雰囲気を感じたら、家族と共に、知り合いのベラルーシ人の家に行き、しばらく厄介になったりもした。しかし、昼間、自宅にいる時に、軍服を着たドイツ人と見知らぬベラルーシ人がやって来た時には、

（しまった）

という気持ちを抑えることができなかった。彼らは胡乱な目付きで、家の中を舐め回すよう

に見回すと、

「さぁ、お前たちは今から外に出てもらう」

と言い、ゲールたちを追い立てる。これから何が始まるのだろう、何をされるのだろう、ゲールもアンネもアレクサンダーも不安な顔でお互いの顔を見つめるが、

「早くするんだ！」

とベラルーシ人が拳を振り上げて威嚇するので、渋々、家を出た。

太陽が照り付ける暑い日であった。ゲール一家は暑い中を歩かされたが、他にも多くの人々が同じように、どこかに連れて行かれている。暫く歩くと分かったのだが、どうやら市の北に向かっているようだ。ストロジェフスコイェ墓地に着いた時に、「止まれ」と命令されて足止めをくらったが、すぐにまた歩けと言われて、皆、トボトボと歩き出す。スヴィスロチ川が見えてきた。川沿いをずっと歩かされて、ドロズディという所にある広い敷地に辿りついた。敷地は縄で囲まれていて、その中に入るよう命じられる。既に、多くの人々がその縄の内側に入っていた。

一体、何人いるのだろうか、見当もつかない。すぐに何とも言えない悪臭が鼻を直撃してきた。広い敷地といっても、これほどの数（一万人以上はいるのではないだろうか）の人間が詰め込まれるには、狭すぎる。見知らぬ人の身体と自分の身体がぶつかり、窮屈極まりない。しかも、

トイレもないようで、ある者は立ったままで、便を垂れ流している。逃げようにも、ドイツ兵が銃を持って巡回しており、今は難しそうだ。突然、ドンっという発砲音が響き、ゲールの三メートル前に居た人間が、血を流して倒れている。ドイツ兵に殺されたのだ。殺された人間はどんな悪いことをしたというのだろうか。

耐えきれないような苦痛の日々が続いた。水や食料は、十分与えられなかった。身体の弱い人、病気にかかっている者はすぐに死体となった。ゲールたちは、体力だけでなく、時間の感覚も失くしていく。今日が何日なのか、さっぱり分からなくなった。いや、そんなことはどうでも良いのかもしれない。今日を生きることができたなら。

*

ロンバルトは、緊張していた。親衛隊全国指導者のヒムラーが、今日、一九四一年八月十五日にミンスクに視察にやって来るのだ。「任務」の成果と、施設の「処理」能力をその目で確認するために。ヒムラーの目の前で、死刑を宣告されたユダヤ人あるいはパルチザン（ゲリラ戦士）の処刑を行うのだが、その担当者の一人にロンバルトが任命されたのだ。

（失敗は許されない）

手元が狂ってミスをすることがないよう、ロンバルトはこの日のために備えてきた。

（大丈夫だ）

頬を叩き、気合を入れる。昼前、処刑場所に整列したロンバルトの前には、百人ほどの死を宣告された者たちが背筋を伸ばして立っている。

暫くして、多くのお付きの者を従えて、親衛隊の黒服を着たヒムラーがやって来た。服には勲章がぶら下がっている。ロンバルトは、遠くからヒムラーを見たことはあったが、これほど近くで見たことはなかった。太陽の光が眩しいのか、目を細め、歩いてくる。総統のようにちょび髭を生やし、眼鏡をかけたヒムラーの身体は細く、頑強そうには見えない。総統のような威厳もないようにロンバルトには思えた。

ヒムラーが、ロンバルトをはじめとする死刑執行人の前を通ったので、一同は敬礼する。ヒムラーも敬礼し、その後、今から処刑される人々の前に立った。ヒムラーは眉毛一つ動かさずに、前列にいる人々の顔をじっと見ていく。

三・四人見たところで、ヒムラーの足が止まった。ヒムラーは興味深そうに、眼前に立つ十代と思われる少年の顔を凝視する。金髪で青い目の少年だ。ヒムラーは、少し驚いた顔をして、少年に尋ねる。

「君はユダヤ人か」

少年もまたヒムラーの顔を直視して、

「はい」

ひと言呟くと、

「君の両親はユダヤ人か」

ヒムラーは再び質問する。少年は戸惑うような顔を一瞬したがすぐに、

「はい」

落ち着いた声で答えた。

「君の祖先の中で、ユダヤ人でない者はいるか」

「はい、おります」

少年の返答を聞いたヒムラーは、じっと考え込んでいるようだった。そして、後ろに控えていたエーリヒ・ツェレウスキー（中部ロシア地区高級ＳＳ警察指導者）に何やら耳打ちしてから、

「宜しい、君を助けてやろう」

微笑し、少年に言った。少年は死を待つ人の列から外された。おそらく、ミンスクのゲットー（ユダヤ人強制居住地区）に帰されて、そこで労働に従事させられるのだろう。ヒムラーは、また別の場所で、金髪碧眼のユダヤ人青年に対して同じ問いかけをしたという。「君の祖先の中で、ユダヤ人でない者はいるか」「いいえ」――その時は、ヒムラーはこう言ったという。

「ならば私も君を助けることはできない」と。

　ユダヤ人少年は、死の列から外れたが、その時、列のほうを心配気に何度も振り返っていた。おそらく、列の中に両親がいるのだろう。

　処刑が始まろうとしていた。あらかじめ掘られた穴の中に、ユダヤ人は横たわるように言われ、大人しく従っている。ロンバルトら銃殺隊のメンバーは、穴の淵に立ち、ユダヤ人の背後を狙い、射殺する。その様子を最初は少し離れたところで見ていたヒムラーであったが、次第に穴のほうに近寄ってきた。

　既に穴の中は、死体の山だ。二人のユダヤ人女性が穴の中に横たわり、死を待つ。ロンバルトは、引き金を引く。女性の身体から、鮮血が流れる。一人の女性の身体はまだ動いている。その時である。穴の淵に立っていたヒムラーが、よろけて、危うく地面に手を付きそうになったのである。ロンバルトは思った。

（つまずいたんじゃない。きっと死体を見て、気分が悪くなったんだ）

　副官が慌てて、ヒムラーのもとに駆け寄ってきて、

「如何されました?」

「大丈夫ですか?」

　と声をかける。ヒムラーはその時には既に姿勢を正し、

「いや、何でもない。大丈夫だ」

と言うと、黒服の埃を払い、歩き始める。ロンバルトが左右を見ると、同僚の隊員も青い顔をしてうつむいている。ヒムラーと同じく気分が悪くなったのだろうか。その様子を見ていたのだろう、SS警察指導者のツェレウスキーは、ヒムラーのもとに急ぎ足で駆けつけると、青ざめた隊員を指さして、

「この者たちの目を見てください。この者たちの神経は、もはや残りの人生に耐えられません。我々はここで神経症患者や無法者を育成しているのです」

悲痛な声をあげた。その声を聞いて、ヒムラーは頷き、理解を示しつつも、ロンバルトら射殺部隊の方を向いて、淡々と言った。

「諸君の任務は実に不可欠なものである。諸君は道徳的なことを心配しなくてもよい。全責任を追うのは私と総統である。ここで戦に打ち勝てば、来るべき世代は、敵に銃殺されるのを免れるのだ」

ヒムラーが去った後、ロンバルトたちは別の隊員と処刑の役を交代した。入れ替わった隊員の中には、ユダヤ人の老人の髭ばかりか頬を切り取った眼鏡の男も交じっていた。その男は、処刑される前のユダヤ人男性のこめかみに銃口をあて、その様を写真に撮らせていた。

ユダヤ人男性はその直後に銃殺され、穴の中に滑り落ちた。

第 15 章

最終的解決——ホロコースト

ゲールの一人息子、アレクサンダーに深い悲しみが押し寄せてきていた。

（父さんも、母さんも、きっとあそこで、死んだんだ）

銃殺されたところは見ていないものの、多分、自分が列を離れて、別の場所に移された後に、殺されたはずだ。その証拠に父さんも、母さんも、自分のもとには帰ってこなかった。眼鏡をかけたドイツ人、おそらくナチ党の高官（後でヒムラーという名前を人から聞いた）に話しかけられた自分だけが、なぜか命が助かった。

（僕もあの場で殺してくれたらよかったのに）

ゲットーでの孤独な夜にそう思うことが何度もあった。いたたまれない気持ちは、アレクサンダーから消え去ることはなかった。

ミンスクのゲットーでの暮らしは、食事も質素で、疫病が蔓延し、相変わらず厳しいものだった。しかし、思わぬ抜け穴もあった。同地のゲットーでは、石壁、レンガ壁もなく、周囲に鉄条網は張り巡らされているものの、監視塔はなかった。だから、夜間にこっそりと、外界に出ることも可能だったのだ。当然、見つかれば、即刻、銃殺されるだろうが。

アレクサンダーだけでなく、他の者（多くは小柄な子供だった）も、夜にゲットーを抜け出して、ロシア人地区に行き、物乞い、あるいは物々交換で、食料などを調達していた。そうして何とか飢えをしのいだのだ。抜け出したまま、帰ってこない者もいた。パルチザン部隊に加わって、ドイツ軍に抵抗しようという者もいたようだ。抵抗はそう簡単にいくはずもなく、ドイツ軍側に捕まって、木にくくりつけられた縄に首を吊り下げられて、ぶら下がっている不気味な死体を何度もアレクサンダーは見た。

ゲットーに居て、アレクサンダーが気になったのは、ヒムラーの視察後、暫くしたら、何人かのユダヤ人がトラックの荷台に乗せられて、そのまま消えてしまうことが増えたことだった。その者たちの顔を見ることは二度となかった。後で分かったことだが、その者たちは、一酸化炭素が発生する「ガス車」に入れられて、殺されたのだ。銃殺は「死刑執行人」の精神的負担が余りにも重すぎるとして、排気ガスで殺害する方法が考案されたのである。

強制労働（工場での軍需品生産など）に適さないと目された者は、容赦なく、どこか人気のないところに連れて行かれていた。その人達の顔ももう見ることはなかったから、おそらく殺されたのだろう。連行から逃れようとして、ゲットー内の粗末な住居の屋根裏や床下に潜む者もいたが、発見されることも度々だったようだ。そうした時、ドイツ軍は彼らに手榴弾を投げつけて、皆殺しにしたという。アレクサンダーも、パルチザンに加わって、両親の無念を晴らそうと考えないでもなかったが、一歩踏み出せないまま時が経っていた。仇をとることを、あの優しい両親が望むようにも思えなかった。きっと命を大事にするんだよと言ったはずだ。

一九四二年に入ると、ゲットー内の衰弱した老若男女は、それまでにも増して、次々に連行されて姿を消していた。一日で三千人から六千人ほどの人間がどこかに消えたこともあった。

彼、彼女らは穴に連れて行かれ、そこで射殺されるか、ガス車に入れられて殺害されたのだ。

他の地域からミンスクに移送されて、死を待つユダヤ人もいた。アレクサンダーも、

（いつ僕の番が来るか）

と戦々恐々として過ごしていたが、幸運にも体力は衰えず、労働に駆り出される日々が続く。

その間にもゲットー内のユダヤ人はどこかに消えていき、中は空になっていった。ゲットーに
入ってから二年が過ぎた一九四三年の十月、アレクサンダーは工場にいたところ、突然、

「今から中庭に集まれ」

と命じられ、何人ものユダヤ人と共に、外に整列させられた。

（いよいよか）

アレクサンダーは自分の死が迫っていることを痛感し、胸が張り裂けそうだった。周りには
自分と同じドイツ系ユダヤ人と思われる顔も見えるし、ロシア人の顔も見える。工場長から、

「今から駅に移動する。荷物は二十五キログラムは持って来て良い」

と言い渡された時は、

（まだ殺されるわけではないのか）

そう思い、落ち着いた気分に少しだけなった。数百人の人々が一斉に駅に向かって移動する

ことになった。荷物といっても、アレクサンダーにはこれといって沢山あるわけではないので、日持ちするような食べ物を鞄に詰め込んだ。駅に着くと、警察のような身なりをした人がいて、

「乗れ、早く乗るんだ！」

列車の前で、怒鳴り続けていた。何も悪いことをしていないのに、殴られているユダヤ人もいた。アレクサンダーは強引に押し込められる前に、素早く車両に飛び乗った。外観も汚らしい列車であったが（後で聞いた話では家畜用運搬車だった）、車内もまた酷いものだった。椅子など何もない。床にはただ板が敷かれ、車内の真ん中には、大きな空のブリキ缶と、水の入った小さな缶があるだけであった。車内は狭いのに、何十人もの人間がどんどん乗ってくる。これでは足を伸ばして寝ることなど不可能だ。座るのが精一杯である。車内には小さな窓が四つ付いていたが、そこには有刺鉄線が付けられて、逃げられないようになっていた。窓から顔を出して、新鮮な空気を吸うこともできない。出入口は閉められ、列車は走り出した。

その頃、ミンスク・ゲットーでは、ソ連兵の捕虜たちが、穴を掘り返す作業に従事していた。大量虐殺の痕跡を消すために、死体を掘り起こし、焼却するのである。地面は死体が腐敗し、陥没していたため、どこを掘り起こすかは容易に見分けがついたという。

＊

列車が走り出した時、隣に座っていた中年の男性が、

「これからどこに行くのか分からないが、またどこかで働くことになるのだろう」

独り言のように呟いた。確かに駅でも警察官と思われる人が、

「あっちへ行ったら、また働いてもらうことになる」

と言っているのを聞いた。アレクサンダーも、心の中で、その男性と同じことを思った。

列車は何日も走り続ける。車内は沈黙が支配していた。家族で一緒に乗っている人もいるのだろうが、時折、ひしひそ話と咳き込む音が聞こえるだけで、後はシーンと静まり返っている。

列車に置いてあるブリキ缶は一体、何だろうと思っていたが、皆、そこで用を足すのだった。

二日もすると、缶は一杯になり、小便や大便が溢れ出てきた。その時の悪臭といったら、例えようもないほど、凄まじいものであった。

二日経ったところで、列車は一度停まった。ドアは開けられて、監視人と思われる人間が中を覗き込み、

「ブリキ缶の中のものを捨てろ」

と命令する。列車内の人達の中でも、年少のほうだったアレクサンダーは、さっと立つと、ブリキ缶を手に持ち、外に出て、汚物を草原に捨てた。外には、兵士が十五メートル間隔で

立っており、辺りを見回している。車両の扉は、十五分ほど開放されていたが、それでも車内の悪臭が消え去ることはなかった。残飯と排泄物が入り交じった臭いをこれからも嗅ぐのかと思うと、気持ちが一段と滅入りそうだった。

列車はまた走り始めた。幾日か経った頃、思いつめたような顔をしていた若い男が突然、立ち上がると、窓のほうに歩み寄り、有刺鉄線を外すことを試みる。血に塗れながら、作業を終えた男は、小さな窓から顔を出し、左右を見回すと、さっと飛び降りた。その男がどうなったのか、誰も知らない。頭を地面に打ち付けて死んだか、監視人にすぐに発見されて銃殺されたか、夜の闇に紛れて消えたのか。

持参した食料が尽きてきて、人々の顔には不安の色が見え始めた。

「もう終わりだ、俺たちはここで飢えて死ぬんだ」

青い顔をして、震える男に対し、アレクサンダーは、

「大丈夫ですよ、もうすぐ列車は目的地に着きます」

そう力強く言って、励ますのだった。列車は西に向かって走っているようだった。列車が止まり、扉が開けられた際に、現地人と思われる老人がそっと寄ってきたのだが、彼はポーランド語を話していた。アレクサンダーが、

「ここはどこ？」

と聞いても、その男はそれには答えずに、おかしな仕草をした。喉に手を当てて、首を絞める格好をしてみたり、片手を首に当ててそれを切る仕草をしてみたり。アレクサンダーは不思議に思ったものの、深くその意味を考えもしなかった。しかし、後から考えるとそれは不吉なジェスチャーだったのだ。

（お前たちは全員死ぬぞ）

という。

アレクサンダーらが乗る列車が行き着いたのは、ポーランド南部のオシフィエンチム（ドイツ語名アウシュヴィッツ）の強制収容所であった。

*

列車は移動中は一度も汽笛を鳴らさなかったが、アウシュヴィッツに到着した時だけは、汽笛が鳴り響き、ガシャンと隣の人に顔がぶつかるほどの急ブレーキだったので、アレクサンダーは、

（目的地に着いたのか）

と、すぐに感得したものだった。列車が停まり、扉が開かれると聞こえてきたのは、怒声と

叫び声だった。

「降りろ、降りろ。全員下車だ！」

「皆、外へ出るんだ。荷物は置いていけ！」

中から暗い外を見ると、青い腕章を付けた男たちや、鞭を持っている者、黒い制服や緑の制服を着た者の姿が見えた。人間ばかりではない。シェパードの、耳をつんざく吠え声が辺りに響き渡る。アレクサンダーが列車を降りた時、一人のドイツ人が背後から迫ってきて、棍棒のようなもので、首を殴りつけた。

アレクサンダーは、首を庇う格好をしたが、ドイツ人はなおも棍棒を振り上げるので、アレクサンダーは、すぐさま走って、列の中に紛れ込んだ。後ろから見ると、そのドイツ人は、老人であろうが、子供であろうが、足が不自由な者であろうが、見境なく殴打していた。列車を降りたら、二つの列が作られているのが、すぐに分かった。ドイツ兵が鞭と怒声、そして手で指図して、人々を選別していたのだ。

「男はこっち、女はあっちだ！」

その命令に背く者は誰もおらず、皆、言われた通りに前に進むのだった。男だけの列に並ぶと、今度はまた前方にドイツ軍の将校のような人がいて、人差し指で何やら合図している。その側では、音楽隊、合唱団のような男女がいて、音楽を演奏し、歌をうたっていた。それを見て、ホッと胸をなでおろしたような顔をした人々が何人もいた。

アレクサンダーが、細身の身だしなみの良い将校の前に出た時、その将校は右に行くように手で合図した。ほんの一瞬であった。その後、アレクサンダーが後ろを振り返ると、将校は、連続して左に行けとの合図を人々に出していた。そう言われた人は、老人か病弱そうな身体の人であった。

アレクサンダーらは、それから暫く歩かされた。正門と思われる場所に着いた時、その門の上には「アルバイト・マハト・フライ」(働けば自由になる)との文字が掲げられていた。有刺鉄線の側の掲示板には「電流に注意、死の危険」と記されている。二つの建物の間の空間で四列で、長時間待たされた後に、将校がやって来た。その男は、

「全員、ビルケナウ」

と命令を下すと、そのまま去っていった。濃い霧が立ち込める暗い夜道を、アレクサンダーらはひたすら歩いた。歩いている途中には線路や、明かりが点いた小屋が見えた。アレクサンダーがその夜に辿りついたのは、レンガ作りの大きな建物であった。その建物に入ると、すぐに、

「服を脱げ。二分以内にだ。全てをその場においていけ。眼鏡も靴もベルトも何もかもだ」

と言われ、アレクサンダーは急いで全裸になった。次の部屋に通されると、そこには「理髪

師」がいて、身体中の毛という毛を剃られた。そして、その後に導かれたのは、シャワー室であった。若いドイツ人が蛇口を捻ると、管から出てきたのは、熱湯だった。

（熱っ）

アレクサンダーのみならず、そこに居た多くの者がそう感じた。すると、暫くして出てきたのは、冷水であった。今度は身体が冷えて、皆は震えることになる。アレクサンダーが薄っすら目を開けて、若いドイツ人を見たら、意地悪そうな顔をして、人々が慌てふためくのを楽しんでいるように思えた。

シャワーが終わると、長いテーブルがある部屋に連れて行かれ、そこではまず腕を差し出すことになる。すると、尖った万年筆のようなもので、肌を刺されるのだ。血とインクが混じり、何が書いてあるか、さっぱり分からなかったが、後で手で拭いてみると「１９２１２１」という番号が浮き出てきた。

「これからは、それがお前の名前だ」

アレクサンダーの腕に刺青した男が呟く。番号が刻印されると、衣服が支給された。縞模様の上着一枚とズボン一本、ブリーフ一枚に靴下と靴、どれも全くサイズが合わずに、ダボダボであった。上着には丸い穴が開いていた。

いったん外に出ると、次は小屋に連れて行かれた。そこには木製の三段ベッドがズラリと並

んでいた。この狭い「簡易ベッド」のような所で、

「五人寝ろ」

とポーランド人の看守(カポ)がやって来て言った。夜の十一時頃に、夕食が支給される。夕食といっても、三百グラムのパンに、二十五グラムのソーセージ。これではとても空腹を満たすことはできない。しかし、アレクサンダーは、パンにむしゃぶりついた。あっという間に食べ物はなくなってしまう。すぐに寝ることになるのだが、氷のような風が吹き込んできて、疲れているのに、なかなか寝付けない。隣に寝ていた年の頃、三十過ぎの男性もそのようで、小声で話しかけてきた。

「君は、今日、ここに着いたのか」

アレクサンダーが、

「はい、そうです。アレクサンダーと言います」

と自己紹介すると、男は、

「私の名はスルリックだ。半年ほどここにいる」

と言った。アレクサンダーは、今日目撃したことで気になったことを思い切って聞いてみた。

「僕は今日、列車を降りた後で、右の方に行かされたんですが、左の方向に行った人達は、どこに行ったんでしょうか。別の部屋で寝ているんですか。年老いた人が多かったようですし」

言葉を聞き終わると、スルリックは突然、手を窓の方に向けて静かに言った。

「その人達は、あそこにいるよ」

「あそこってどこですか」

アレクサンダーは窓の外を見上げた。

「煙突が見えるだろう、あそこだ」

目を凝らすと、数百メートル離れたところに煙突が立っているのが見えた。煙突からは、真っ黒な煙が立ち昇り、ポーランドの空に消えていく。

「左に進んだ人達は、あそこから、天に昇っていっている所だ」

スルリックはそれだけ言うと、顔を反対側に向けて眠りについた。アレクサンダーは、スルリックが何を言っているのか、最初は理解できなかったが、暫くして疑問は氷解し、カタカタと身を震わせた。

（もう少しで、僕も死ぬところだったんだ）

そう思うと、目が冴えて、その夜は一睡もできなかった。朝五時半になると、鐘がなった。起床の鐘だ。

細長い洗面台に行き、皆が一斉に顔を洗う。蛇口からは、ほんの僅かな水しか出なかった。そして用便を済ませて、寝床を綺麗に片付ける。アレクサンダーは、見よう見まねで、何とかび出す。

それらをこなした。その時、堂舎の鐘が再び鳴った。その途端、建物の人間が一目散に外に飛
「さぁ、出ろ、早く出ろ！」

ポーランド人の看守が現れて、手当たり次第に囚人の頬を叩く。一体、何のためにそんなことをするのか、アレクサンダーにはさっぱり分からない。単なるストレス解消であろうか、生まれながらの暴力気質なのか。アレクサンダーは殴られないように、身を屈めて外に出ようとしたが、一発ビンタを食らってしまう。

バラックの前で五列に整列した人々は、直立不動で待機。驚いたのは、囚人が死体を建物の中から運び出してきたことだ。昨夜のうちに死んだのだ。外は雨が降っていた。冷たい雨だ。傘などもちろんない。

ポーランド人の看守の背後に、黒い制服を着た親衛隊員が現れた。看守が言う。

「点呼だ」

最終的にはブロック長が、労働可能な囚人と、建物に残っている病人と、死亡者の数を看守に報告する。

親衛隊員は、書類を持ち、報告された数が合っているかチェックをしている。

「生きている者の人数が合わんではないか」

親衛隊員が、じろりと冷徹な眼をして言ったものだから、ブロック長の男は青ざめた。数人の男たちが、急いで建物の中に戻り、生者を探す。その間、アレクサンダーたちは、ずぶ濡れになりながら、立って待つことになる。一時間以上経ってやっと、

「190011番が今朝、発熱して寝ておりました」

ブロック長が看守に知らせて、やっと点呼は終了。朝食となる。朝食には、薄気味悪い色をしたスープのようなものが出てきた。アレクサンダーは一口飲んで、吐き出しそうになる。

（苦い）

周りの者はそれを「紅茶」または「コーヒー」といって飲んでいたが、紅茶とはとても思えない。後で聞くと、薬草の絞り湯を飲まされていたのだ。咳き込むアレクサンダーを見て、スルリックが笑っている。

「最初は皆、そうなる。すぐに慣れるさ」

（こんな不味いもの、よく飲めるな）

アレクサンダーは、感心してスルリックを見た。笛がなった。スルリックは、

「さぁ、労働だ」

気合を入れて、立ち上がる。アレクサンダーも後に続いた。囚人のオーケストラが行進曲を奏でるなかを、労働班が収容所を出ていく。アレクサンダーらは、そこから何キロも歩いた。

靴は粗末な木靴で大きさも合わないので、すぐに足は血で染まった。苦痛に顔を歪めてアレクサンダーは歩く。止まれば殺されるかもしれない、そういう恐怖心もあった。オドオドしながら辺りを見回すと、砂利の採取場や石切り場、または農場が散見された。アレクサンダーらが連れて行かれたのは、建設現場だった。そこで、石を砕き、穴を掘り、道をならすといった重労働を長時間させられた。

昼食の時間はあったが、またもやスープで、そこには腐った臭いがする蕪が浮いていた。これだけでは、とても体力は回復しそうにない。それでも労働は終わることなく、暗くなるまで続いた。泥に塗れた、汚らしい格好で夜は建物に戻ることになる。作業中に死んだ者は、生きている者が引きずっていく。建物前に着くと、また点呼で、死者の数が報告された。

夕食にはパンが出たが、カビが付着しており、食べるのに勇気が必要だった。でも、これを食べないと、後はソーセージ一本だけで、とても持ちそうにない。アレクサンダーは目を瞑って、パンに噛みついた。就寝時間は二十一時だが、それを待つまでもなく、アレクサンダーは既にぐったりとしていた。

どれくらい寝たのだろうか、暗闇の中で、ガサゴソ音が聞こえたことで、アレクサンダーは目を覚ます。横を見ると、スルリックは目を開けていて、アレクサンダーの方を見て言った。

「今夜もまた誰かが電線に行ったんだ」

「電線？」

「そうだ、有刺鉄線に身を投げて死ぬことをここではそう言うんだ」

収容所での生活に絶望し、高圧電流が流れる鉄線に身を投げて死ぬ、そうした囚人が後を絶たないとのことだった。スルリックによると、脱走を試みる者もいるようだが、殆どの者が一日か二日して捕縛されるという。生きて捕まった者は、囚人の見ている前で縛り首にされるそうだ。

「まぁ、変な気は起こさないことだな」

達観したようにスルリックは言い、目を閉じた。

それからも毎日毎日同じ日々の繰り返しだった。不味い飯、重労働、何時間もかかる点呼。いや、同じ日々の繰り返しというのは語弊があった。その間にも様々なことが起きていた。足はむくみ、身体は寄生虫に噛まれて痒くてたまらない、建物の中は悪臭が増し、朝起きると誰かが必ず死んでいた。そして相変わらず、煙突からは煙がひっきりなしに吐き出されている。

*

ある日の夜、ドイツ人将校がアレクサンダーのいる建物にやって来た。後ろには、暴力的なポーランド人の看守が控えている。アレクサンダーは、この看守に、今朝も何もしていないのに殴られた。看守の顔が見えただけで、アレクサンダーは顔をしかめる。

ドイツ人将校は、看守に顎で何か指図すると、看守は腰を屈め、へつらいの微笑を浮かべた。しかし、くるりと向きを変えて、こちらにやってきた時にはその顔は、むすっとしたいつもの嫌な顔に変化していた。

「お前たち、外に出ろ」

建物にいる連中は、朝夕の点呼の時のように、外に整列させられた。

(何だろう。点呼はもうしたのに)

不思議に思いつつも、アレクサンダーは、スルリックと共に、薄暗い部屋から出た。アレクサンダーたちが、寒空のなか、整列すると、将校と看守が、囚人一人一人に何か質問している。どうやら、以前は何の仕事をしていたか言わなければならないようだ。

看守がスルリックの前に来た。

「かつて何の仕事をしていた」

「理髪師です」

感情を押し殺したような声で、スルリックは言った。スルリックは一歩前に立たされる。続いて、アレクサンダーの前に来て、同じ質問をする。

「肉体労働をしていました。工場勤務です」

アレクサンダーは、ミンスクでの「仕事」を正直に答えた。アレクサンダーも一歩前に立たされた。看守らは、同じ問いを他の者にも繰り返していった。

「歯医者をしていました」

と答えている人もいた。そして一歩前に立った連中は、翌朝九時に同じ場所に集まるように伝達される。アレクサンダーは、一体何だろうと不安になった。

（まさか、左側に行った人達のように殺される）

想像が頭の中に広がって、その夜はなかなか寝付けなかった。横を見ると、スルリックはスースーと寝息をたてていた。

翌朝九時、一歩前に立った七十名ほどの人間は、建物から歩かされて、二列の小屋の前に立たされる。それから小屋の中に入ると、一人の囚人が立って一同を迎える。その囚人はなぜか、アレクサンダーの前につかつかと歩み寄ると、

「おい、腹は減っていないか」

笑顔で語りかけてきた。心からの笑顔というものを収容所に来てから見たことがなかったので、アレクサンダーは、どぎまぎしながら、

「はい、減っています」

心の底から言った。その囚人は別の部屋に消えていくと、暫くしてまた戻ってきた。大きな白パンの塊とジャムを持って。アレクサンダーは、涙ぐみながら礼を言って、食料を受け取った。囚人は他の者にもパンを配っていた。

（それにしても……）

とアレクサンダーは疑問に思った。なぜここには、こんなに沢山の食べ物があるのだろう、どうして我々は食べ物を貰えるのだろうと。食料をくれた囚人がアレクサンダーのもとに再びやってきて、

「今回、配属された部隊の名前を知っているか」

と聞いてきた。アレクサンダーは何も知らなかったので、

「知りません」

というと、その囚人は、

「特殊任務部隊だ」

はっきりした口調で言った。

「特殊任務部隊って何ですか」

異様な名前にびっくりして、アレクサンダーは聞き返す。

「特別な部隊だ」

囚人が答えると、

「特別部隊って何をするんですか」

全く訳が分からないという顔で、アレクサンダーが質問する。

「焼却棟で働く部隊。焼却棟、つまり皆が焼かれるところだ」

囚人は丁寧に答えたつもりでいるのだろうが、それでもアレクサンダーにはよく理解できなかった。囚人はアレクサンダーの思考を通り越して、ひとりで話し出した。

「特殊任務部隊の人員は、定期的に選別される。そして他の場所に移送される。それは、そうだな、ほぼ三ヶ月くらいだ」

男の囚人はそう言うと、くるりと向きを変えて、別の部屋に消えていった。アレクサンダーがその男の囚人を見ることは二度となかった。

特殊任務部隊の小屋も、レンガの壁があり、有刺鉄線で囲まれていた。その日から、アレクサンダーらは、焼却棟の中にある共同寝室で寝ることになった。それはともかく、その日は、建物の周りに生えている草を採ることを命じられた。翌日も同じだった。

（これが、特殊任務？）

アレクサンダーは、仰々しい部隊名には似つかわしくない作業に拍子抜けする。三日目に、看守の指示で、地下に連れて行かれた。その地下室には、色とりどりの服が乱雑に放置されていた。

「これらをシャツを使って、小さく包め」

と命令されたので、黙々と作業をする。包み終わると、上階に持っていく、その繰り返しであった。夕方になると、看守から、

「集合」

の声がかけられた。

(今日の仕事もこれで終わりか)

アレクサンダーはホッと一息つくが、看守は整列して行進することを命じた。

(どこに行くのだろう)

薄暗い小路を歩きながら、アレクサンダーは常にそう考えていた。アレクサンダーらは、茅葺屋根の農家の前に連れて来られたのだが、その家の前に来た時には、中から、人間の声のざわめきが聞こえてきた。アレクサンダーが気になって、こっそり中を覗くと、若い男女や子供が裸でぎっしりと詰まっていた。人々の顔には明らかに不安の色が見える。一人の子供がチラリとアレクサンダーの方を向いた。アレクサンダーは、自分が収容所に来た日のことを思い出した。

暫くすると、赤十字の印をつけたトラックが家の前に到着し、トラックからはすらりと背の

高いドイツ人が出てくる。そのドイツ人は、脚立を使い、家の壁の上にある小さな穴のようなところに近付くと、持っていた箱の蓋を開けて、その中身を穴に注ぎ込み、作業が終わると、蓋を閉めて帰って行った。

ドイツ人が何かを穴に注ぎ込んだ直後から、今まで聞いたことがないような、叫び声と泣き声がアレクサンダーらの居る場所まで伝わってきた。声は時間が経つにつれて大きくなるばかりだった。その声は十五分か二十分ほど続き、それからぴたりとやんだ。アレクサンダーの身体は、硬直していた。何が行われたのか、想像がつかないが、とにかく恐ろしいことが、この家の中で起ったことは現実のようだ。前方には、スルリックがいたが、さすがの彼も身体を固くしている。

「家の裏に行け」

身体の硬直を解くかのように、誰かの声が響いた。家の裏に行くと、そこには穴があった。穴の中からは炎が燃え上がっている。

「この家から死体を引っ張り出して、この穴の前に置け」

そう命じられた時、アレクサンダーは自分たちの任務を悟った。

(これが特殊任務なのか)

しかし、ゆっくりと考える暇などなく、すぐに作業に従事させられる。アレクサンダーが家の中に入ると、白い色の部屋の中で、多くの人間が倒れて息絶えていた。アレクサンダーは頭が真っ白になった。

(僕がさっき見た人たちなのだろうか)

足が震えるので、アレクサンダーは両膝を押さえた。後ろから、

「さぁ、早くやるぞ」

小声が聞こえた。スルリックの声だった。アレクサンダーとスルリックは、二人で死体の手と足を掴んだ。老人の死体だったが、なぜか両目が飛び出たまま死んでいた。アレクサンダーは死体の手を掴んだが、つるりと滑って、うまく掴むことができなかった。二三度やってみて、やっとしっかりと掴むことができた。

家の外に出て、死体を穴の前に置いた。墓穴の前には、ドイツ人や看守がいて、

「さぁ、仕事だ。ユダヤの犬どもめ!」

と怒鳴り散らしていた。少しでも、ミスをしたり、余りのことに茫然自失している囚人がいると、

「おい、忌々しいユダヤ人、仕事をしろ、ユダヤの犬め、動け、働け!」

罵声を浴びせる。罵声ばかりでなく、容赦なく鞭も振るわれた。ドイツ人の機嫌が悪い時などは、彼は拳銃をベルトから取り出して、ミスをした囚人にぶっ放した。

アレクサンダーは、恐怖に駆られて、家の中に戻り「任務」を遂行する。実に様々な死体があった。全身が青くなっているもの、身体中から出血しているもの、排泄物に塗れているもの、絡みついた人々、女性や子供……もがき苦しんで死んだことが、皆、一目瞭然だった。アレクサンダーが、頭上を見ると、シャワーの握りがあった。自分がここに来た時に見たものと同じだった。アレクサンダーたちは、それから二十四時間、ぶっ通しで働いた。任務が終わると、皆、泥のように小屋で眠った。

＊

列車がアウシュヴィッツに到着すると、選別された人々は、焼却棟の正門から「家」の中に入り、地下への階段を下りていった。家の中に入るのにも行列ができて、スムーズにはいかなかった。脱衣室には、壁沿いに、番号が付けられた洋服掛けと、木の板があり、そこで、皆、服を脱いだ。

「自分の服がどこにあるか、よく覚えておけ。番号を覚えておくんだ」

黒服を着たドイツ人が、人々の群れに向かって言う。

「靴を一足ごと紐で縛っておけ」

とも言っていた。

「今から消毒をする。消毒が終われば、食事が与えられる」

服を脱ぐ人々に畳みかけるように、親衛隊員は言った。この親衛隊員の言葉を、特殊任務部隊の者が代わりに言うこともあった。女性や子供がシャワー室の中に急いで入っていった。続いて、男たちが中に入った。部屋はどんどん人で一杯になっていく。ドイツ人は、棍棒や小銃で人々を威嚇しながら、強引に部屋に押し込む。部屋の中から悲鳴が聞こえる。身体が弱い者などは、圧迫されて窒息死するのではないかと思うほどだ。しかし、そんなことにはお構いないしに、ギィーという音を立てて、扉は閉められた。

ドイツ人が部屋の照明を消すと、部屋の中から悲鳴や怒鳴り声が洩れてきた。しかし、そのドイツ人が再び明かりを点けると、その声は少し静かになった。アレクサンダーには、そのドイツ人がなぜそんなことをするのか、皆目分からなかった。後で、スルリックにその話をすると、

「死に行く人を、最後に怖がらせて楽しんでいるんじゃないか」

心底軽蔑する声音で言っていたが、アレクサンダーには本当にそうなのか分からなかった。そんな事をする人間がいるのが信じられなかったからだ。

そうこうするうちに、アレクサンダーが以前見たように、家の前に赤十字の印を付けた車が

停まる。そしてその車から、金属缶が運び出されるのだ。缶の中には、青緑色をした毒物の結晶(チクロンB、殺虫剤として使われていた)が入っていた。親衛隊員が、家の小窓から、それを室内に注ぎ込む。隊員は、家についている覗き窓から、中の様子を窺うこともあった。

室内からは、叫び声や扉を叩く音、泣き声、呻き声、ありとあらゆる音が聞こえてきた。次第に人々が咳き込む声が聞こえてきて、それは喘ぎ声に変わっていった。人々は、少しでも空気を吸おうと、他人の身体によじ登って、天井に近付こうとした。しかし、それらの人々が新鮮な空気を吸うことはなかった。二十分ほどして、室内が静かになると、ドイツ人はのぞき窓から中を見て、状況を確認。その後、戸を開けて、扇風機を回す。アレクサンダーたちは、その扇風機の音を二十分ほど聞くことになる。そしてその後に、特殊任務部隊の仕事がまた始まるのだ。

ガス室に入ると、異様な臭いがすぐに漂ってきた。それがガスの臭いなのか、人間が垂れ流した糞便なのか、アレクサンダーには分からない。アレクサンダーたちは、ハサミで、死んだ女性の髪の毛を切ったり、人間から金歯を取る作業をした後に、死体を一階にある焼却炉に運ぶ。炉の前では、三人の男が、受け取った死体を中に入れる仕事をしていた。ガス室は、血や排泄物で濡れて滑りやすくなっていたので、アレクサンダーも危うく転びそうになることもあった。その時、小さなクッションのようなものが置いてあったので、何だろうと、そのクッションを解くと、中から赤ん坊が出てきた。しかも、小さく息をしている。

(生きている)

アレクサンダーはどうしようと思って、スルリックに声掛けすると、

「やはり、一階に報せたほうが良いだろう」

ということになって、二人でその赤ん坊を地上に運んで行った。穴の前には、いつものように、親衛隊員が仁王立ちしている。アレクサンダーたちは、恐る恐る隊員に近付くと、

「赤ん坊が生きていました」

と報告した。親衛隊員は、その赤ん坊を受け取ると、無言のまま地面に置いた。そして顔色も変えず、赤ん坊の喉を踏みつけると、火のついた穴の中に放り込んでしまう。アレクサンダーとスルリックもまた無言で、ガス室の中に引き返していくのだった。

*

アレクサンダーはつくづく、ここで働くのが嫌になった。それに、特殊任務部隊の小屋に最初に来た時に言われた「特殊任務部隊の人員は、定期的に選別される。そして他の場所に移送される。それは、そうだな、ほぼ三ヶ月くらいだ」という言葉も気にかかっていた。要は、

（虐殺の秘密を知っている僕たちは三ヶ月経てば、消される）

　ということではないのか。日が経つうちに、同じ部隊の人間がポツリポツリと消えてしまうことも、アレクサンダーの不安に拍車をかけた。

（きっと他の任務に回されたんだ）

　そう思い込んで、高鳴る胸の鼓動を抑えようとしたこともある。その不安は、スルリックも感じているようで、先日から、

「さぁ、準備をしておけよ」

　と頻りに言うようになった。

（準備、死ぬ準備ということか）

　アレクサンダーは最初そう思ったが、スルリックが、準備をしておけよという言葉の後に、

「我々はこの場所を出るためにあることをしよう」

　と小声で付け加えるのを聞いて、どうやら違うようだと感じた。

（この場所を出る。脱出！　でもどうやって）

　アレクサンダーの心に不安と期待が交叉する。それから暫く経ったある日には、スルリックから、

「明日の夕方六時だ」

という暗号めいた言葉を聞かされる。

（明日の夕方に決行ということか）

アレクサンダーの手に汗が滲む。しかし、翌日に起こったことは、アレクサンダーの予想を遥かに超えていた。夕方になると、囚人たちには、シャベルや、つるはし、それに手作りの手榴弾が配られ始めた。それを見て、アレクサンダーはぎょっとする。

（これは、逃亡ではなく、反乱ではないのか）

と。横を見ると、スルリックが真剣な顔で、シャベルを握りしめていた。アレクサンダーは、外に出て、焼却棟に向かった。そして中に入ろうとした時に、別の焼却棟から火があがり始めた。

（誰かが火を点けたんだ）

そう思った時に、あちこちから銃声が聞こえだした。手榴弾が炸裂する音も響いてくる。車庫や倉庫からも火の手があがっている。銃弾をかいくぐり、収容所の外に出ようとする囚人もいた。

「皆、逃げるんだ」

叫び声が聞こえた。しかし、その声が聞こえた方向には、既にドイツ軍がいて、銃を乱射し、囚人を撃ち殺していた。その方角に、スルリックの姿もあった。

スルリックはドイツ軍に対し、シャベルを振り上げて、立ち向かおうとしているが、当然、敵うはずもなく、あっという間に銃撃されて、その場に倒れ込んだ。アレクサンダーは、その様子をただ見ているしかなかった。不思議とその時は、涙は出なかった。アレクサンダーは、呆然と立ち尽くしていた。後で聞いた話では、親衛隊や看守にも被害は出たようで、斧で惨殺されたり、あるいは生きたまま焼却炉に入れられて燃やされたようだ。

反乱や逃亡に参加して、死んだ者もいれば、生きてまた普段の仕事に従事する者もいた。ドイツ軍はそれら全ての人間を殺したわけではなかった。もちろん、アレクサンダーにも「日常」がすぐに戻ってきた。

*

一年以上もこの仕事をすると慣れてくるものだ。アレクサンダーはそう思った。いや、慣らされているのではとも感じた。どちらにしても、仕事をしなければ自分も殺されるのだ。やり続けるしかなかった。しかし、一年以上経ったある日、どうも収容所の中が、ソワソワして、慌ただしい気配に包まれた。バラック棟の狭間から、次々と炎の煙が立ち昇るようになった。そこには、必ず親衛隊員がいて、書類を大急ぎで火の中に放り投げている。それとともに、

「今から移動する」

との隊員の声が囚人にかけられていた。集められた何万という囚人が、点呼もなしに、どこかへと連れ去られた。アウシュヴィッツで点呼がなかったのは、アレクサンダーが来てから、これが初めてだった。アレクサンダーは、集合する人々を尻目に、ふらふらと建物の中に入った。後で聞いた話では、それらの人は、吹雪が吹きすさぶ中を歩かされ、途中で衰弱して死ぬか、ドイツ軍によって機関銃で殺害されたという。そこには、血まみれの死体が山のように積み重なっていたそうだ。

ドイツ人の姿は、いつの間にか、収容所から見えなくなっていた。食料も殆どない中で、アレクサンダーの身体も細り、衰弱していた。一日中、収容所のベッドに横たわっていたこともあった。かつてのように、動く気力もなかった。

(このまま放置されて、ここで死ぬんだろうか……)

そんなことばかり考えていた。雪は降り積もる一方だった。もう今が、何年の何月何日かも分からない。

絶望がアレクサンダーを覆った時、見知らぬ兵士たちが、ガヤガヤと、収容所の中に入ってきた。

(誰だ、僕たちは殺されるのか)

アレクサンダーは、嫌な予感しかしなかったが、その兵士たちは、囚人たちに対して、

「お前たちは解放されたんだ」

「安心しろ」

肩を叩いて言う。どうやら、ソ連軍の兵士のようだった。ドイツ軍は、ソ連軍に追われて逃げて行った、そしてそれと入れ替わるように、ソ連軍が入場してきた。ポーランドまで、ソ連軍がやってきた、つまり、ヒトラーのドイツは敗色濃厚ということではないか。そして、僕は生き残った。アレクサンダーは、よろよろと片手をあげて、心の中で力強く言った。

（父さん、母さん、僕は生きたよ。生き延びたよ。僕は、ヒトラーやヒムラーに勝ったんだ。ヒトラーに勝ったんだ）

アレクサンダーの瞳に、生気が蘇ってきていた。アウシュヴィッツの解放は、一九四五年一月二十七日のことである。

最終章

破滅——エヴァ・ブラウン

一九四五年四月二十三日、ソ連軍はドイツ第三帝国の首都ベルリンに突入した。独ソ戦は最初こそ、ドイツ軍の勝利で進んだが、冬将軍の到来によって部隊は思うように進軍できず、次第に赤軍が盛り返してきて、防戦一方となっていた。一九四一年十二月には、同盟国の日本がアメリカを攻撃したために、ドイツはアメリカに宣戦布告する。しかし、四三年には、イタリアのムッソリーニが失脚、同国は連合国に早々と降伏してしまう。

四四年六月には、北フランスのノルマンディーに連合軍が上陸、激戦の末についにドイツ軍に壊滅的損害を与えた。八月末にパリを解放した連合軍は、ドイツ目指して進撃を続け、九月にはドイツ国境に達する。アルデンヌの反撃作戦により、一時、米軍に大きな被害を与えるものの、燃料不足や空爆によって、ドイツ軍は押し戻されていった。

東では、ソ連軍が大反撃を開始し、四五年一月にはポーランドの首都ワルシャワを占領、四月十三日にはオーストリアのウィーンが占領される。ベルリン陥落も、最早、時間の問題であった。

*

首相官邸の敷地内には「地下要塞」があった。首相に任命された一九三三年には、ヒトラーは既に待避施設として使用できる地下室を増築することを命じている。

それ以来、増築に増築を重ねて、地下には九十以上のコンクリート部屋が作られ、食堂・談話室・寝室・台所・使用人の部屋などが設けられることになった。深さは十五メートル、コンクリートの天井厚は四メートルはあったという。部屋に家具は殆どなかったが、ヒトラーの私室だけは例外で、フリードリヒ大王の肖像画などの絵画や革張りの椅子、ソファーが置かれていた。その隣は会議室になっており、軍事会議が開催された。

天井には裸電球が取り付けられ、人々の顔を照らすが、どことなく、陰鬱な気分になる冷たい光であった。ディーゼル機器の排煙と、人間の体臭が混じり合い、悪臭が地下室には充満していた。ゲッベルスなどは、この地下室の雰囲気を嫌い、できるだけここには来たくないと漏らすほどだった。

一九四五年三月からのモグラのような生活の日々は、ヒトラーの身体にも悪影響を与えた。四四年の爆発物による暗殺未遂事件の後から、ヒトラーの人間不信は強まり、心身の状態は悪化していたが、ここにきて更に、末期的症状を呈するようになった。肌はたるみ、顔はどす黒くなり、目は充血し、腰は老人のように曲がっていた。歩く時は、両足を引きずりながら、はぁはぁ言いつつ、歩を進める。

大好物のケーキを食べる時も、左手がブルブルと震えるため、食べかすがボロボロと落ちた。

服に食べかすがつき、それがシミになって残っていることもあった。綺麗好きのヒトラーからしたら、考えられないことであった。

四月十三日、ゲッベルスからヒトラーに電話があった。

「総統、おめでとうございます。四月は、我々に転機をもたらすだろうと占星術に出ております。今日がその金曜日、四月十三日です。米国大統領ルーズベルトが死去しました」

暫く間があってから、ヒトラーは少し活力を取り戻したように呟いた。

「そうか。ルーズベルトは死んだか。この戦争、まだ負けてはいない。敵側諸国の野合は何れ崩れ去るだろう。イギリスもアメリカも、何れはこの私を東方の蛮族に対抗するための先鋒として認めるだろう。私はこの事をもう何年も前から繰り返し言ってきた。ルーズベルトの死は連合国の方向転換を告げる合図だ」

連合軍の仲間割れを期待して、喜んで電話を切ったヒトラーは、ケーキをおかわりした。しかし、ルーズベルト大統領の死は、戦局に何ら影響を与えなかった。

四月二十日、砲火の轟きが聞こえるなか、ヒトラーは五十六歳の誕生日を迎える。ゲーリング、ゲッベルス、ヒムラー、ボルマン、シュペーア、リッベントロップといった高官が続々とお祝いに駆けつける。祝賀会場は、首相官邸の一室で行うことになったが、すでにそこも連合軍の爆撃によって、大きな損傷を受けていた。絵画や家具も取り外され、寒々しい雰囲気であった。しかし、その雰囲気を少しでも良くしようと、高官たちは手を差し出し、明るく祝いの言葉を述べる。

「総統、おめでとうございます」

ヒトラーは一人一人と握手をし、

「ありがとう」

と言って回った。ゲーリングなどは、

「総統、間もなくベルリンの街は包囲されます。ベルヒテスガーデンに避難されては如何か。今ならまだ間に合います」

と自身が既に避難している山荘への退去を勧めたが、ヒトラーは、

「いや、待ってみたいのだ。留まりたいのだ」

と主張し、首を縦に振らない。ヒトラーの傍らには、青銀色の服をまとったエヴァがいた。これまで、エヴァは愛人という立場もあり、山荘に海外からの賓客が来たとしても、ずっと自分の部屋に引きこもっていなければならなかった、言わば籠の中の鳥であった。それがこうして、晴の舞台に出席することができるとあって、笑みをたたえていた。もちろん、内心では死の不安というものもあっただろうが。

エヴァは、首相官邸からの地下壕への帰途、二階にあった自分の部屋に立ち寄った。部屋の

中央には、大きな丸いテーブルが置かれ、その上には蓄音機とレコード盤が一枚あった。エヴァはレコードをかけてみた。陽気な音楽が、部屋に鳴り響く。それに釣られて、他の者もエヴァの部屋に入ってきた。ボルマン、医師のモレルまでが顔を出し、スタッフたちと愉快にダンスをする。誰かがシャンパンを持ってきた。

「乾杯！」

グラスの音が鳴る。エヴァはボルマンの陰険さが嫌いであったが、この日ばかりは、楽しくダンスをした。砲弾の音で、一瞬、静まり返ることはあったが、それが終わればまたダンスがスタート、笑い声は絶えなかった。医師のモレルは、部屋を抜け出して、巨体を地下壕に運ぶ。ヒトラーの部屋に入ったモレルは、

「おめでとうございます」

と言った後に、カフェイン注射の器具をお盆に載せて、ヒトラーに進呈した。ところが、それを見たヒトラーは、

「これはモルヒネではないな！」

と怒り心頭。モレルは汗を流しながら、

「工場が爆撃に見舞われ、薬が調達できないのです」

両手を振りつつ、頭を下げたが、

「馬鹿にしているのか！」

許す気配はない。

「いえ、馬鹿になど滅相もない。しかし、爆撃のせいで、本当に薬はないのです」

モレルが抗弁すると、ヒトラーはよろよろと立ち上がり、モレルの襟首を掴むと、

「さっさと家に帰って主治医の制服を脱げ。今後は私を見つけても他人のふりをしろ！」

物凄い剣幕で怒鳴った。モレルは顔を震わすと、転がるようにして、部屋から去っていった。

「ぐずぐずしていたら、射殺するぞ！」

モレルの背後から、まだ怒鳴り声が聞こえる。モレルは地上に出ると、公用車で官邸をあとにした。ヒトラーの身体に劇物を注射し続けた医者は、ベルリン脱出の際に、アメリカ軍の捕虜となり、一九四八年に病死する。

ベルリンには部隊が殆ど残っていなかった。空爆は激しさを増し、大地を揺るがせていた。

さすがのヒトラーも弱気になったようで、ゲッベルスに対し、

「防御能力を失ったこの首都を放棄したほうが良いのではないか。オーバーザルツベルクを拠点にして、戦闘を継続するほうが良いのでは」

と問いかけた。しかし、ゲッベルスは、これまでヒトラーにそこまで言ったことがないというほど、激しい口調で、

「いや、総統はベルリンに留まるべきです。もし総統が本当に死すべき運命にあるならば、その最期はこの首都の瓦礫の中にこそ求めるべきです。それこそが、総統に課された世界史的使命への忠誠を貫くことであり、総統のかつての誓約の数々とその歴史的地位に応えるための唯一の責務であります。総統たるもの夏の別荘で人生を終えるようなことはあってはなりませぬ」

唾を飛ばして言った。ヒトラーはじっと目を瞑って考え込んでいたが、かっと目を見開くと、

「私の腹は決まった。ベルリンに残る」

強い口調で断言する。続いて、ヒトラーはゲッベルスやヒムラーらを伴って、官邸の裏庭に向かう。そこには、若きヒトラーユーゲントの隊員たちが緊張した面持ちで整列していた。ヒトラーは震える左手は後ろに隠して、右手を差し出して、彼ら一人一人と握手をする。握手をしている最中にも、激しい砲撃音が鳴りやまない。

「ベルリン攻防戦にはいかなることがあろうと、勝利しなければいけない。諸君に栄光あれ！」

ヒトラーは叫んだが、隊員たちは無言のまま、ジーク・ハイルとも何も言わず、ヒトラーを見つめるのみであった。

一日一日経つにつれて、地上では大砲の音が激しさを増している。会議室での作戦会議は、

陰鬱な雰囲気であった。ヒトラーを前にして、将校たちは石のように凝り固まっている。ヒトラーの顔も無表情で、かつて人々を魅了した青い目も、今はどんより曇っていた。しかし、声だけは出るようで、

「私は裏切り者と嘘つきに囲まれている。どいつもこいつも低俗でさもしい連中ばかりで、私の偉大な目的を理解できない。私は腐敗と怯懦の犠牲者であり、今やあらゆる人間が私を見捨てたのだ！」

怒髪冠を衝く勢いで、立ち上がり、荒々しく、将校たちを指さした。一向に好転しない戦局、報告することは何もないと告げる将軍。それらに一度に怒りをぶちまけたのだ。ヒトラーは、椅子にもたれかかると、

「戦争は負けた。第三帝国は失敗に終わった。私はもう死ぬだけだ。他の者はどこに行こうと勝手だ」

顔面蒼白になりながら、全身を痙攣させせた。側には、エヴァやヒトラーの女性秘書たちがいた。エヴァはヒトラーのもとに足早に駆け寄ると、

「でも、私が御側に残ることは、ご存知のはずですわ。私だけ、ここを出発するのは嫌です」

両手を握りしめた。ヒトラーの目に再び生気が宿る。すると、ヒトラーはエヴァの唇にキスをした。部屋に居た者たちは、かつてない光景に唖然とする。

「私も残ります」

「私も」

本心かどうかは知らないが、女性秘書も声をあげる。ヒトラーは彼女たちを見て、

「私の将軍たちも君たちと同じくらい勇敢だったら良いのに」

微笑むと、

「いよいよ終わりだ。私はベルリンに留まって、その時が来たら、ピストルで自決する」

と言った。ソ連軍はもうそこまで来ていた。ゲッベルス一家が、宣伝省から地下壕に移ってきた。六人の子供たちは、

「優しいヒトラーおじさんに会える」

と大はしゃぎだ。ヒトラーはゲッベルスの子供たちを玩具やお菓子でもてなした。エヴァが子供たちと遊ぶこともあった。ゲッベルス夫人マクダも、地下壕で総統と運命を共にする気でいた。

（総統もナチズムも失った世界でなど最早、生きるに値しないわ。子供たちを私たちが亡き後に遺していくのは余りにも気の毒。慈悲深い神様は、私が自分の手で子供の命を絶っても、きっと赦してくださるでしょう）

四月二十九日、親衛隊全国指導者ヒムラーが独断で米英に対して、無条件降伏を申し出たこ

とが知れ渡った。しかも、ゲーリングまでが反逆を企てているとの情報もボルマンを通して寄せられていた。しかし、何よりもヒムラーの裏切りが、ヒトラーにとって、衝撃だった。

（あのヒムラーが……）

嘘だ、何かの間違いだ、怠け者で麻薬中毒者のゲーリングは別として、あのヒムラーが自分を裏切るはずはない。総統に忠誠を誓うと常に言い続けてきた「忠臣ハインリヒ」が。ラインハルト・ハイドリヒが四二年にチェコで暗殺されてからは、より一層、頼みにしていたのに。我が後継者と一度ならず考えたこともあるのに……しかし、ヒムラーの行為が紛れもない事実と知ると、ヒトラーは顔を赤紫色に染めて、怒り狂った。

「奴の全ての官職を剥奪しろ。奴を逮捕するんだ！」

同じことを何度も連呼した後、ヒトラーは薄暗い影を顔に宿して、自室に引きこもった。女性秘書のユンゲがヒトラーの部屋のドアを開けた。ヒトラーはユンゲに近寄り、

「昨日はいくらか休めましたか」

先ほどとはうって変わって、優しい口ぶりで尋ねた。

ユンゲが頷くと、ヒトラーは、

「少々、口述筆記をしてほしいのだが」

弱々しい声で言った。暫く時が経ってから、ヒトラーが語り始めた。

「私の政治的遺言」

ヒトラーがそう言った時、ユンゲの手に緊張が走る。

「自らユダヤ人であるか、さもなければユダヤ人の利益のために働いてきた政治家を告発し、分別も節操もない分子を非難する。

私は自らの意志で死を選ぶ。私は憎むべき敵の手に落ちるようなことはしたくない。彼らは煽られた大衆を楽しませるために、また一つ、ユダヤ人によって演出された新しい見世物を必要としているのだ。

国家及び国軍の頂点に立つ者としてカール・デーニッツ海軍元帥を指名する。ヒムラーとゲーリングを党並びに全ての官職から追放し、ゲッベルスを首相とし、ボルマンを党担当大臣とする。私は国家の指導者層及びその配下の者に対して、人種法を厳格に遵守し、世界のすべての民族に毒をまき散らしている張本人、すなわち国際ユダヤ人集団に対する仮借なき抵抗を続けることを義務付ける」

もう一つ「私的遺言」もあった。

「私が妻とすることを決意したその女性は、長年にわたって忠実なる友情を守った後、自らの意志で敵の包囲網が完成しつつあったこの首都に潜入し、彼女の運命をわが運命と分かち合おうとしたのである。私自身及び私の妻は、逃亡あるいは降伏の屈辱から免れるために死を選択する。遺体はただちに焼却されること」

ヒトラーは死を前にして、エヴァを妻とすることを決めたのである。ヒトラーは盟友ムッソリーニが、敵方に捕られて、愛人と、ミラノ広場で逆さ吊りにされ、汚辱に塗れて死んだことを知り、敵の手に落ちたくないと更に強く決心することになる。

「私の死体を焼いてしまって、永遠に見つからないようにしてくれ」

それがヒトラーの最後の望みだった。秘書ユンゲはかねてから疑問に思っていた事を尋ねる。

「総統様、国民社会主義はまた台頭するでしょうか」

ヒトラーは、瞬時に口を開いた。

「いや、それはない。国民社会主義は壊滅した。もしかしたら、百年後には同じような思想が起こることもあるかもしれん。宗教の力と一緒になって、世界中に広がるようなのがね。だが、ドイツは敗北してしまったよ。私がもたらした政治的課題に応えられるほど成熟もしていなかったし、強くもなかったということだ。弱いものは亡びるが良い。強いものだけが生き残るのだ」

私室から出ると、ヒトラーは会議室に入った。そこには、エヴァが黒絹のロング・ガウンを着て待っていた。ゲッベルス夫妻やボルマンもいる。軍服姿のヒトラーは、エヴァと結婚式を挙げた。結婚証明書に署名し、すぐに式は終わった。四月二十八日の真夜中だった。書斎で行われた披露宴では、ヒトラーは新婦と腕を組みつつ、ワインを少し口に含んだ。

四月三十日、ソ連軍が地下壕側まで接近したことが知らされる。ヒトラーはいつもと変わらぬ様子で、昼食をとった。そこに黒いドレスを着たエヴァがやって来る。髪は綺麗に手入れされていた。

「ブラウン嬢、さぁ、行こう。そろそろ時が来た」

ヒトラーは地下壕に残っている者と握手を交わした。

その中には、ゲッベルスがいた。ゲッベルスは、ヒトラーの顔を見据えつつ、

「総統、ベルリンから退去してください」

一度は強固に拒否したことを、ヒトラーに強く迫った。しかし、ヒトラーは静かに首を振り、

「最期はこの首都の瓦礫の中にこそ求めるべきだ。一体、私にどこに行けというのかね。どこかの道端で野垂れ死にするようなことを私は望んでいない。君には私の決心がよく分かっているはずだ。その決意に変わりはない。しかし、君は家族を連れて自由にベルリンを離れたら良い」

と答えるばかりだった。ゲッベルスは握手した手をゆっくりと離す。そこにゲッベルス夫人のマクダがやって来た。極度の興奮状態にあるようで、ヒトラーと対面するなり、

「私が夫とともに死を選ぶなら、子供たちも連れて行かねばなりません。総統、ベルリンを離

れてください」

　哀願する。ヒトラーは、

「子供は死なせたらいけない。貴方もベルリンから離れるのだ」

　懇々と諭すが、マクダは涙を流しながら首を振るのだった。地下壕では、煙草の煙も充満していた。かつては、総統の前で誰も煙草をふかす者などいなかったが、今では、ヒトラーがいるところでも、エヴァをはじめ皆、喫煙していた。ヒトラーもそれに対して、小言を言わなかった。

　ヒトラーとエヴァは、居室の長椅子に二人だけで腰を下ろした。エヴァは青酸カリが入ったカプセルを取り出し、それを不安気に見つめている。

「すぐに死ねるかしら」

　エヴァがポツリと言った。ヒトラーはその横顔を見て、

「大丈夫だ。ブロンディにはよく効いた」

　と言い、妻の肩に手を置く。ボルマンから贈られた愛犬ブロンディを、既にヒトラーは毒殺していた。毒薬の効果を試すためである。

　エヴァは頷き、夫の顔を見つめた後に、目を閉じて、青酸カリが入ったカプセルをかみ砕く。うめき声をあげ、十分ほど身体を痙攣させて、エヴァは動かなくなった。

ヒトラーは妻の死を見届けると、ピストルを取り出した。ワルサー・ピストルである。姪のゲリが自殺した時も、同じタイプのピストルを使っていた。また、ミュンヘン一揆の時にも、ヒトラーはこのピストルで銃弾を放ち、聴衆を驚愕させた。ヒトラーは、ピストルを眺めまわした後で、銃口を右のこめかみに押し当てる。戸棚の上に飾られている母クララの写真に、ヒトラーは目をやった。母は悲しそうな顔をこちらに向けていた。

（母さん、今からそっちに行くよ）

ヒトラーは、少年の頃に戻ったように微笑し、引き金を引いた。一発の銃声がコンクリートの壁にこだました。

あとがき

二〇一九年十二月、私は妻とともに、ポーランドを訪問した。十七世紀初頭までは首都であったクラクフにあるヴァヴェル城や聖マリア教会など貴重な歴史文化遺産を見ることも目的の一つではあったが、より大きな目的は、ナチスによるホロコーストの舞台となったアウシュヴィッツ＝ビルケナウ強制収容所をこの目で見ることだった。クラクフ市内からオシフィエンチムには、バスで向かった。到着した後は、ポーランド人のガイドによって、アウシュヴィッツを見学することになっていた。

ガイドに誘導されて、収容所に入った時は、午前中であるにも拘わらず、辺りは薄暗く、霧が立ち込めており、その不気味さに思わず息をのんだ。収容所は現在は博物館になっていて、世界中から多くの人々が訪れている。

博物館には、犠牲者の毛髪や、眼鏡、足の不自由な人が付けていた義足、使用された生活用品が巨大なガラスケースの中に、圧倒される量で保存されていた。コップの一つ一つ、鞄の一つ一つに、連行されるまでの犠牲者の人生や生活が刻印されているのだ。それを想うと、いたたまれない気持ちになった。

「死の壁」という被収容者が銃殺された壁の前には、妻と共に日本から持ってきた折鶴を供えて、犠牲者を追悼した。

さて、本書は、世界を第二次世界大戦へと導き、ユダヤ人の大量虐殺を引き起こしたアドルフ・ヒトラーの生涯を少年期から小説の形で描いたものである。ヒトラーの生涯は、映画やドキュメンタリー番組、ノンフィクション本などで数限りなく取り上げられてきたが、小説形式で描かれたのは、おそらくこれが初めてではないだろうか。

ヒトラーのことを「特別な才能などなく」と記すヒトラー研究の大家（イギリスの歴史家イアン・カーショー）もいるが、私はヒトラーのことを異常人格・大悪人と思いつつも、やはり類まれなるカリスマ性や才能を持った人物であると感じる。まず、そこからスタートしないと、ヒトラーという人物の本質や、なぜ当時、ドイツ国民があれほどヒトラーに熱狂したのか、そこの所が見えなくなるのではないか。私は本書でそういったところも述べたかったのである。

また巷間よく言われている――「ヒトラーは選挙で大勝利を収めて、首相になった」

――わけではないことも本書を読めば一目瞭然だ。最終的には、大統領や政治家の判断によって、ヒトラーは首相の座についたのだ。政治家の判断が如何に重大かということが分かろう。

さて、人々はヒトラーやナチスの為したホロコーストを非難する。それは当然のことである。しかし、それを非難するだけの下地が我々、現代人は本当に出来ているのであろうか？　世界から紛争・戦争・虐殺が根絶されないこともそう疑問に思う一つではある。また身近なところでは、二〇一九年十月、日本が台風に見舞われた時に、避難所へのホームレスの受け入れを拒否する行政とその行為にネットの書き込み等で賛同を寄せる多くの人々がいることが明らかとなった。

もちろん、この事とホロコーストを同列に論じることはできない。しかし、こうした「冷たい社会」というものが、人間が人間を差別し、抑圧するという最悪の事態に最終的に繋がっていくのではないか。私はその事を案じているのである。ホロコーストも人間の蔑視や差別、無関心から発生・拡大したのだ。もちろん、当時もユダヤ人を救ったシンドラーや杉原千畝、その他、多くの無名の人々がいる。日本人の中にも、そうした人々の精神を受け継いで、「温かい社会」を作っていこうという志を持つ人が一人でも立ち上がってくれたら幸いである。ヒトラーと戦争・大虐殺の時代を描いた本書がそうしたことに少しでも貢献できたなら、これに優る喜びはない。

濱田浩一郎

【全巻主要参考引用文献・映像一覧】(敬称略・順不同)

主要参考引用文献

・リデル・ハート『ヒトラーと国防軍』(原書房、1976)
・山崎雅弘『新版 独ソ戦史』(朝日新聞出版、2016)
・山崎雅弘『西部戦線全史』(朝日新聞出版、2018)
・ヴィクトール・E・フランクル『夜と霧 新版』(みすず書房、2002)
・ローラン・ビネ『HHhH――プラハ、1942年』(東京創元社、2013)
・中谷剛『アウシュヴィッツ博物館案内』(凱風社、2005)
・ハインツ・ヘーネ『髑髏の結社・SSの歴史』上下(講談社、2001)
・ノルベルト・フライ『総統国家』(岩波書店、1994)
・野村真理「ミンスクのホロコースト――ユダヤ人抵抗運動の成果と限界」『金沢大学経済論集』第39巻第1号、第2号(2018~2019)
・ジャック・ドラリュ『ゲシュタポ・狂気の歴史』(講談社、2000)

・檜山良昭『ナチス突撃隊』（祥伝社、1993）
・前川道介『炎と闇の帝国』（白水社、1995）
・アントニー・ビーヴァー『ベルリン陥落1945』（白水社、2004）
・アントニー・ビーヴァー『スターリングラード』（朝日新聞社、2005）
・ロジャー・ムーアハウス『ヒトラー暗殺』（白水社、2007）
・ハリソン・E・ソールズベリー『燃える東部戦線』（早川書房、1986）
・カール＝ハインツ・フリーザー『電撃戦という幻』上下（中央公論新社、2003）
・デスピナ・ストラティガコス『ヒトラーの家』（作品社、2018）
・ヒュー・レッドワルド・トレヴァー＝ローパー『ヒトラーの作戦指令書』（東洋書林、2000）
・ゲルト・ユーバーシェア『総統からの贈り物』（錦正社、2010）
・ロベルト・ゲルヴァルト『ヒトラーの絞首人ハイドリヒ』（白水社、2016）
・ノーマン・オーラー『ヒトラーとドラッグ』（白水社、2018）
・草森紳一『絶対の宣伝』全4巻（番町書房、1979）
・ヒュー・レッドワルド・トレヴァー＝ローパー『ヒトラー最期の日』（1985、筑摩書房）
・レナード・モズレー『ゲーリング』上下（早川書房、1980）
・アラン・バロック『アドルフ・ヒトラー』全2巻（みすず書房、1958）

・芝健介『ホロコースト』（中央公論新社、2008）
・リチャード・ベッセル『ナチスの戦争』（中央公論新社、2015）
・クロード・ケテル『ヒトラー「我が闘争」とは何か』（原書房、2018）
・シュロモ・ヴェネツィア『私はガス室の「特殊任務」をしていた』（河出書房新社、2018）
・グイド・クノップ『ホロコースト全証言』（原書房、2004）
・村瀬興雄『アドルフ・ヒトラー』（中央公論社、1977）
・村瀬興雄『ナチズムと大衆社会』（有斐閣、1987）
・児島襄『第二次世界大戦 ヒトラーの戦い』全十巻（文藝春秋社、1992）
・マイケル・ベーレンバウム『ホロコースト全史』（創元社、1996）
・イアン・カーショー『ヒトラー』上下（白水社、2016）
・イアン・カーショー『ヒトラー権力の本質』（白水社、2009）
・アドルフ・ヒトラー『我が闘争』全3巻（黎明書房、1961）
・水木しげる『劇画ヒットラー』（筑摩書房、1990）
・野田宣雄『ヒトラーの時代』上下（講談社、1976）
・ヴォルフガング・シュトラール『アドルフ・ヒトラーの一族』（草思社、2006）
・ヨアヒム・フェスト『ヒトラー最期の12日間』（岩波書店、2005）

・セバスチャン・ハフナー『ヒトラーとは何か』（草思社、２０１７）
・ルーシー・S・ダヴィドヴィチ『ユダヤ人はなぜ殺されたか』全2巻（サイマル出版会、１９７８）
・トラウデル・ユンゲ『私はヒトラーの秘書だった』（草思社、２００４）
・大澤武男『青年ヒトラー』（平凡社、２００９）
・鹿毛達雄『ヒトラーは語る』（中央公論社、１９７７）
・ヴェルナー・マーザー『人間ヒトラー』（サイマル出版会、１９７６）
・ヴェルナー・マーザー『政治家ヒトラー』（サイマル出版会、１９７６）
・ジョン・トーランド『アドルフ・ヒトラー』全4巻（集英社、１９９０）
・藤村瞬一『ヒトラーの青年時代』（刀水書房、２００５）
・グイド・クノップ『ヒトラー権力掌握の20ヵ月』（中央公論新社、２０１０）
・ヨアヒム・ケーラー『ワーグナーのヒトラー』（三交社、１９９９）
・谷喬夫『ヒムラーとヒトラー』（講談社、２０００）
・アウグスト・クビツェク『アドルフ・ヒトラー――我が青春の友』（MK出版社、２００４）
・平井正『ゲッベルス』（中央公論社、１９９１）
・グイド・クノップ『ヒトラーの共犯者』上下（原書房、２００１）
・アンソニー・リード『ヒトラーとスターリン』上下（みすず書房、２００１）

・U・ライマー『ヒトラー政権下の日常生活』（社会思想社、1984）
・マルティン・ボアマン『ヒトラーの遺言』（原書房、1991）
・グイド・クノップ『ヒトラーの戦士たち』（原書房、2002）
・ウィリアム・L・シャイラー『第三帝国の興亡』全4巻（東京創元社、1961）
・クロード・ランズマン『ショアー』（作品社、1995）
・エーリヒ・シャーケ『ヒトラーをめぐる女たち』（阪急コミュニケーションズ、2002）
・ジャック・ド・ローネ『エヴァの愛・ヒトラーの愛』（読売新聞社、1979）
・アルバート・シュペール『ナチス狂気の内幕』（読売新聞社、1970）
・ルドルフ・ヘス『アウシュヴィッツ収容所』（サイマル出版会、1972）
・ピーター・ロス・レンジ『1924』（亜紀書房、2018）
・アドルフ・ヒトラー『ヒトラーのテーブルトーク』上下（三交社、1994）
・ロマノ・ヴルピッタ『ムッソリーニ』（筑摩書房、2017）
・ハンナ・アーレント『新版 エルサレムのアイヒマン』（みすず書房、2017）
・ヨッヘン・フォン・ラング『アイヒマン調書』（岩波書店、2017）
・大木毅『独ソ戦』（岩波書店、2019）
・石田勇治『ヒトラーとナチ・ドイツ』（講談社、2015）

・高田博行『ヒトラー演説』（中央公論新社、2014）
・国立アウシュヴィッツ＝ビルケナウ博物館『追悼の場　アウシュヴィッツ＝ビルケナウ案内書』（オシフィエンチム、2017）

映像一覧

・『映像の世紀』（NHKエンタープライズ、2016）
・『ヒトラー最期の12日間』（ギャガ、2015）
・『我が闘争』（トランスフォーマー、2016）
・『シンドラーのリスト』（NBCユニバーサル・エンターテイメントジャパン、2019）
・『わが教え子、ヒトラー』（ジェネオン エンタテインメント、2009）
・『炎628』（IVC,Ltd、2013）
・『灰の記憶』（ハピネット・ピクチャーズ、2003）
・『サウルの息子』（Happinet、2016）
・『ダス・ライヒ～ヒトラー死の部隊』前編後編（NHK「BS世界のドキュメンタリー」、2018）

・『意志の勝利』（株式会社コスミック出版、2019）
・『ヒトラーの我が闘争』（アイ・ヴィ・シー、1997）
・『ベルリン陥落1945』（ケンメディア、2010）

濱田 浩一郎（はまだ・こういちろう）
1983年生まれ、兵庫県相生市出身。歴史学者、作家、評論家。皇學館大学大学院文学研究科博士後期課程単位取得満期退学。兵庫県立大学内播磨学研究所研究員・姫路日ノ本短期大学講師・姫路獨協大学講師を歴任。大阪観光大学観光学研究所客員研究員。現代社会の諸問題に歴史学を援用し迫り、解決策を提示する新進気鋭の研究者。
著書に『播磨赤松一族』（新人物往来社）、『あの名将たちの狂気の謎』（中経の文庫）、『日本史に学ぶリストラ回避術』（北辰堂出版）、『日本人のための安全保障入門』（三恵社）、『歴史は人生を教えてくれる―15歳の君へ』（桜の花出版）、『超口語訳 方丈記』（東京書籍のち彩図社文庫）、『日本人はこうして戦争をしてきた』青林堂）、『超訳 橋下徹の言葉』（日新報道）、『教科書には載っていない 大日本帝国の情報戦』（彩図社）、『昔とはここまで違う！歴史教科書の新常識』（彩図社）、『靖献遺言』（晋遊舎）、『超訳 言志四録』（すばる舎）、本居宣長『うひ山ぶみ』（いつか読んでみたかった日本の名著シリーズ16、致知出版社）、『超口語訳 徒然草』（新典社新書）、『龍馬を斬った男―今井信郎伝』『龍虎の生贄 驍将・畠山義就』（以上、アルファベータブックス）、共著『兵庫県の不思議事典』（新人物往来社）、『赤松一族 八人の素顔』（神戸新聞総合出版センター）、『人物で読む太平洋戦争』『大正クロニクル』（世界文化社）、『図説源平合戦のすべてがわかる本』（洋泉社）、『源平合戦「3D立体」地図』『TPPでどうなる？ あなたの生活と仕事』『現代日本を操った黒幕たち』（以上、宝島社）、『NHK大河ドラマ歴史ハンドブック軍師官兵衛』（NHK出版）ほか多数。監修・時代考証・シナリオ監修協力に『戦国武将のリストラ逆転物語』（エクスナレッジ）、小説『僕とあいつの関ヶ原』『俺とおまえの夏の陣』（以上、東京書籍）、『角川まんが学習シリーズ 日本の歴史』全十五巻（角川書店）。

小説（しょうせつ） アドルフ・ヒトラー III 破滅（はめつ）への道（みち）

発行日　2020年11月6日 初版第1刷

著　者　濱田浩一郎
発行人　春日俊一
発行所　株式会社アルファベータブックス
〒102-0072 東京都千代田区飯田橋2-14-5
Tel 03-3239-1850　Fax 03-3239-1851
website https://alphabetabooks.com
e-mail alpha-beta@ab-books.co.jp
印　刷　株式会社エーヴィスシステムズ
製　本　株式会社難波製本
ブックデザイン　Malpu Design（清水良洋）
カバー装画　後藤範行

ISBN 978-4-86598-080-6　C0093